CORY ANDERSON

Cory Anderson est passionnée de lecture et de nature.
Influencée par *La Route* de Cormac McCarthy, c'est
après avoir traversé de nombreuses épreuves qu'elle
écrit son premier roman, *Le Fracas et le Silence*, paru
en 2021 chez Fleuve Éditions et PKJ.

LE FRACAS
ET LE SILENCE

CORY ANDERSON

LE FRACAS
ET LE SILENCE

Traduit de l'anglais (États-Unis)
par Claire-Marie Clévy

fleuve
ÉDITIONS

Titre original :
WHAT BEAUTY THERE IS

© 2021 Cory Anderson
Publié pour la première fois en 2021
par Roaring Book Press, New York
© 2021, Fleuve Éditions, département d'Univers Poche,
pour la traduction française
ISBN : 978-2-266-33427-3
Dépôt légal : février 2023

Pour Brady et Kate,
qui m'ont montré quoi mettre dans mon cœur.

1

Ma vie s'est réduite à des fragments flottants en noir et blanc, mais je me rappelle en couleurs les instants avec Jack, dans une brume de rouge, jaune et bleu vif. Des détails sensoriels. Le son de sa voix. Son odeur, comme une forêt en hiver. Je le vois couché près de moi, son visage éclairé par la lune. Sa main tient la mienne, et tout mon corps est chaud, malgré le froid. Je sens son souffle sur ma peau.

Je n'oublie pas tout cela.

J'avais dit à Jack de garder ses distances. Il te fera souffrir, lui avais-je dit. Il prendra ce à quoi tu tiens le plus. Il le fera avec un sourire, et puis il fumera une cigarette.

Jack ne m'a pas écoutée.

Mais je brûle les étapes. Je vais directement à la fin, alors que, pour comprendre la vérité, il faut commencer par le début.

Quand Jack ouvrit la porte, sa mère n'était pas assise dans le fauteuil à bascule à côté du poêle. Sa couverture arc-en-ciel formait un amas inerte sur le siège, à l'exception d'un coin déchiré qui pendait sur le tapis usé. Elle n'était pas non plus dans la cuisine, à fixer d'un regard vide la fenêtre au-dessus de l'évier, la peau sur les os dans sa chemise de nuit rose élimée. Le froid s'agrippait aux murs fragiles de la maison, se tapissait dans les recoins sombres que le soleil n'atteignait pas. Elle avait laissé le feu mourir. Ça ne lui arrivait jamais. Même quand elle nageait en plein brouillard.

Dans la tête de Jack, un étau en acier se resserra.

Il tapa du pied pour faire tomber la neige de ses bottes, se débarrassa de son sac à dos et l'accrocha au montant de la chaise de la cuisine. Il enleva ses écouteurs pour guetter du bruit à l'étage, mais il n'entendit rien. Sa mère ne sortait presque plus de son fauteuil ces derniers temps, à part pour aller aux toilettes. Avant, elle l'aurait accueilli à la porte à son retour du lycée, mais c'était une autre époque.

« Maman ? »

Il attendit une réponse, qui ne vint pas. Le vent soufflait sur les vitres et faisait trembler le tuyau du poêle. Il fallait qu'il rallume le feu, ou bien ils ne s'en sortiraient pas. Matty rentrerait bientôt de l'école. Mme Browning laissait les deuxième année de primaire jouer au basket dans le gymnase après la classe, mais seulement un certain temps. Jack devait préparer à manger. La nuit tombait.

Mais il resta là, l'oreille tendue.

La neige fondait sous ses semelles, formant des flaques sur le lino. Il enleva ses bottes et ses chaussettes, les aligna devant le poêle froid par habitude. Quand il se retourna vers le fauteuil à bascule, il aperçut le flacon de médicaments sur la table. Il était ouvert, et la plupart des petites pilules rondes avaient disparu. Un médecin de la ville avait dit à sa mère que les médicaments l'aideraient à supporter la douleur, lorsqu'elle s'était blessée ; mais c'était il y a longtemps, et depuis, elle se fournissait en pilules par n'importe quel moyen. Elle dormait dans le fauteuil à bascule jour et nuit, et avait arrêté d'accueillir Jack à la porte, de manger, de se laver ou de dire quoi que ce soit de cohérent.

Le vent, ou autre chose, bruissait à l'étage. Jack s'approcha de l'escalier. La lumière faiblissait à mi-chemin, avant de s'effacer dans l'obscurité.

« Maman ? »

Elle était forcément là-haut, dans la salle de bains. Elle s'était peut-être encore rendue malade en prenant trop de pilules. Jack monta les marches qui grinçaient sous le tapis, alluma la lumière du couloir et attendit. Pas de bruit. Une bourrasque le long du toit.

Il se dirigea vers la salle de bains.

Il pensait la trouver pliée au-dessus de la cuvette des toilettes pour vomir, les yeux enfoncés dans des coupes d'ombres violacées, ou bien debout devant le miroir, décharnée, comme une poupée de papier froissée. Mais elle n'était pas là.

Salle de bains vide. Céramique rose foncé.

Carrelage octogonal, d'un blanc sale.

Il l'imagina qui gisait quelque part dehors dans sa chemise de nuit, perdant lentement la vie dans la neige glacée. *Arrête*, s'ordonna-t-il. *Elle va bien. Quelqu'un est venu la chercher, peut-être pour faire des courses. C'est tout.*

Mais c'était faux. Évidemment.

Jack sortit de la salle de bains et fixa la porte fermée au bout du couloir. Elle devenait de plus en plus grande à mesure qu'il la regardait. Il ne restait plus qu'une pièce dans la maison, et sa mère n'y serait pas. Non, elle n'allait jamais dans cette chambre. Pas depuis qu'on était venu chercher le père de Jack en pleine nuit, et qu'on l'avait emmené.

Non. Cette pièce était un tombeau, et elle refusait d'y entrer.

Il posa la main sur la poignée et l'actionna.

Elle était pendue au ventilateur du plafond. Une ceinture était nouée à la barre du ventilateur et serrée autour de sa gorge. Une de ses mains frêles tressaillait.

Jack s'élança vers elle et essaya de la soulever par les jambes, mais tout son corps était flasque. Une chaise en bois était renversée sous ses pieds. Il lâcha sa mère, redressa la chaise, monta dessus et souleva de nouveau le corps, mais la tête s'affaissa en avant. Elle ne battit pas des paupières. *Non, pas ça.* Jack tira violemment sur la ceinture, et le ventilateur trembla. De la poussière de plâtre lui tomba sur le visage. *Je vous en supplie*, pensa-t-il.

Je vous en supplie, pas ça.

Il bondit de la chaise, alla fouiller à toute vitesse dans les tiroirs de la commode, dénicha le couteau de chasse de son père, déplia la lame, remonta sur la chaise et attaqua le cuir. Taillader la ceinture, trouver un accroc et scier. *Merde. Merdemerdemerde putain.* Quand le cuir lâcha, Jack rattrapa sa mère par la taille, mais elle bascula sur le côté et tomba lourdement sur le plancher. La chaise tangua, et Jack s'effondra de tout son long. Il lâcha le couteau.

Il rampa vers elle et la retourna. Elle gisait là dans la lumière terne et granuleuse, le visage figé, des petites taches de sang dans ses yeux ouverts. Les cheveux étalés. Un tas d'os noueux sur l'épais tapis vert. Un chausson à un pied et de la bave séchée sur son menton.

Tout était tellement calme.

Il se leva et frappa du poing contre le mur. Le premier coup manquait de force, mais au second, la plaque de plâtre écorcha les jointures de ses doigts jusqu'au sang. Des bruits le secouèrent, des sons étranglés de douleur et des inspirations hachées.

Il s'assit à côté d'elle par terre.

Il lui toucha la main et la garda dans la sienne.

Il resta simplement là, près d'elle.

Quand la fenêtre s'assombrit et que le froid s'insinua à travers les murs, Jack se redressa et prit sa mère dans ses bras. Elle ne devait pas peser plus de quarante-cinq kilos, mais elle était lourde. Il alla la déposer sur le lit, et la regarda un moment. Les flaques d'ombres violettes sur sa peau. Ses cheveux jaunis. Il lui ferma les paupières et tira sa chemise de nuit sur ses jambes. Il lui croisa les bras. Il trouva son deuxième chausson sur le tapis, l'enfila sur son pied et s'assit près d'elle sur le lit.

Il resta là longtemps. ✗

Il ferma la porte de la chambre à clé, se lava le visage et descendit allumer un feu dans le poêle. Le froid continuait à s'infiltrer, et la nuit aussi maintenant. Jack jeta le flacon de médicaments à la poubelle et sortit le Tupperware jaune du placard près de l'évier. Il enleva

13

le couvercle pour compter l'argent à l'intérieur. Quinze dollars et trente-six cents. Il recompta.

Oui, c'était bien ça.

Il se frotta les yeux avec le talon de la main et ouvrit le garde-manger. Quelques boîtes de conserve, des haricots et des pêches. Un pot à sucre, presque vide. Un sac à moitié plein des bonnes pommes de terre de l'Idaho que Mme Browning leur avait données. Il en prit trois, les nettoya et les coupa. Il fit fondre un peu de matière grasse dans une poêle et y jeta les cubes de pommes de terre. Il ignora les pointes de douleur que son cœur envoyait dans sa poitrine.

La porte d'entrée s'ouvrit en grinçant, et Matty s'engouffra dans la maison, tapant ses bottes pleines de neige, les joues rougies, un bonnet en laine humide enfoncé jusqu'aux yeux et la fermeture Éclair de son manteau tirée au-dessus de son menton. Le manteau avait appartenu à Jack et à quelqu'un d'autre avant lui. Une déchirure sur le devant laissait voir le rembourrage, mais la doublure en flanelle tenait chaud. Matty claqua la porte, enleva son manteau et son bonnet, puis sourit.

« Jack, tu devineras jamais : j'ai eu bon à toutes mes tables de multiplication ! Jusqu'à douze. Je n'ai pas fait une seule faute. »

Les pommes de terre grésillaient, et Jack les remua pour les faire brunir des deux côtés. Sel et poivre. L'espace d'un instant, tout lui parut normal. Sauf ses yeux, aux coins brûlants. Son crâne commença à l'élancer.

« Bien joué, gamin. Maintenant range ton manteau et va te débarbouiller.

— Tu crois qu'on pourra manger des pêches ce soir ? »

Jack acquiesça.

« Pour fêter tes tables de multiplication », dit-il.

Matty accrocha son manteau et son sac à la patère près du poêle et déposa ses bottes à côté de celles de Jack, les talons soigneusement alignés. Il regarda le fauteuil à bascule, et resta immobile un moment. Pensif. Une expression concentrée sur le visage. Puis il monta à l'étage, et Jack entendit l'eau couler dans la salle de bains. Il avait un goût âcre dans la bouche.

La porte est fermée à clé.

La porte est fermée à clé.

Matty redescendit peu après. Il regarda Jack cuisiner. Puis il tira une chaise jusqu'au placard près de l'évier, et sortit des assiettes.

Ensemble, ils apportèrent le dîner sur la table en Formica et s'assirent. Pommes de terre rissolées, pêches et café instantané. Jack se prépara à ce qui allait arriver.

« Où est Maman ? demanda Matty.

— Elle est partie en voyage.

— Je suis monté voir dans la salle de bains, et elle n'y était pas.

— Elle est partie en voyage, je te dis.

— Avec qui elle est partie, alors ?

— Un ami. Quelqu'un que tu ne connais pas.

— Qui ça ?

— Mange tes patates », dit Jack.

Matty n'obéit pas. Il regarda le fauteuil à bascule. Puis Jack.

« Elle n'a pas pris sa couverture arc-en-ciel. »

Jack jeta un coup d'œil à la couverture. Des rangs de laine faits au crochet. Les bords effilochés étaient d'un orange délavé là où ils auraient dû être rouges. Un cadeau de Mamie Jensen quand leur mère n'avait que huit ans. C'était stupide, d'avoir oublié cette couverture.

« On dirait que non, répliqua-t-il.

— Je ne crois pas qu'elle partirait sans sa couverture.

— Elle l'a peut-être oubliée.

— Tu penses que ça va pour elle, avec la neige ?

— Ouais, je pense.

— Elle reviendra quand ? »

Jack but une gorgée de café, se brûla la bouche. Il mangea ses pommes de terre.

Matty l'observait.

« On a des problèmes ?

— Non. Pas de problèmes. »

Jack mangea. Mâcha et avala. Une gorgée de café. *Fais-le pour lui. Tu ne lui diras rien. Rien du tout.*

Matty continuait à le regarder. Puis il prit sa fourchette et commença à manger.

Bien.

Jack fit chauffer de l'eau sur le poêle, la versa dans l'évier après avoir fermé la bonde, lava la vaisselle et la mit à sécher sur le plan de travail. Quand Matty eut terminé ses pêches, il lui demanda de sortir ses devoirs. C'étaient des mots à épeler.

« *École* », dit Jack.

Matty reprit son air concentré.

« É-C-O-L-E.

— C'est bien. Maintenant, *crayon*.

— C-R-A-Y-O-N. »

Derrière la fenêtre de la cuisine, le vent projetait d'épais flocons contre la vitre, les soulevait en tourbillons et les précipitait à terre. Il faisait un froid polaire dehors. Jack se couvrit les yeux des mains. L'obscurité pesait sur le toit et les murs de la fragile maison, et leur mère était étendue là-haut sur le lit.

2

Qu'est-ce que je me rappelle ?

Mon père est un voleur et un assassin. Quand j'avais dix ans, Leland Dahl et lui ont braqué la boutique d'un prêteur sur gages, mais il n'a jamais été arrêté. Pas de preuves, pas de procès. C'est comme ça que tout a commencé. Une longue cicatrice lui barre le front et la joue, depuis que ma mère l'a attaqué avec un couteau. Elle l'a payé cher. C'est un assassin, mais encore pire que ça.

Ses yeux sont des hameçons. Ils s'enfoncent très profond. Ils prennent l'âme au piège.

Certaines personnes ont de la glace en elles. Je sais que c'est mon cas. Mon père m'a faite comme ça. Couverte de givre, noire à l'intérieur. Même maintenant, tout mon corps se glace quand je pense à lui. Comme si je venais d'entrer dans un congélateur.

Mais Jack – Jack si doux, en colère, silencieux – me fait brûler. Il me brise en mille morceaux.

Nous nous sommes connus neuf jours.

Ils déplièrent le canapé-lit, étendirent des couvertures rêches et un édredon sur le matelas avachi. Jack raviva

19

le feu, ferma les portes à clé et vérifia qu'ils avaient assez de bois pour la nuit, pendant que Matty se déshabillait devant le poêle et enfilait son pyjama. Un ensemble Batman avec une cape effilochée. Le cœur de Jack se serra tandis qu'il l'observait. Ses côtes saillantes, ses genoux. On aurait dit un pauvre orphelin. Et il en était un. Jack ramassa ses vêtements, les plia et les posa sur le lit.

Respire, Jack.

Inspire, expire, et recommence.

Matty se pelotonna sous les couvertures. Il n'arrêtait pas de regarder le fauteuil à bascule. Jack éteignit la lampe et resserra les couvertures autour de Matty, pour qu'il ait bien chaud. La lumière de la lune pénétrait par la fenêtre. Il s'assit sur le matelas.

« On peut regarder la télé ?

— Non. Tu devrais déjà être couché.

— Il fait sacrément froid.

— Ouais. »

Le feu crépitait. Jack resta assis là, à respirer. Inspiration, expiration.

« Jack ?

— Quoi ?

— Tu crois que Papa pourra peut-être bientôt rentrer à la maison ? Comme Maman nous l'a dit ?

— Je n'en sais rien. »

Matty garda le silence. Puis il dit :

« Tu te souviens de la dame des Services ? »

Jack s'en souvenait : l'employée des Services de protection de l'enfance. Il se faufila sous les couvertures et observa Matty. Son visage marbré d'une lueur bleutée, projetée par la lune et la neige. Ses joues pâles. Ses cheveux encore emmêlés et ébouriffés par endroits à cause du bonnet de laine. Il avait besoin qu'on les lui coupe. Il l'attira à lui.

« Je me souviens.

— Tu crois qu'elle va revenir ?

— Je ne sais pas. Sûrement.

— Tu crois qu'elle viendra avec le shérif, comme elle l'avait dit ?

— Si elle ou le shérif viennent quand je ne suis pas là, n'ouvre pas la porte. Garde-la bien fermée à clé, et ne réponds pas.

— D'accord.

— Je m'en occuperai. »

Jack sentait le cœur de Matty battre.

« S'ils apprennent que Maman est en voyage, tu crois qu'ils m'emmèneront quelque part ?

— Je ne les laisserai pas faire.

— D'accord.

— Je ne les laisserai pas faire, répéta Jack.

— D'accord. »

Matty mit un long moment à s'endormir. Il gigota. Il se blottit contre Jack, puis se retourna et s'enroula dans la couverture, dos tourné au fauteuil à bascule. Finalement, ses paupières se fermèrent. Jack crut qu'il s'était assoupi, mais il rouvrit les yeux et le fixa dans la pénombre. Simplement, sans rien dire. Jack fit semblant de dormir. *Ne déconne pas. Hors de question. Tu feras ce qu'il faut faire, comme tu l'as toujours fait.*

Au bout d'un moment, la respiration de Matty devint régulière.

Jack resta couché, éveillé.

Les heures passèrent.

Quand il se leva, il posa un coussin contre l'oreille de Matty, en espérant que ça suffirait. La maison était presque entièrement plongée dans le noir. Des formes se devinaient. La table de la cuisine. Le fauteuil à bascule et le poêle. Jack enfila son manteau, puis ses bottes. Matty ne bougea pas.

Il récupéra la couverture arc-en-ciel, monta à l'étage et déverrouilla la porte de la chambre. Sa mère était allongée sur le lit, bras croisés, les ombres de la lune jouant sur son corps. Presque irisée dans la lumière morne. Comme une Belle au bois dormant décharnée, qui attendait son prince. *Eh bien, il ne viendra pas. Et il n'a jamais rien eu d'un prince.*

Jack déploya la couverture sur elle, noua les coins inférieurs sous ses pieds. Sa peau était froide. Ses cheveux répandus en fines mèches jaunes sur l'oreiller. Il contempla son visage une dernière fois. Puis il noua les coins supérieurs de la couverture sous sa tête, la retourna et resserra les bords. Son absence d'expression cachée sous la laine, un amas de couleurs sur le lit. Il essaya d'avaler sa salive, mais il n'y arriva pas.

Comment peux-tu faire ça ?

Tu es un monstre.

Il la souleva. Elle était raide, et il comprit qu'il ne pourrait pas descendre toutes ces marches en la portant. Il remonta la moitié du couloir et s'appuya contre le mur pour reprendre son souffle, en la tenant toujours dans ses bras. Arrivé à l'escalier, il s'accroupit pour la déposer sur le sol, et se posta près de sa tête. Il attrapa ses épaules à travers la laine et la redressa à moitié, pour que sa taille soit légèrement pliée. Soutenant le poids de son corps avec ses genoux, il commença à la traîner, une marche après l'autre. Des chocs mous sur le tapis. *Descends-la lentement. Doucement, pour que Matty n'entende pas. Voilà. Jusqu'en bas.*

Il regarda le canapé-lit. Il flottait comme une barque dans le noir. La silhouette de Matty était emmitouflée dans l'édredon. Le coussin toujours sur son oreille.

Silence.

Il s'accroupit et la souleva. Il ne pourrait pas la tenir longtemps.

Pas de bruit. Pas de bruit, et dépêche-toi.

Il parvint avec difficulté jusqu'à la porte d'entrée, l'ouvrit et sortit en titubant. Chaque bruit résonnait comme un coup de hache. Il crut avoir réveillé Matty, mais non. Quand il referma la porte, ses jambes flanchèrent, et il la lâcha. Elle heurta le plancher de la terrasse et glissa dans la neige.

Il s'assit à côté d'elle.

Tu ne verras plus jamais son visage. Tu ne la verras plus jamais. Jamais.

Il se leva et observa les environs. Une nuit sans étoiles. Glaciale et feutrée. Un flocon solitaire descendait en flottant. Le terrain à l'abandon était d'un bleu gelé. Tout autour, des champs ras et désolés. Pas un habitant à des kilomètres.

Il alla sortir la brouette de la remise, revint en la poussant dans la neige et chargea son corps à l'intérieur. Des flocons légers comme de la dentelle parsemaient la couverture arc-en-ciel. Il se tint immobile, son souffle formant un plumet indistinct. Froid et silence. Dix battements de cœur, vingt.

La lune le regardait de haut.

Avec la brouette, il contourna leur voiture, une Chevrolet Caprice, et parvint jusqu'à un joli coin derrière la grange où le toit s'avançait, de grands et vieux pins portaient des manteaux blancs tout frais, et la terre n'était pas trop gelée. Un coin paisible. Il alla prendre une pelle dans la remise. Il avait oublié ses gants, mais il ne retourna pas les chercher. D'un coup de pied, il enfonça la tête de la pelle à travers les couches de neige pour atteindre la terre compacte, et essaya de creuser. Encore et encore. Profondément, pour que les chiens errants ne puissent pas la déterrer. Pour qu'elle ne réapparaisse pas au printemps. Il creusa, sans penser à rien. Il éteignit son cerveau comme on appuie sur un interrupteur.

Le froid lui brûlait la peau.

Sur la pelle, ses mains commencèrent à glisser.

Soulevant, frappant. Creusant.

Quand il l'eut recouverte de terre, il s'assit à côté d'elle. Le sol était enflé. La neige brouillée et noircie. Malgré le froid, il ne bougea pas. Seule la lune surveillait ses arrières. Une aube grise se figeait sur le paysage. Il s'essuya les yeux, se leva et regagna la maison.

Matty dormait encore dans le salon, le coussin contre son oreille. Jack enleva son manteau et ses bottes, ouvrit la porte du poêle et rajouta une bûche sur les braises pour alimenter le feu. Une faible lueur tomba sur les murs, brève et tremblotante. Ses paumes étaient endolories. Il referma le poêle et se mit en sous-vêtements, frissonnant. Puis il se glissa sous les couvertures et serra Matty contre lui. Son petit corps. Dans le noir, Jack écouta chacune de ses inspirations courtes.

Et maintenant, qu'est-ce que je fais ? pensa-t-il. *Qu'est-ce que je fais ?*

3

La vie peut être cruelle.

Jack le savait.

Moi aussi.

Je me demande parfois pourquoi les choses arrivent comme elles le font. S'il y a le moindre sens à tout ça. On dit qu'un papillon peut battre des ailes au Brésil et déclencher une tornade au Texas. Un petit papillon, qui crée une tempête à l'autre bout du monde. Je réfléchis à ça. Ai-je senti un battement d'ailes quand j'ai rencontré Jack ? Ai-je senti la tornade approcher ?

Avec le recul, je crois que oui.

Jack est apparu devant moi, et tout a changé.

J'entends des portes de casiers s'ouvrir et se fermer. Des claquements métalliques. Des cris et des rires dans le couloir. Des taches de couleurs vives passent devant mes yeux. Des T-shirts et des jeans. C'est mon premier jour dans un nouveau lycée. Je m'apprête à ouvrir mon casier. Je sors d'un cours de maths sur les fonctions, et je réfléchis aux limites de l'infini.

J'ai la tête ailleurs.

Je n'ai pas vu venir Luke Stoddard, quand il m'adresse la parole. J'apprendrai son nom plus tard. Luke porte un maillot de football américain. Il a des dents droites. Il est grand, parle de me faire visiter le lycée et s'approche de moi, beaucoup trop, alors je recule contre mon casier. Le métal appuie sur mes omoplates, mon coude, l'arrière de ma tête. Il avance encore. Il va me toucher, je le sais.

Je lâche mes manuels. Des feuilles volent et s'éparpillent. Elles décorent le couloir, des carrés de confettis blancs à un défilé d'honneur.

Et puis je vois Jack.

Laisse-la tranquille.
C'est ce que Jack dit à Luke.
Ne t'approche pas de moi.
C'est ce que je dis à Jack, un instant plus tard.
Je ne le pense pas.

Parfois, je repasse ce souvenir dans ma tête. Ma rencontre avec Jack.
Jack, doux et en colère. Jack le silencieux.
Avec le recul, je crois que c'est à cet instant que le papillon a battu des ailes.
Le vent a commencé à tourbillonner.
Tout a changé.

Jack se réveilla.
Enveloppé dans les couvertures, Matty le regardait. Silence. Jack avait rêvé qu'il courait dans un champ drapé de neige, sous le regard de la lune. Une odeur

de terre froide dans les narines. Une chose était perdue, qu'il devait retrouver. À son réveil, tout s'effrita dans la lumière grise du jour, les couleurs se désagrégeant rapidement.

Il ébouriffa les cheveux de Matty.

« Salut ! dit-il.

— Salut.

— Tout va bien. »

Matty hocha la tête. Ses yeux brillaient dans la lumière blafarde. Une chose qui n'avait pas de nom, et qui les liait.

Jack sentait encore la pelle entre ses mains. Il se leva et alluma un feu pendant que Matty s'habillait. L'air semblait sec comme de l'os. Des rayons mornes entraient par la fenêtre et rampaient sur le matelas. Matty regarda le fauteuil à bascule, et ne fit aucun commentaire sur la couverture arc-en-ciel disparue.

Les flocons tombaient en grappes dures et s'accumulaient sur le rebord de la fenêtre. Jack saupoudra de la cannelle sur du porridge et en versa une louche dans des bols, qu'il apporta à la table de la cuisine. Matty était assis, un papier bleu dans les mains.

« Qu'est-ce que c'est ? demanda Jack.

— Rien.

— Ça ne m'a pas l'air d'être rien. »

Matty évitait son regard.

« On a une sortie scolaire aujourd'hui.

— Sympa. Où ça ?

— Je ne veux pas y aller. »

Jack l'observa. Matty portait une de ses vieilles chemises en laine. Il manquait deux boutons. Le tissu à carreaux était usé jusqu'à la corde. Il s'était coiffé avec de l'eau, mais ses cheveux refusaient de rester aplatis.

« Pourquoi ?

— Ce papier dit qu'on peut rester à l'école si on ne veut pas y aller.

— Pourquoi tu ne veux pas y aller ?

— J'ai pas envie, c'est tout.

— Pourquoi ? »

Matty ne bougea pas. Il semblait au bord des larmes. Jack prit le papier et le lut. C'était une sortie pour voir les dinosaures au musée de l'Idaho, et elle coûtait deux dollars. Pour l'essence du car. Sa poitrine se comprima.

« C'est à cause des deux dollars que tu ne veux pas y aller ?

— Ça ne me dérange pas de rester ici. C'est tout. »

Jack alla sortir le Tupperware du placard. Il enleva le couvercle, prit deux dollars à l'intérieur et les donna à Matty.

« Regarde-moi. On ne va pas mourir si je te donne deux dollars. »

Matty leva la tête vers lui. Ces yeux l'hypnotisaient.

« D'accord.

— Tu me crois ?

— Oui.

— On n'a pas de problèmes. »

Matty regarda les mains de Jack, et détourna les yeux. *Pour être stupide, tu l'es*, pensa Jack. Il répéta :

« On n'a pas de problèmes.

— D'accord. »

Ils mangèrent leur porridge côte à côte. Jack signa l'autorisation de sortie et la rangea dans le cartable de Matty. Puis il réchauffa son manteau près du feu, le lui tint pendant qu'il y glissait les bras, remonta la ferme-ture Éclair. Il regarda Matty attendre le car, le regarda grimper à bord, regarda le car s'éloigner en grondant sur la route. Quand le véhicule eut disparu derrière la colline, il regardait encore dehors. Tout ce à quoi il pensait, c'était qu'il avait menti à Matty. Ils avaient des problèmes. Ils avaient treize dollars et trente-six cents. Ils avaient un avis d'expulsion dans le tiroir de la cuisine, un chauffe-eau en panne, un garde-manger vide, un père en prison et une mère sous la neige dans le jardin.

Il s'assit à la table de la cuisine, écouta le tic-tac de l'horloge au-dessus du four.

« Il faut que tu trouves un plan, dit-il. Il faut que tu trouves un foutu plan. »

Tout reposait sur l'argent. Avec de l'argent, il pour-rait acheter des provisions. Du lait. Du pain. Il pourrait payer les factures. Un travail apportait de l'argent, alors il en trouverait un. Où ? Quelque part en ville. Il fau-drait qu'il y arrive. Qu'il se débrouille. Mais il devait aussi penser au lycée. S'il n'y allait pas, on remarquerait son absence. Et il ne pouvait pas se faire remarquer. Une absence, et on alerterait les Services de protec-tion de l'enfance. Non. Hors de question. *Ils prendront Matty. Ils prendront Matty.*

Donc.

Le lycée.

Et puis un travail.

Et qu'est-ce que tu feras de Matty quand tu travail-leras ?

Pas de réponse.

L'aiguille de l'horloge cliquetait, comptant les secondes à rebours jusqu'à un instant zéro invisible. Chaque tic-tac était plus bruyant que le précédent. Le temps avançait dans l'étroit intervalle qui les séparait. De lentes pulsations. Du sang s'écoulant d'une blessure.

Jack avait mal aux mains, alors il monta à la salle de bains, et enveloppa ses ampoules d'un bandage. Il se coiffa et se brossa les dents. Il mit son sac à dos sur une épaule, puis il monta dans la Caprice et partit au lycée.

Un prof remplaçant discourait sur l'histoire. Les présidents qui s'étaient succédé, lequel était le meilleur ou le pire. Jack fixait la fenêtre. Les images dans sa tête – elles ne s'arrêtaient pas. Il refusait de les regarder en face, et voyait à la place des éclats fracturés et tranchants qui se reflétaient sous ses paupières. Des tableaux incomplets. Comme des fragments de miroir brisé.

Le chausson de sa mère sur le tapis.

Le couteau dans sa main qui tailladait le cuir.

Ses paupières étaient brûlantes, et il les ferma. Il croisa les bras sur sa table, refoula les images dans un endroit inavoué et appuya son front sur ses bras.

Essaie l'épicerie et le diner. *Et puis les deux stations-service. Qu'est-ce que tu diras ? Je suis un bosseur, monsieur. Je n'ai pas d'expérience, mais je suis un bosseur. Je ferai tout ce qu'il faudra. Je le ferai bien, je vous le jure, tout ce que vous voulez – mettre les articles en rayon, passer la serpillière ou récurer les toilettes, je travaillerai dur...*

La sonnerie retentit.

Il leva la tête et déglutit. Sa gorge lui faisait mal. Merde. *Tu ne peux pas tomber malade. Qu'est-ce qui arrivera, sinon ? Tu le sais très bien.*

Dans le couloir, il ouvrit son casier et y fourra son manuel d'histoire. Des élèves passaient devant lui, discutaient et riaient. Certains en groupes, d'autres seuls. C'était l'heure du déjeuner. S'il sortait sur le parking, il pourrait peut-être dormir vingt minutes dans la Caprice. Il se dirigea vers la porte. *Tu as juste besoin de repos. D'une petite sieste. C'est tout.*

« … rarement vu une fille aussi mignonne. »

Luke Stoddard se tenait près des casiers, le dos tourné à Jack. C'était un élève de dernière année, capitaine de l'équipe de football américain. Il portait un jean moulant et une casquette à la visière arrondie qui cachait ses yeux. Il était occupé à draguer une fille. Luke avait la réputation de ne jamais manquer sa cible, sur le terrain comme en dehors.

« Je pourrais t'emmener en balade, disait-il. Te faire visiter. »

Jack continua son chemin, mais quand il vit la fille, il s'arrêta. Elle était immobile, et serrait ses manuels contre sa poitrine, le visage totalement inexpressif. C'étaient surtout ses yeux qui l'avaient interpellé. Ils ressemblaient à de l'eau profonde, à la fois brillants et sombres. Loin dans ces profondeurs, une étincelle s'alluma et disparut, comme engloutie. Jack connaissait cette lueur.

Luke se rapprocha de la fille.

« T'es du genre timide, hein ? »

Jack les observait, un peu en retrait. La fille lâcha ses manuels. Des feuilles volèrent et s'éparpillèrent, et Luke se mit à rire. La fille ne bougea pas, les poings serrés à ses côtés.

Luke tendit la main pour lui toucher la joue. Il se penchait en avant, quand la fille leva le bras et l'abattit à la vitesse d'un réflexe, écartant les doigts aussitôt. Jack sentit le mouvement plus qu'il ne le vit. Le crayon resta planté en biais dans l'avant-bras de Luke.

Luke se recula brusquement. Il regarda son bras, haletant, arracha le crayon et le lâcha. Une tache rouge fleurit sur sa manche. Il s'étranglait sur ses propres hoquets.

La fille le fixait. Raide comme une statue. Le crayon à ses pieds.

Luke la plaqua contre son casier.

« Sale conne !

— Laisse-la tranquille », dit Jack.

Luke fit volte-face, et trouva Jack debout devant lui.

« Quoi ?

— Laisse-la tranquille. »

La respiration de Luke ralentit. Il se campa sur ses jambes, et sourit.

« Josh Dahl. Ou Jack. C'est ça ? Qu'est-ce que tu veux ?

— Je t'ai dit ce que je voulais.

— Ah bon. »

Jack n'ajouta rien.

Luke regarda la fille, puis se retourna vers lui.

« Vous avez une idée de qui je suis ? Parce qu'il faut pas me chercher, croyez-moi.

— Je te connais », dit Jack.

Luke rougit. Quelques élèves s'étaient arrêtés pour les observer. La fille se taisait. Elle n'avait pas bougé d'un pouce. Elle aurait aussi bien pu être muette.

« Comment va ton papa, Jack ? demanda Luke. La forme ? Tu le vois souvent ? »

Jack attendit sans rien dire.

Un air perplexe passa sur le visage de Luke. Une hésitation.

« Qu'est-ce que tu veux ? »

Jack avait l'impression d'être séparé de son propre corps. À l'écart. Comme s'il se voyait parler à Luke de loin.

« On a besoin de ses mains pour jouer au foot, non ? dit-il. Un capitaine doit avoir des mains en bon état. Pour distribuer les passes.

— Quoi ? »

Du sang coulait du bras de Luke, et des gouttelettes tombaient sur le sol. Il passa sa langue sur sa lèvre supérieure.

« C'est une menace ? »

Jack se contenta d'attendre.

Luke regarda de chaque côté du couloir, comme s'il cherchait un appui. Personne ne bougea. Il y avait pas mal de monde, à présent. Plus de bavardages. Plus de rires.

Silence. Quelque part, un casier s'ouvrit en grinçant.

Luke haussa légèrement les épaules. Il finit par trouver ses mots :

« Bah. Tu vaux pas la peine que je me fatigue, connard. (Il jeta un coup d'œil à la fille.) Elle non plus. »

Il dévisagea Jack encore un moment. Puis il recula, fit demi-tour et se fraya un chemin à coups de coude vers la sortie.

Un murmure s'éleva dans la foule. Des visages du passé. Des gens qui avaient été amis avec Jack, il y avait des années. Il capta des bribes de conversations.

« La vache. Tu as vu Luke ? »

« Elle lui a planté un crayon dans... »

« C'est Jack Dahl. C'est son père qui... »

Jack regarda posément les élèves qui parlaient. Ils se turent peu à peu, jusqu'à ce qu'il n'y ait plus aucun bruit. Il les fixa, chacun à leur tour, étudia leurs visages. Quel effet ça ferait, d'être comme ça ? Si normal ? Il les scruta jusqu'à ce qu'ils détournent les yeux, les uns après les autres. Il savait à qui ils pensaient.

Tu es exactement comme lui, se dit-il. *Mis au pied du mur, tu es exactement comme lui.*

Une sonnerie retentit, et la foule reprit vie.

Du bruit, à présent. Des spectateurs qui se dispersaient.

Jack regarda la fille. Elle avait la tête baissée, et ses cheveux bruns lui cachaient le visage. Il s'accroupit pour rassembler les feuilles volantes, ramassa un de ses manuels. Une montgolfière figurait sur la couverture, des lettres effacées en haut. *Mathématiques avancées, cinquième édition.* Il se redressa et lui tendit les feuilles.

« Ça va ? »

Elle leva la tête, et croisa son regard. Il la vit clairement pour la première fois. Des joues comme des pommes, la peau nue. Des yeux d'un noisette plein de douleur. Un son rauque sortit de sa bouche :

« Ne t'approche pas de moi. »

Il recula.

Elle lui arracha les pages des mains. Il aperçut un tatouage sur l'intérieur de son poignet. C'était un cœur. Noir comme de l'onyx. Un petit cœur noir.

Elle tourna les talons. Le dos très droit, ses cheveux formant un fouillis de boucles et de torsades. Elle se dirigea à grands pas vers les toilettes des filles, et disparut à l'intérieur.

Jack resta bêtement planté là, le manuel à la main. Le couloir était vide à présent. Puis il ouvrit le livre. Son nom était inscrit en lettres noires en haut de la page de garde, suivi de son numéro de téléphone.

AVA.

Jack examina le livre un instant, immobile. Et il se demanda pourquoi Ava avait si peur. Puis il ouvrit son sac à dos et y rangea le manuel.

4

Ne t'approche pas de moi.
Quelle remarque charmante.

J'aurais dû remercier Jack. Il avait essayé de m'aider. Il avait ramassé mon livre. J'aurais dû le remercier. Mais il faut que vous compreniez : je savais qui était Jack. Je l'ai su dès que Luke a prononcé son nom.
Jack Dahl.
Comment va ton papa, Jack ? La forme ?
Jack était le fils de Leland Dahl.
Leland Dahl, qui avait braqué la boutique d'un prêteur sur gages avec mon père et avait été envoyé en prison. Leland Dahl, qui savait où l'argent se trouvait.
Arrivée aux toilettes, je me suis lavé les mains. Une fois, en frottant bien. Deux fois. Puis je me suis enfermée dans une cabine. Mon souffle était tremblant et haché. Des pensées me venaient par à-coups rapides et perçants.
Jack Dahl est dangereux.
Ne t'approche pas de lui.
Reste à distance.
Le plus loin possible.

Je vous ai un peu parlé de mon père. Il s'appelle Victor Bardem. Je ne l'appelle pas « papa ». J'avais dix ans quand il a braqué la boutique du prêteur sur gages. C'était un mardi d'août. Il est rentré à la maison très tard le soir, avec un homme que je n'avais jamais vu. J'aurais dû être endormie, mais comme on n'avait pas la clim, j'avais chaud. Ma chemise de nuit me collait à la peau, même sans couverture. On habitait dans un mobile home près de Rigby, à l'époque. Maman n'était déjà plus là.

Voilà ce qui s'est passé.

Bardem coupe le moteur du Land Rover. Il sort du véhicule, et observe le mobile home. Le contour pâle de la structure en aluminium. La lune est une fente dans le ciel. L'autre homme descend du côté passager. Il a une moustache, qui pend de chaque côté de sa bouche, et un tatouage sur le bras représentant des mains jointes en prière. Il tient un fusil à canon scié. Il regarde Bardem, et attend.

Bardem continue à scruter le mobile home. Les fenêtres sont obscures. Rien ne bouge à l'intérieur. L'applique au-dessus de la porte éclaire la terrasse d'une lumière crue.

« Tu crois qu'il s'est tiré avec l'argent ? demande l'autre homme.

— Oui.

— Tu crois qu'il a planqué la mallette quelque part ? »

Bardem sourit d'un air distrait. Il traverse le terrain jusqu'à la terrasse, et s'assoit sur une chaise de jardin en plastique vert. Tranquille. Détendu. Il regarde l'homme.

Silence.

L'homme crache sur la terre battue. Des gouttes de sueur perlent sur son front. Pas un souffle d'air. Il s'approche de la terrasse en boitant et s'appuie à la rambarde. Il tient son fusil d'une main, le canon pointé vers le sol. Une tache sombre se déploie sur son jean, à hauteur de la cuisse gauche. Il indique le mobile home d'un signe de tête.

« Tu as des bandages là-dedans ? »

Bardem ne semble pas l'avoir entendu. Il penche la tête vers le mobile home, comme s'il guettait un bruit.

Tout est calme. Une chouette hulule.

« Tu veux aller le chercher ? reprend l'homme. On pourrait essayer de le retrouver.

— Tu sais où il cacherait quelque chose ? » réplique Bardem, sans bouger.

L'homme secoue la tête.

« Non. Mais tu le connais mieux que moi. Tu sais où il habite. » Il essuie la sueur sur son front, repose son poids sur sa jambe intacte. « Je saigne salement. Tu as des bandages ?

— Tu es sûr ?

— Quoi ?

— J'ai dit : tu es sûr ? Tu ne sais pas où il cacherait quelque chose ?

— Aucune idée. »

Bardem reporte son attention sur l'homme. Son sourire s'attarde sur ses lèvres.

« Il faut que je soigne ma jambe », dit son compagnon, qui monte sur la terrasse et regarde à nouveau le mobile home. « Tu as des antibiotiques ?

— À quoi tu me sers ? »

L'homme jette un coup d'œil à Bardem.

« Quoi ? »

Bardem se carre dans sa chaise. Son sourire a disparu, mais sa voix reste imperturbable.

« J'ai dit, à quoi tu me sers ? Tu ne sais pas où est la mallette. »

L'homme resserre les doigts sur son fusil, mais Bardem a déjà dégainé un pistolet de sa ceinture, et le braque sur son visage.

« Lâche ça », ordonne-t-il.

L'homme ne bouge pas. Bardem regarde la terreur surgir dans ses yeux. Il a déjà vu cette terreur.

« Je crois que tu comprends dans quelle posture tu te trouves », fait-il.

L'homme lâche le fusil, qui tombe de la terrasse avec fracas et soulève un nuage de poussière.

« Tu n'es pas obligé de faire ça, dit-il.

— Bien sûr que si.

— Je pourrais partir…

— Tu n'es jamais fatigué de parler ? »

La bouche de l'homme tremblote.

Bardem se recule dans sa chaise, pistolet à la main.

« Tu sais combien de personnes savent ce qui s'est passé ce soir ? Je vais te le dire : trois. Toi, moi et Dahl. C'est trop. Je n'aime pas ça.

— J'ai dit que j'allais partir. »

Bardem regarde le mobile home. Il baisse son pistolet.

« Voilà ce que je te propose, reprend-il. On va régler ça entre hommes. Allons faire un tour. »

Ils remontent dans le Land Rover, et s'éloignent sur la terre battue dans le noir.

Une demi-heure plus tard, Bardem revient seul.

Il s'assoit sur la chaise de jardin. Sort une Marlboro et un briquet de la poche de sa chemise, allume la cigarette et la fume. L'extrémité embrasée dessine un cercle rouge et diffus dans le noir. Il y a du sang sur ses santiags en cuir d'autruche.

Il jette le mégot par terre et l'écrase en sifflotant doucement.

Avec un tuyau d'arrosage, il nettoie la benne du 4×4. Le tapis de sol en caoutchouc. Puis il retourne vers la terrasse, racle la terre avec le bord de sa santiag pour couvrir le sang sur le sol. Des grillons stridulent au loin. Il monte les marches qui mènent au mobile home.

Il n'allume pas la lumière. Dans la cuisine, il se lave les mains et les sèche avec un torchon propre. Il essuie le sang sur ses bottes. Le réfrigérateur ronronne. Le mobile home sent les herbes aromatiques. Il y a du basilic à côté de l'évier. Il observe son reflet dans la vitre. Son apparence est impeccable. Rien ne dépasse. Il tend de nouveau l'oreille.

Il se dirige vers la chambre d'Ava. Il écoute à la porte, puis il tourne la poignée.

Ava est couchée dans son lit. Pelotonnée sous les draps. Les yeux fermés.

Elle l'a épié par la fenêtre.

Elle se tient aussi immobile que possible. Sa respiration va et vient doucement. Presque inaudible. Son visage est lisse. Une peluche est posée à côté d'elle dans le lit : un petit singe au pelage brun. Elle voudrait l'attraper, mais elle ne le fait pas. Elle ne bouge pas.

Bardem se déplace sans bruit, mais elle sait qu'il est là.

Elle sent son après-rasage.

Il s'assoit sur la chaise à côté du lit. En silence. Ava perçoit sa noirceur. Elle attend. Elle respire. Le cœur tambourinant contre les parois de sa poitrine. Couchée dans l'obscurité, elle pense au ciel bleu, aux chevaux palominos et à des choses joyeuses. Elle attend, elle attend.

Bardem se lève et reste un moment près du lit. Il se penche sur Ava, lui effleure les cheveux de ses lèvres. Elle ne bouge pas.

Tout est calme dans la pièce.

Il se rassoit sur la chaise.

Quand elle se réveille, il n'est plus là.

On a retrouvé l'homme au bord de la Route 20. Tout le monde a dit que le père de Jack l'avait tué. Mais c'était faux.

J'ai l'impression que la plupart des gens ne croient plus au bien ni au mal. Ils vous sourient d'un drôle d'air quand vous en parlez. Comme si vous aviez vu trop de films, ou je ne sais quoi. Mais je peux vous le dire : le mal existe. J'ai vu son visage. Purement et simplement. J'ai entendu sa voix. Je l'ai regardé dans les yeux. Et quand vous voyez le mal en face, vous le savez. Vous ne vous posez même pas la question.

Je me suis forcée à garder mes distances.

Jack est dangereux, me suis-je dit. Reste loin de lui. Le plus loin possible.

Et c'est ce que j'avais prévu de faire.

Vraiment.

Mais Jack m'attire comme la Terre attire la Lune.

Et je ne garde pas mes distances.

Je l'ai vu quatre fois de plus.

Après les cours, Jack remonta Main Street à pied, à la recherche de magasins ouverts. La plupart des bâtiments étaient abandonnés. Vitres brisées. Portes condamnées, brique effritée.

La neige tombait en chuchotant d'un ciel gris et compact. De fragiles particules qui s'épaississaient, dérivant comme des cendres dans un monde apocalyptique. Il faisait déjà un froid glacial. Jack remonta la fermeture Éclair de son manteau, souffla sur ses mains endolories et les enfonça dans ses poches ; il avait mal partout et il était épuisé.

La fille du lycée accaparait ses pensées. Ses cheveux châtains aux reflets bruns. Ses yeux baissés, ses lèvres. Il y avait quelque chose chez elle qu'il n'arrivait pas à saisir. Il prononça son nom mentalement, puis à voix haute. Ava. Elle devait être nouvelle. Il ne l'avait jamais vue avant. Il essaya de comprendre pourquoi elle s'était enfuie dans le couloir, en vain. Elle avait peur. Pourquoi ? *Peu importe*, pensa-t-il. *Tu as bien d'autres sujets de préoccupation que cette fille. Toute une liste.*

Matty.

L'argent.

Un travail.

S'il ne trouvait pas de travail, ils n'auraient plus rien à manger d'ici à deux jours. Ou peut-être trois.

Il devrait peut-être vendre la Caprice.

Il avançait d'un pas lourd sur le trottoir, en examinant les vitrines. Une pancarte effacée au-dessus de l'auvent en métal d'un salon de coiffure : COUPES À 5 $. L'enseigne rouillée à rayures rouges et blanches ne tournait plus. La devanture d'un magasin de meubles

annonçait en lettres rouges décolorées : TOUT DOIT DIS-
PARAÎTRE. La rue entière se décomposait lentement.

Il tenta sa chance aux stations-service, mais elles
n'embauchaient pas. Big J's Burgers non plus. Il poursuivit sa route. Des fragments blancs saupoudraient le
paysage. Le crépuscule cédait la place à la nuit.

Au deuxième carrefour, une lueur jaune brumeuse
attirait l'attention derrière une devanture. Magasin
Général Hunter's. Jack s'en approcha, et scruta la
grande baie vitrée à côté de la porte. Du bœuf séché,
des cigares et du whisky sur un présentoir. Une durite
de radiateur posée près d'une plaque à pâtisserie sur une
nappe rouge à carreaux. Un robot ménager KitchenAid.
Dans un coin de la vitrine, un écriteau en carton où l'on
avait inscrit deux mots au feutre noir :

RECHERCHE PERSONNEL

Jack poussa la porte, les jambes tremblantes. Une
clochette accrochée à la poignée tinta. À l'intérieur,
il vit des rayonnages groupés sous un halo de néons.
Des pastilles pour la toux, des médicaments contre la
fièvre, des antidouleurs, des anti-acides, des thermo-
mètres. Sur d'autres étagères, des boîtes de conserve :
haricots, maïs, chili con carne, soupe, sauce tomate.
De la confiture et du pain de mie. Un présentoir de
cartes de vœux à 0,99 $. Quelque part, un poste de radio
diffusait une chanson paisible : « I Fall to Pieces »,
de Patsy Cline. Jack s'avança sur le paillasson noir,
tapa des pieds dessus, ouvrit son manteau et lissa ses
cheveux humides de neige. L'angoisse : comme une
couleuvre qui s'insinuait en lui. Il la refoula. *Tu peux
y arriver. Vas-y.*

« On ferme, déclara le gérant, qui essuyait le comptoir près de la caisse avec un torchon élimé. La tempête arrive. Ils ont annoncé aux infos qu'on aurait au moins trente centimètres de neige d'ici à demain. »

C'était un vieil homme maigre comme un clou, au dos courbé et aux yeux dissimulés sous des replis de peau ridée et traversée de veinules. Il portait une chemise à carreaux avec des bretelles marron sous un tablier en vinyle.

« J'ai vu l'annonce, dit Jack. Je cherche du travail. »

Le gérant s'interrompit dans son ménage, et se redressa. Il fronça ses sourcils blancs, inspectant Jack.

« Dans ce cas... approche-toi, que je te regarde. »

Jack s'avança vers le comptoir, sans lâcher le vieil homme des yeux. Il savait qu'il ne pouvait pas laisser passer cette chance. Quoi qu'il arrive.

« Je pourrai faire tout ce dont vous avez besoin, dit-il. Balayer, faire la poussière, mettre les produits en rayon. Ce que vous voulez. Je suis très sérieux, aussi.

— Tu as quel âge ?

— Dix-huit ans. »

Un mensonge, mais seulement d'un an.

« Tu as déjà travaillé ?

— Non, m'sieur. Mais je travaillerai dur. Je vous le jure.

— C'est ce que j'attends de mes employés.

— Oui, m'sieur. Je travaillerai dur pour vous.

— Tu devras porter des cartons lourds.

— Pas de problème. Je peux porter ce que vous voulez.

— Et je ne tolère pas l'insolence. Jamais.

— Compris, m'sieur. »

Le vieil homme grimaça, regarda la neige par la fenêtre. Ses ongles jaunis tapotèrent le marbre abîmé du comptoir. Son nez crochu se plissa.

« Je paie sept dollars de l'heure. Au noir. Ce n'est pas négociable. »

Jack avait arrêté de respirer.

« Ça me va. »

Derrière le comptoir, un coucou suisse accroché au mur sonna six fois. Le gérant se gratta le menton. Ses yeux enfoncés scrutaient Jack, aussi vifs que ceux d'un corbeau.

« Ma foi. Tu feras peut-être l'affaire. » Il hocha la tête et lui tendit la main, sans se départir de son air revêche. « Marché conclu. »

Jack battit des paupières. Tout devint trouble. Le visage barbu du gérant, le comptoir en marbre et le coucou. Tout au fond de lui, là où l'angoisse permanente rôdait, il n'avait pas cru qu'il trouverait vraiment du travail. Le manque d'argent le préoccupait sans cesse. Ça, et le manque de nourriture. Un travail lui permettrait de payer les repas, les factures, une nouvelle paire de chaussures pour Matty. *Souviens-toi de ça*, pensa-t-il. *Ne l'oublie jamais.*

Il serra la main du gérant.

« Comment tu t'appelles ? demanda l'homme.

— Jack, m'sieur. Jack Dahl. »

Les doigts du vieil homme se relâchèrent. Son visage se tordit, tout en angles et aspérités. On aurait dit qu'il avait mal.

« *Dahl.* »

Jack ne bougea pas. Tout commença à basculer en lui, à basculer et se désagréger. Un brusque sentiment de perte s'abattit comme une masse sur l'intérieur de ses côtes.

« Tu es le fils de Leland Dahl ? »

Il resta immobile, gagné par une lente paralysie.

Le gérant retira vivement sa main, comme si on l'avait mordu. Ses yeux perforèrent Jack, atteignirent des endroits à vif, ouverts.

« C'est ça, hein ? »

Jack essaya de parler, mais sa voix refusait de sortir. Sur le mur, une tête de cerf empaillée l'observait.

« Je te connais », cracha le gérant. Il s'était mis à trembler de tout son corps, et Jack crut qu'il allait s'effondrer. « Je connais ta famille. »

Des mots, à présent. Arrachés à sa gorge :

« S'il vous plaît. Je travaillerai dur. »

Le gérant secoua la tête.

« Je te connais.

— S'il vous plaît. J'ai besoin de ce travail.

— Sors de mon magasin.

— Je ne suis pas comme lui.

— Gamin… Ton père est un trafiquant de drogue et un criminel. Ta mère est une garce droguée jusqu'aux yeux. Qui te ferait confiance ? »

Jack resta figé encore une seconde. Cinq. Dix. Puis il tourna les talons et sortit du magasin.

Je me rappelle la couleur rouge.
Les arbres et la nuit et la lune.
Et la sensation du couteau dans ma main, tandis que la chaleur s'échappait entre mes doigts.

Les rayons de la lune s'étiraient sur les collines, et projetaient des formes sombres sur la route. Jack rentrait en voiture. Des maisons isolées se profilaient dans les phares, et s'estompaient derrière lui. Les essuie-glaces claquaient. De la neige grise dérivait. *Ce n'est pas fini*, pensa-t-il. *Non. Tu ne peux pas te décourager. Il faut que tu tiennes bon.*

Ses yeux le brûlaient, et il les essuya avec sa manche.

Quand il s'engagea dans l'allée de la maison, il vit des traces de pneus dans la neige fraîche. Le 4 × 4 du shérif à côté de la grange. Les vitres étaient noires. Sa gorge se serra. Il regarda la maison, mais rien ne bougeait à l'intérieur. Pas de lumière. Pas de fumée qui sortait de la cheminée. Il coupa le moteur, ouvrit la portière et se précipita vers la maison.

« Matty ? Matty ! »

Alors qu'il grimpait les marches de la terrasse, il entendit un grincement métallique derrière lui. Un homme se tenait debout dans l'ombre, une main sur la portière ouverte du 4 × 4, son souffle formant de la buée dans l'air. Il était solidement bâti, mesurant un bon mètre quatre-vingts, avec des cheveux grisonnants et un visage de pierre. Il portait un Stetson baissé sur les yeux – Jack ne les voyait quasiment pas –, et une veste en laine ouverte sur une chemise en coton bleu amidonné. Un pistolet dépassait d'un étui sur sa hanche. Jack savait que c'était un représentant de la loi, et qu'il s'appelait Doyle. Les gens disaient qu'il se débrouillait bien en cas de bagarre, et qu'il ne fallait pas lui marcher sur les pieds.

Doyle referma la portière. Un amas de poudre blanche glissa de la vitre et se répandit sur le sol. Il s'avança vers Jack, un pouce passé sous sa ceinture.

« Personne ne répond, je peux te le dire. »

L'air glacial donnait la chair de poule à Jack. Il ne se retourna pas vers la maison. Matty devait être à l'intérieur. Il devait forcément y être.

« Qu'est-ce que vous voulez ? »

Doyle s'arrêta à quelques pas de lui.

« On a reçu un coup de fil de DeeAnne, des Services de protection de l'enfance. Elle nous a dit que vous aviez peut-être besoin d'une visite.

— On va bien. »

Doyle renifla. Il observa la maison, puis Jack.

« Qui est-ce que tu appelais ?

— Mon frère.

— Et où il est ?

— Chez un ami.

— Un ami.

— Oui. J'avais oublié. Il est allé chez un ami.

— Quel ami ? »

Jack continuait à fixer Doyle. Des flocons tombaient sur sa peau et fondaient.

« Je ne pense pas que ça vous regarde. »

Doyle eut un petit sourire.

« J'aimerais rencontrer Matty, quand il ne sera pas chez un ami. »

Jack ne dit rien. Doyle se tourna de nouveau vers la maison.

« Ta mère est là ?

— Non.

— Ah. Où est-elle ?

— En voyage.

— Tu penses qu'elle sera rentrée ce soir ?

— Demain, je crois.

— Demain. »

Jack ne réagit pas. L'essentiel était qu'il garde son calme.

« Il faut que je lui parle avant.

— Si vous avez quelque chose à lui dire, je lui passerai le message. »

Doyle l'observa, inexpressif. De la neige s'accumulait sur le bord de son chapeau.

« La banque a mis votre maison aux enchères. Ta mère te l'a dit ? On va vous expulser. Vous avez deux jours. »

Jack sentit ses jambes se dérober, et une douleur aiguë lui râpa la gorge. Il avait la tête qui tournait, les oreilles qui bourdonnaient. Tout bascula dans son champ de vision. La grange et les arbres changèrent de taille.

« Vous avez quelque part où aller ? demanda Doyle.

— Ça ira. »

Ils se dévisagèrent en silence.

Doyle hocha la tête. Il regarda le ciel étoilé, comme s'il cherchait quelque chose dans les nuages. Au bout d'un moment, il reporta son attention sur Jack. Ses yeux étaient gris-bleu. Brillants comme des pierres de lune dans le noir.

« Fiston… Si tu as besoin d'aide, il faut me le dire. »

Jack déglutit. Il avait l'impression de flotter. Il avait l'impression d'être une plume. Il grelottait, et il se demanda si sa mère avait froid aussi, sous toute cette neige.

« Il y a toujours un moment où on a besoin d'un coup de main », continua Doyle.

Jack détourna les yeux. Des branches s'agitaient à la cime du grand et vieux pin près de la grange, et il vit une chouette piquer vers le sol, cherchant quelque chose à attraper, à déchiqueter. Il regarda de nouveau Doyle.

« Merci d'être passé. »

Les yeux du shérif le sondèrent un moment. Ces yeux décelaient des choses cachées. Dieu seul savait quoi.

Doyle inclina son chapeau en guise de salut, et regagna sa voiture de l'autre côté de l'allée. Jack le vit s'installer à l'intérieur. Il regarda la portière se fermer, le véhicule démarrer et les phares s'illuminer. Le 4 × 4 roula sur la neige cahin-caha pour rejoindre la chaussée. Les feux arrière s'éloignèrent sur la route, avant de disparaître dans les ténèbres.

Jack monta les marches à toute vitesse et s'engouffra dans la maison. Il avait mal à la gorge. Il appuya sur l'interrupteur, mais il n'y avait plus de courant. Le salon était aussi froid qu'un cercueil, et il voyait son propre souffle dans le noir. Il chuchota le nom de Matty, mais aucune réponse ne vint.

Il rejoignit la cuisine d'un pas maladroit, les mains tendues devant lui, et trouva le placard au-dessus de l'évier. Il l'ouvrit, tâtonna pour dénicher une lampe torche, et appuya sur le bouton. Une lumière d'un jaune terne perfora l'obscurité. Il ne voyait pas Matty. Il leva la lampe.

Une couverture du canapé-lit était affaissée le long du mur sous la table de la cuisine. Il s'accroupit pour l'attraper, et découvrit le haut d'une tête blonde. Matty leva de grands yeux vers lui. Jack le prit dans ses bras, le serra fort et l'enveloppa dans la couverture.

« Tout va bien, dit-il. Tout va bien. Ce n'est rien. Je suis là. »

Matty se cramponna à lui sans dire un mot. Au bout d'un moment, il arrêta de trembler.

Jack l'emmena jusqu'au poêle et s'accroupit sur le plancher froid.

« Je vais faire un feu. Je serai juste là, tu pourras me voir. »

Matty refusa d'abord de le lâcher, puis il finit par céder. Jack se releva, fourra du papier journal roulé en boule dans le poêle, et forma une tente avec des branchettes de bouleau bien sèches au-dessus. Il craqua une allumette. Quand le petit bois s'embrasa, il posa une grosse bûche au milieu, et souffla pour attiser le feu. Des flammes éclairèrent les murs et le plafond d'une lueur orange vacillante. Il regardait sans cesse Matty, qui ne le quittait pas des yeux.

Il alla fermer la porte à clé.

Claquant des dents, il traîna le matelas du canapé-lit devant le poêle et y entassa des couvertures et des oreillers, créant un cocon pour emprisonner la chaleur du feu. Il prit Matty dans ses bras, et l'installa sous les couvertures.

« Je vais chercher à manger, dit-il. D'accord ? »

Matty acquiesça.

Jack alla fouiller dans les placards avec la lampe torche, trouva trois bougies, les alluma et les répartit sur le plan de travail. Il récupéra une boîte de haricots et une boîte de pêches dans le garde-manger. Il ouvrit le placard au-dessus du frigo et en sortit les deux plus jolis bols en porcelaine de sa mère, décorés de petites fleurs. De la vaisselle des grandes occasions que lui avait léguée Mamie Jensen. Il prit deux cuillères et un ouvre-boîte dans un tiroir. Il alla s'asseoir en face de Matty, qui scrutait ses moindres gestes depuis son nid de couvertures. Il posa la boîte de haricots dans le feu et ouvrit les pêches d'abord, parce que c'était ce que Matty préférait.

Ils mangèrent les fruits sucrés à lentes bouchées, dans la lumière qui dansait sur les murs. Le feu crépitait. La maison grinçait tandis que ses murs s'étiraient et se réchauffaient. Une fois les pêches terminées, Jack sortit les haricots du poêle. Ils étaient bien chauds. Matty et lui vidèrent leurs bols, puis Jack se leva pour raviver le feu. Quand il se retourna, Matty était affalé sous les couvertures, les yeux fermés, un pied dépassant de l'édredon. Sa peau claire était illuminée par les flammes. On aurait dit un ange. Jack replaça l'édredon sur son pied puis resta là, à l'observer. *Pas la peine de lui en parler ce soir. Laisse-lui cette nuit. Tu lui en parleras demain. Demain, tu auras un plan. Tu sauras quoi faire.*

Une belle histoire qu'il se racontait à lui-même.

Derrière la fenêtre assombrie du salon, la neige tombait en grands rideaux blancs. Jack était fatigué, il avait mal aux mains, la gorge à vif, ses pensées ne cessaient de dériver, et quelque part dehors dans le noir, il crut entendre chanter. « Douce nuit, sainte nuit », un chant composé de nombreuses voix. La lueur d'une bougie, comme un guide. *Peut-être qu'ils nous voient*, pensa-t-il. *Peut-être qu'ils nous regardent.*

La neige tombait, s'amoncelait, et il n'y avait pas de vent.

Le chant que Jack avait entendu était chanté par un chœur lointain. Je n'étais pas là la première fois, mais plus tard, j'y suis retournée, et je me suis jointe à lui. Je me suis rapprochée. La maison était froide. Jack dormait sous les couvertures, un bras autour de Matty. La peau et les cheveux éclairés comme une lanterne dans la lueur du feu. L'air paisible. C'est la seule fois où je l'ai vu si tranquille. Je me suis agenouillée près de lui. Je ne l'ai pas touché, mais je l'ai regardé dormir. Maintenant, je comprends pourquoi on ne permet pas ce genre de choses.

Je n'ai jamais été aussi proche de quelqu'un, et je n'ai jamais été aussi loin.

Leur mère avait travaillé au supermarché jusque tard le soir, puis elle était rentrée en bus et avait marché depuis l'arrêt, comme elle le faisait toujours. Elle entra dans la maison, un sac en papier kraft dans les bras, et regarda Jack, assis avec Matty sur le canapé.

« Je suis encore en retard.

— Je t'ai gardé à manger. »

Elle sourit, et s'avança dans la pièce à pas lents, les traits tirés.

« Qu'est-ce que tu as fait ce soir ?

— Un gratin de pâtes.

— Mon plat préféré. »

Elle se dirigea vers la cuisine, et commença à sortir les provisions du sac. Une miche de pain. Des nouilles instantanées. Un paquet de M&M's. Matty descendit du canapé et s'approcha sur ses jambes mal assurées. Elle ouvrit les M&M's et en déposa un dans sa petite main, se pencha avec précaution pour l'embrasser sur la tête.

« Quoi de neuf, les garçons ? » demanda-t-elle.

Jack referma le livre.

« On était en train de lire.

— Quel livre ?

— Celui de la bibliothèque. »

Une ombre passa sur son visage quand elle vit le titre : *Croc-Blanc*. Elle fixa la couverture un moment.

« Tu as fait tes devoirs ? demanda-t-elle.

— Oui.

— Je veux que tu aies de bonnes notes.

— Je sais, Maman. »

Jack laissa le livre sur le canapé et alla ranger les provisions.

« Assieds-toi. Ton dîner va être froid.

— Ma-ma ! » fit Matty.

Elle avala une bouchée de gratin de pâtes. Quand elle se pencha pour verser des M&M's dans la main de Matty, elle prit une brusque inspiration et se redressa, le souffle court. Ses yeux s'embuèrent. Jack vit la douleur sur son visage. Elle ouvrit son sac à main, et sortit un flacon de médicaments d'un sachet blanc de pharmacie.

« Tu as toujours mal au dos ? » demanda Jack.

Elle ne le regarda pas.

« Je crois que je suis juste fatiguée. »

Il lui apporta un verre d'eau, et s'assit à la table pour l'observer. Le flacon de médicaments – son regard ne cessait d'y revenir.

« Tu devrais peut-être rester à la maison demain », suggéra-t-il.

Elle lui ébouriffa les cheveux.

« Ne t'inquiète pas.

— Mais c'est vrai, tu devrais.

— Ça ira.

— Tu ne peux pas mettre les produits en rayon, Maman. Les cartons sont trop lourds. Il faut que tu leur dises. »

Elle ne lui répondit pas, mais passa lentement une main sur la sienne, et la serra.

« Je t'aime, Jack. »

Ils allèrent s'asseoir dans le salon, Matty et elle sur le canapé pour lire *Bonsoir lune*, Jack près du feu avec *Croc-Blanc*. Il essaya de se concentrer sur sa lecture, mais il n'y arriva pas, trop occupé à calculer. Elle avait déjà manqué six jours de travail. Neuf le mois précédent. Il s'inquiétait pour l'argent, mais il s'inquiétait surtout pour elle. Elle paraissait tellement épuisée. Déprimée.

Quand il leva les yeux, elle le regardait fixement.

« Quoi ? dit-il.

— Je ne veux pas que tu lises ce livre. »

Il le referma.

« D'accord.

— Ne le lis plus, s'il te plaît.

— D'accord.

— Promets-le-moi.

— Je ne le lirai plus. »

Ils se turent, laissant toutes les choses qu'ils ne disaient pas planer entre eux. Jack n'aurait jamais dû rapporter ce livre à la maison. Il le rendrait le lendemain.

« Je t'aime aussi », dit-il.

« Je n'ai pas ouvert la porte. »

Jack se réveilla en sursaut. Le ciel était noir derrière la fenêtre, et il ne restait plus que des braises dans le poêle. Matty était assis, emmitouflé dans l'édredon, et le regardait.

« Quoi ? dit Jack.

— Quand le shérif est venu. Je n'ai pas ouvert la porte, comme tu m'avais dit. »

Jack hocha la tête.

« Tu as bien fait.

— J'avais peur.

— Je sais. Je suis désolé.

— Tu crois que le voyage de Maman se passe bien ? »

Jack cligna des paupières.

« Je suis sûr que oui. »

Matty ne dit rien. Puis :

« Les lampes ne marchent pas.

— Non.

— Je les ai toutes essayées. Elles ne marchent pas.

— Non, c'est vrai.

— Elles marcheront demain ?

— Je ne crois pas. »

Matty garda le silence. Au bout d'un moment, il chuchota :

« Je voudrais te demander quelque chose.

— Vas-y.

— Tu dis toujours la vérité ?

— Pas toujours, mais c'est bien de le faire.

— Et à moi, tu m'as toujours dit la vérité ? »

Dans la lueur des braises, le fauteuil à bascule de leur mère projetait une ombre sur le mur. Jack secoua la tête.

« Non. Désolé.

— À partir de maintenant, je veux que tu le fasses tout le temps. D'accord ? »

Lumière orange. Des craquements dans la maison.

« D'accord, dit Jack. Je te dirai toujours la vérité.

— Bon. »

Matty se rallongea à côté de lui, la joue pressée contre son épaule. Ses paupières s'abaissèrent.

« Je suis pas fatigué », déclara-t-il.

Il s'endormit.

Les bougies continuèrent à fondre, et leur lumière s'affaiblit.

Dans l'obscurité de la lente nuit froide, Jack rêva de sa mère telle qu'elle avait été autrefois. Debout dans l'herbe verte du jardin au printemps, des roses épanouies autour d'elle. Les joues rouges, les cheveux relevés avec des barrettes argentées. Un sécateur dans ses mains gantées pour tailler les rosiers. Jack se tenait sur la terrasse, et elle se retourna pour lui sourire. Une robe d'été jaune. Sa couleur préférée.

Quand il se réveilla, il tâtonna dans le noir, et trouva Matty. Ses battements de cœur étaient réguliers. Il resta couché sous les couvertures. De l'eau coulait de ses yeux, et il n'émit pas un son. Il n'y avait pas de musique, pas de voix, pas de chœur céleste qui chantait. Personne ne les regardait. Aucune aide possible, et tout n'était qu'un mensonge.

8

La deuxième fois que j'ai vu Jack, il avait des bandages sur les mains. Je ne me rappelle pas les avoir remarqués la première fois, mais la deuxième, oui. Du sparadrap blanc et de la gaze. Du sang séché dans des crevasses. Il portait un sous-pull gris. Ses cheveux étaient mouillés. Je repense à ça, mais je repense surtout à son regard. Je ne sais pas quoi en dire, à part que je le revois encore, même maintenant. Peu importe où je me trouve. Je sens ce regard sur toute ma peau. C'était un garçon seul dans une maison en hiver, et il avait quitté l'enfance depuis très longtemps.

C'est ce regard que je me rappelle.

Quand il fit suffisamment jour pour y voir, Jack se leva et mit ses bottes et ses gants. Il portait déjà son manteau. Il sortit de la maison et se fraya un chemin vers le tas de bois, du blanc jusqu'aux genoux. Il arracha la hache de la souche où elle était plantée, la secoua pour en faire tomber la neige. L'hiver lui transperçait les poumons. Il se mit à tousser, et eut du mal à s'arrêter. Il aurait dû mettre un bonnet. Il choisit une bûche sèche dans le tas, la plaça sur la tranche et y enfonça la hache d'un grand coup. Le bois se fendit, et les ampoules sur ses mains se réveillèrent. Il continua à frapper et à fendre du bois jusqu'à ce qu'il ait suffisamment de bûches pour le poêle, et rapporta la pile dans la maison pour faire un feu. Sa tête tournait. Matty dormait encore sous les couvertures.

Jack retourna dehors, sortit la pelle de la remise, dégagea un chemin entre la porte d'entrée et sa voiture et déblaya la neige sous les roues pour qu'elles puissent tourner. Puis il rentra dans la maison. Le robinet de la cuisine ne lâchait plus qu'un filet d'eau glacée. Il remplit une casserole et la mit à chauffer sur le poêle.

Il trouva des vêtements propres pour Matty, et le réveilla. Il devait se préparer pour l'école. Matty enleva son pyjama et s'habilla devant le poêle, pendant que Jack rapportait un torchon de la cuisine et le trempait dans la casserole fumante. Il nettoya le visage de Matty, son cou et ses oreilles, lissa ses cheveux hirsutes. Il était assez présentable.

« Je peux le faire tout seul, dit Matty.

— Je sais. »

Jack fut pris d'une nouvelle quinte de toux. Il avait la poitrine comprimée, le nez bouché. Matty l'observait. Jack ouvrit une boîte de haricots, la donna à Matty avec une fourchette pour qu'il mange devant le feu. Il préféra garder la boîte de pêches en réserve. Pour quelle raison, il n'en savait rien.

« Combien font six fois six ? » demanda-t-il.

Matty le regarda.

« Trente-six.

— Bien. Neuf fois huit ?

— Je les connais, celles-là, protesta Matty. Je les sais jusqu'à douze.

— D'accord. Quatorze fois trois ? »

Matty ferma les yeux. Calcula.

« Quarante-deux. »

Derrière la fenêtre, le ciel bleuissait, glacial et sans nuages. Jack se déshabilla, se lava avec le torchon et l'eau de la casserole, banda de nouveau ses mains. Il sortit un jean propre et un sous-pull gris de la grande commode, se réchauffa devant le poêle. Alors qu'il boutonnait son jean, un bruit retentit devant la maison – on aurait dit un moteur. Il enfila le sous-pull, et ordonna à Matty :

« Cache-toi derrière le canapé. »

Matty ne bougea pas. Il fixait la fenêtre. D'une voix proprement ébahie, il dit :

« C'est une fille ! »

Quand Jack regarda dehors, une fille était en train de sortir d'une voiture bleue.

Pas seulement une fille. Ava.

« Merde », chuchota-t-il.

Il s'accroupit, les yeux rivés à la fenêtre. Ava s'approcha de la maison, pataugeant dans la neige jusqu'à l'allée qu'il venait de déblayer. Jack fit signe à Matty de se baisser, mais il resta debout, à regarder dehors.

Il sourit. Puis il agita la main.

Des pas crissèrent sur la neige tassée, avant de s'arrêter. Jack se recroquevilla encore. Attendit. Un silence feutré régnait. Un calme étrange. Puis elle frappa.

Jack s'enfonça derrière le canapé. Matty sourit à la fenêtre.

« Baisse-toi ! » siffla Jack.

Avant qu'il puisse réagir, Matty avait ouvert la porte. Jack s'extirpa de derrière le canapé en rougissant, et s'avança vers l'entrée. Ava se tenait à moins d'un mètre de lui, les joues rosies par la morsure du froid. Elle portait un bonnet de laine, d'où ses cheveux s'échappaient en un fouillis rebelle. Son manteau s'arrêtait juste au-dessus de ses genoux. Il était en laine abîmée, vert genévrier, avec des boutons en cuivre terni. On l'aurait cru rescapé de la Seconde Guerre mondiale. Jack découvrit tous ces détails à travers une sorte de brouillard. Ava dégageait une odeur chaude, de muscade ou de gingembre.

« Salut, fit-elle.

— Salut. »

Elle prit une inspiration.

« J'ai besoin de mon livre. Pour les cours, aujourd'hui. »

Ses yeux noisette scrutaient Jack. Il n'arrivait pas à réfléchir. Il essaya de prendre un air désinvolte, mais son cœur battait la chamade. Il baissa les yeux. Les rangers d'Ava étaient délacées, et dans la trentaine de centimètres qui les séparaient du bas de son manteau, il aperçut ses jambes nues. Il releva la tête. Elle le fixait toujours.

« Elle devrait peut-être entrer », suggéra Matty, qui se tenait derrière lui, les mains dans les poches.

Jack commença à refermer la porte. Non. Hors de question qu'elle entre dans ce trou à rats.

« Je n'ai pas ton livre.

— Oh. (Elle recula d'un pas) D'accord.

— Je l'ai laissé au lycée. »

Elle l'observa un moment, puis regarda Matty. Hocha la tête.

« Bon. »

Dans la brise légère, une mèche de ses cheveux se souleva et se déposa sur sa joue, ses lèvres. Jack eut envie de la toucher. De la remettre derrière son oreille. À quoi ressemblerait cette sensation ? Il faillit lever la main. Agrippa les bords de son manteau.

« On est pressés », dit-il.

Les joues d'Ava rougirent encore.

« D'accord. »

Elle se retourna, descendit de la terrasse et s'engagea dans l'étroite allée, le dos droit, ses cheveux flottant derrière elle, embrasés dans la lumière froide du matin. La neige fraîche scintillait autour d'elle. Au bout du chemin, elle monta dans sa voiture, fit marche arrière, et rejoignit la route.

Ils laissèrent le salon en pagaille. Jack aida Matty à enfiler son manteau, remonta sa fermeture Éclair et alla chercher son cartable. Matty refusait de le regarder.

« Quoi ? » demanda Jack.

Matty secoua la tête. Jack lui mit son cartable sur le dos.

« Tu aurais pu la laisser entrer », dit Matty.

Jack ne répondit pas. Il trouva le bonnet de son frère et l'enfonça sur ses oreilles. Matty ne le regardait toujours pas.

« Pourquoi tu n'as pas voulu ? s'enquit-il.

— Elle m'a demandé de ne pas l'approcher.

— Quand ?

— Au lycée.

67

« — Pourquoi ?

— Aucune idée. »

Matty réfléchit un moment. Il sortit ses gants des poches de son manteau et les enfila difficilement.

« Ce n'est peut-être pas ce qu'elle voulait dire. Les gens disent des choses qu'ils ne pensent pas, des fois.

— Peut-être.

— C'est vrai, non ?

— C'est vrai. »

Enfin, Matty regarda Jack. Il hocha la tête.

« Je l'aime bien », déclara-t-il.

Il alla attendre le car dehors.

Il commença à neiger une heure plus tard. Jack était assis à la table de la cuisine, et regardait par la fenêtre. Des flocons pâles tombaient. Froid et silence. Il n'arrêtait pas de jeter des coups d'œil dehors, comme si Ava allait réapparaître, mais non. Il resta là longtemps. Tout devenait d'un gris morne. Il se frotta les paupières, enfonça la paume de ses mains dans ses orbites.

Les yeux fermés, il la revoyait dans les moindres détails. Le contour de ses lèvres. Ses cheveux sous le soleil, sa peau nue. Son odeur épicée. *Quel crétin tu fais*, pensa-t-il. *Tu aurais pu être sympa. Tu aurais pu lui parler. Tu ne la reverras plus.*

Sa poitrine le brûlait, et il se leva en toussant. *Ça va. Il fallait que tu t'en débarrasses. C'était le mieux à faire. De toute façon, il y a un paquet de choses que tu ne reverras plus.*

Il entreprit de fouiller la maison. Dans la cuisine, il trouva le portable de sa mère. Plus de crédit, mais il pourrait acheter une recharge. Il prit des allumettes, deux bougies et la boîte de pêches. Un rouleau de gros scotch. Il les posa sur la table. Quoi d'autre ? Des fourchettes et des cuillères, des gobelets résistants. L'ouvre-boîte. Il récupéra le reste des pommes de terre dans le garde-manger. Une boîte de haricots verts. Du café. La poêle prendrait de la place, mais ils en auraient besoin. Il sortit le Tupperware du placard, versa l'argent à côté des allumettes.

Treize dollars et trente-six cents.

Dans le salon, il vida la grande commode et tria les affaires usées d'un côté, les vêtements chauds et en bon état de l'autre. La pile n'était pas haute. Il plia une couverture et un édredon. Attrapa deux oreillers. Il posa le tout sur la table, et monta l'escalier. Prit des brosses à dents et du savon dans la salle de bains. Des bandages. Un peigne. Le savon était quasiment neuf, il durerait un moment.

Il se dirigea vers la chambre, et s'arrêta devant la porte fermée, la main sur la poignée. Quand il poussa le battant, elle était pendue au ventilateur du plafond. Les yeux révulsés. Il se détourna, alla fouiller dans la commode, et trouva trois billets d'un dollar et quelques pièces. Dans le placard, un sac de voyage. Pas d'armes. Jack avait déposé le pistolet et le fusil de la famille chez un prêteur sur gages il y avait bien longtemps. Il fouilla de nouveau la commode, mais il n'y avait rien d'autre qui vaille la peine d'être emporté. Il repéra le couteau de chasse de son père sur le tapis, près du lit, et le ramassa. Puis il déplia la lettre posée sur la table de nuit, et lut les caractères en gras tout en haut : LIBÉRATION CONDITIONNELLE REFUSÉE.

Alors c'est pour ça. C'est pour ça que tu l'as fait.

Il resta immobile un moment, la lettre entre les mains. Puis il ouvrit le tiroir, rangea la lettre près du médaillon en forme de cœur de sa mère, et le referma. La photo de mariage de ses parents reposait sur la commode, dans un cadre argenté. Malgré lui, Jack jeta un coup d'œil à l'endroit où elle s'était pendue. Elle n'y était plus.

Dehors, il traversa le terrain enneigé jusqu'à la grange, fit coulisser la porte sur ses roues métalliques. De la terre gelée pour plancher, un meuble à outils à la peinture rouge écaillée. Jack passa en revue les tiroirs en aluminium ; arrivé au dernier, sa main se referma sur du métal froid. Un marteau. Il le coinça dans la poche arrière de son jean. Dans un recoin obscur, un distributeur de Coca-Cola rouillé était placé à côté d'une vieille bibliothèque et d'un canapé relax rembourré. Tissu à fleurs, ressorts des coussins à découvert. *C'était là qu'il me faisait la lecture.*

Les romans alignés sur les étagères étaient raidis par le froid, et disparaissaient à moitié sous la poussière. Jack s'accroupit, attrapa un livre de poche. Il ne savait pas qu'il était encore là. *C'était mon livre préféré. Je le suppliais de me le lire.* Toutes ces nuits chaudes et paisibles, quelques étés plus tôt, quand tout allait bien. Il tourna les pages. « La vie se nourrissait de la vie. Il y avait les mangeurs et les mangés. La loi était : MANGE OU SOIS MANGÉ. »

Les rayons mornes du jour entraient par la porte de la grange. Aussi lugubres que son cœur.

« Croc-Blanc connaissait bien la loi. »

Plus tard, cet été-là, son père s'était laissé tomber sur le canapé, avait sniffé de la poudre et échafaudé des plans grandioses. La lune était haute quand Jack l'avait vu arriver à la maison pour la dernière fois, avec des yeux fébriles et une mallette en vinyle bleu. La mallette était munie de deux attaches, avec un petit fermoir en laiton au milieu. Son père avait arpenté la pièce pendant quelques minutes fuyantes, sursautant devant chaque ombre comme un lapin au milieu d'un champ, jusqu'à ce qu'une pensée l'effraie et qu'il s'enfuie dans le noir. À son retour, il n'avait plus la mallette. Puis la police avait débarqué.

Cette mallette aurait pu être n'importe où.

Dans la cuisine, Jack étala son butin sur la table pour mieux l'examiner. Il y ajouta trois petites voitures. Une figurine Batman et un jeu de UNO – des choses que Matty aimait. Il remplit le sac de voyage jusqu'à ce qu'il menace de craquer, puis scruta la route par la fenêtre. Quelqu'un viendrait bientôt. Une voiture de police, ou peut-être les services sociaux. Ils seraient là d'une minute à l'autre, sûrement.

Il avait gardé son sac à dos pour la fin. Il savait ce qu'il contenait. Il ouvrit la fermeture Éclair et sortit ses affaires. Un classeur de devoirs. Sa carte de lycéen, des crayons, un récapitulatif du programme scolaire. Et le livre de maths d'Ava, qu'il posa sur la table. La montgolfière sur la couverture. Son nom à l'intérieur. Jack jeta le classeur et d'autres objets à la poubelle, regarda de nouveau le manuel. Il le prit, le soupesa. Puis il le rangea dans le sac à dos. Il chargea les deux sacs dans la Caprice, et se mit en route.

9

Il n'y a pas de Starbucks ici. Pas d'espresso. Pas de cappuccino ni de macchiato au caramel. Quand on veut du café, on se le prépare soi-même. On s'en verse une tasse. On le boit noir.

Quand on a un problème, on le résout.

Question : si vous aviez l'occasion de sauver tout ce à quoi vous tenez, est-ce que vous la saisiriez ? Ou est-ce que vous la laisseriez filer ?

Il était à peu près deux heures de l'après-midi quand Jack arriva au pénitencier. Il longea lentement les bâtiments jusqu'à une place de parking près de l'entrée des visiteurs, et coupa le moteur. Il regarda la neige se poser sur le pare-brise. Le ciel froid et blême. Finalement, il entra.

Un gardien de prison était assis à l'accueil, en train de téléphoner et de boire un café. Il observa Jack pendant qu'il terminait sa conversation, puis raccrocha.

« Besoin de quelque chose, chef ? demanda-t-il.

— Il faut que je voie un détenu.

— Qui ? »

— Leland Dahl. »

Le gardien attrapa sa tasse, but une gorgée et la reposa. Il se cala dans sa chaise pivotante. Une radio était allumée quelque part.

« Eh ben… C'est pas son truc, les visites.

— Il acceptera de me voir.

— Il t'attend ?

— Non. »

Le gardien reprit une gorgée de café.

« Tu n'es pas sur la liste des visiteurs autorisés.

— Il faut que je le voie.

— Tu as quel âge ?

— Dix-huit ans. »

L'homme dévisagea Jack. Puis il inclina la tête, comme s'il était parvenu à une conclusion. Il glissa un porte-bloc sur le bureau.

« J'aurai besoin de ce formulaire et d'une pièce d'identité. »

Jack remplit le formulaire, puis le tendit au gardien avec son permis de conduire. L'homme inspecta la feuille, jeta un rapide coup d'œil au permis.

« Jack Dahl. Tu es de la famille ?

— Oui, m'sieur.

— Et tu as dix-huit ans ?

— Oui.

— Si tu es mineur, il faut qu'un adulte t'accompagne.

— Heureusement que j'ai dix-huit ans alors, hein ?

— Tu es déjà venu ?

— Non.

— Bon. (L'homme lui rendit son permis.) Je vais demander s'il accepte la visite. Assieds-toi donc une minute. »

Jack acquiesça, et s'installa sur un canapé qui faisait face au bureau. Une fontaine à eau et de petits gobelets étaient posés sur la table basse. Il regarda le gardien pivoter sur sa chaise et décrocher son téléphone.

« Oui, chef. J'ai un visiteur pour Leland Dahl. Hum-hum. Il s'appelle Jack Dahl. »

L'homme se tut, écouta. Jack attendit.

« Je crois. Hum-hum. Je m'en occupe. Pas de problème. »

Après avoir raccroché, le gardien se carra dans sa chaise et but son café. Puis il ouvrit le tiroir du bureau et en sortit un trousseau de clés, qu'il accrocha à sa ceinture.

« C'est ton jour de chance, chef », dit-il.

Il se leva de sa chaise, et appela un collègue pour qu'il le remplace à l'accueil. Puis il ouvrit la porte de la prison en appuyant sur un bouton. Jack le suivit, franchissant un portique de sécurité avant de longer un couloir qui menait au parloir, que le gardien ouvrit avec son trousseau de clés. Des néons s'allumèrent au plafond.

« Trouve-toi une place, fit l'homme. Je te le ramène. »

Il referma la porte derrière Jack, qui se retrouva seul dans la pièce. Des murs en parpaing peints en blanc. Du carrelage clair décoloré. Huit tables éparpillées. Du placage chêne bon marché. Des chaises en plastique avec des pieds métalliques. Il n'y avait aucun objet sur les tables. Pas de magazines, rien.

Il alla s'asseoir au fond de la pièce, dos au mur. Une odeur de renfermé imprégnait l'air. Un vague relent de désinfectant. Il y avait une petite fenêtre près de la porte, mais elle était trop haute, sale et couverte de toiles d'araignées, pour qu'on puisse voir à travers. Jack serra les mains sur la table, et les examina. Des taches rouges maculaient les bandages blancs. Quand il leva les yeux, la porte s'ouvrit.

Leland Dahl apparut dans l'embrasure. Il portait un uniforme de prisonnier orange qui rappelait une tenue d'infirmier : une chemise ample rentrée dans un pantalon mal ajusté. Après trop d'années de drogue dans le sang, il n'était plus fait que d'os et de tendons. Il s'avança dans la pièce et regarda Jack. Il avait des yeux brillants. Enfoncés dans leurs orbites, sculptés par l'ombre. Le menton obscurci par un début de barbe, un long nez tordu, les cheveux bruns, gras et grisonnants, rabattus sur le côté. Il était grand, voûté, rachitique. Il rejoignit Jack, et s'affala dans la chaise en face de lui.

« Tiens, tiens. Regardez un peu qui voilà. »

Le gardien referma la porte, se posta à une vingtaine de pas de leur table et attendit, les bras croisés sur la poitrine.

Leland lâcha un sifflement sourd.

« Eh ben, regarde-moi ça. Un vrai adulte. »

Jack l'observait sans rien dire.

« Ça fait combien de temps ? Quatre ans ?

— Sept.

— Sept ans ! Merde, je rêve. »

Jack ne répondit pas.

Leland s'étira de tout son long, puis s'avachit de nouveau sur sa chaise, les jambes écartées.

« T'as l'air en forme, petit gars. Très en forme. »

Il sourit. Une larme tatouée à l'encre de prisonnier se plissa au coin de son œil. Il posa la main sur la table, et ses doigts tambourinèrent au galop.

« Comment va ta mère ? Tout se passe bien pour elle ?

— Pas vraiment.

— Pourquoi ? »

Jack se pencha en avant. Il parla à voix basse, pour que le gardien n'entende pas :

« Elle a mis ta ceinture autour de son cou et elle s'est pendue au ventilateur du plafond. »

La main de Leland se figea sur la table. En dehors d'un battement de paupières, il resta parfaitement immobile.

« Tu mens.

— Non.

— Qui est au courant ?

— Personne. Pour l'instant.

— Tu l'as enterrée ? »

Jack hocha la tête.

« Où ?

— Qu'est-ce que ça peut faire ? »

Leland le fixa. Ses muscles se contractèrent. On aurait dit une créature ramassée sur elle-même, prête à mordre.

« Je ne te laisserai pas, et je ne laisserai personne, débarquer ici pour me raconter que ma femme est morte. »

Les tempes de Jack se mirent à battre.

« Sauf que c'est vrai. Mais Matty et moi, on n'est pas morts. »

Pendant toute la conversation, Jack avait surveillé le gardien, qui s'approchait maintenant de leur table. Il observa ses yeux, qui croisèrent rapidement les siens avant de se détourner. À l'accueil, l'homme avait paru décontracté, mais c'était terminé. Il était encore trop loin pour entendre grand-chose, mais il n'avait plus que

77

quelques pas à faire. Un mauvais pressentiment envahit Jack. C'était dangereux, de venir là. Il le savait.

« Où est Matt ? dit Leland.

— Avec moi. Mais on va perdre la maison. On a des factures à payer. »

Leland avait les bras tendus, paumes aplaties sur la table. Sa poitrine se soulevait à chaque inspiration. Il serra son poing droit et l'écrasa dans sa main gauche, appuyant si fort que des veines violettes ressortirent sur ses jointures. Puis il le porta à sa bouche.

« Je peux rien faire pour vous.

— On a besoin d'argent.

— Je peux rien faire.

— On n'a nulle part où aller.

— Il faut que tu partes.

— Non. »

Leland détourna la tête. Son visage luisait de sueur dans l'éclairage jaune. Il écarta brusquement son poing de sa bouche, bascula son poids vers l'avant et cogna ses jointures contre la table. Il ne regarda pas le gardien. Il marmonna :

« Va-t'en.

— S'il te plaît.

— Je ne veux pas que vous soyez mêlés à ça.

— C'est déjà fait. »

De la douleur passa dans les yeux de Leland, en même temps qu'une sorte de remords écœuré.

« Va-t'en, dit-il. Je ne me répéterai pas.

— Est-ce que tu as essayé d'obtenir ta libération conditionnelle, au moins ?

— Attention, gamin. Tu parles de choses que tu ne comprends pas. »

Le gardien s'avança d'un pas.

« Tu pourrais nous aider.

— Va-t'en, nom de Dieu.

— J'ai vu la mallette », lâcha Jack.

Le regard de Leland, fixe et ébranlé, le réduisit au silence. Leland jeta un coup d'œil au gardien derrière lui, et répondit sèchement :

« Tu te trompes.

— Non. »

Il se pencha tout près de Jack, et secoua légèrement la tête. De gauche à droite.

« J'ai vu la mallette… »

Leland bondit de sa chaise, empoigna la tête de Jack et l'écrasa contre la table. Le monde devint noir, et Jack griffa la table, essayant de se redresser ; mais Leland appuya plus fort. Jack sentit ses incisives s'enfoncer dans sa lèvre, le goût du sang, entendit une sonnerie et des pas précipités. Leland rapprocha son visage du sien, sa barbe effleurant sa joue, et l'embrassa une fois sur l'oreille.

« Tu es plus malin que ça. Ne reviens pas ici, tu m'entends ? Ne reviens pas… »

Un fracas, la pression s'atténua.

Jack s'assit. La douleur le submergea en une vague brûlante, enfla sur son visage en échos battants. Du sang coulait de son nez. Il se leva, perdit l'équilibre, s'assit de nouveau. Le gardien avait plaqué Leland contre un mur. Une alarme retentissait. Jack n'arrivait plus à respirer que par une narine.

Il se remit debout, chancelant. Il crut qu'il allait vomir, mais il ne le fit pas. Un long filet de bave rouge pendait de ses lèvres jusqu'au carrelage. Il passa sa langue sur l'entaille à l'intérieur de sa bouche enflée. Sa lèvre lui faisait mal. Du sang – partout sur le devant de son sous-pull. Il se dirigea vers la porte, le sol tanguant sous ses pieds, puis il s'arrêta, et dans l'éclairage pâle il vit Leland debout dans un coin de la pièce, les mains menottées dans le dos. Pas plus essoufflé que s'il venait de se réveiller d'une sieste.

« Quand tu sortiras d'ici, ne viens pas nous chercher, lança Jack. N'essaie pas d'appeler. Ne cherche pas Matty. On ne veut pas de toi. Compris ? »

Ses mots étaient à moitié étranglés. Leland ne bougea pas. Il semblait étrangement apaisé.

« Mange ou sois mangé, dit-il d'une voix basse, farouche. Tu connais la loi. »

Jack tourna les talons, remonta le couloir en titubant et franchit le portique de sécurité, une main en coupe sous le menton pour empêcher le sang de couler. Personne ne l'arrêta. Le gardien à l'accueil se leva et lui demanda s'il avait besoin de s'asseoir. Il secoua la tête, sortit du bâtiment et monta dans la Caprice. Il démarra et quitta le parking.

Il s'arrêta près du motel Stardust, laissant le moteur tourner. Le volant était poisseux de sang. Il s'essuya les mains sur son jean et baissa les yeux sur son torse, trempé de rouge. Son nez saignait toujours. Il entortilla le bas de son sous-pull et enfonça le tissu dans sa narine. Puis il mit sa tête en arrière et avala la substance visqueuse qui lui encombrait la gorge. Il resta dans cette position un moment. Une vague noire déferla, et il attendit qu'elle passe.

Quand les saignements ralentirent, il extirpa le tissu de son nez. Il attrapa le sac de voyage posé sur la banquette, en sortit une chemise propre et la boîte de bandages, et les mit dans son sac à dos. Une quinte de toux était bloquée dans ses poumons. Il avait la nausée. *Ne vomis pas.*

Il coupa le moteur et descendit de la voiture, en tenant le sac à dos devant son sous-pull. Il observa la rue. Lumière grise. La chaussée humide de neige. Personne à l'horizon. Il se dirigea vers le Stardust.

Un chat fauve traversait la rue. Il s'arrêta, puis repartit en trottinant.

Jack attendit jusqu'à ce qu'un couple s'approche du motel et entra discrètement derrière eux. Il s'engagea dans un couloir faiblement éclairé. Du sang gouttait de son nez sur la moquette à fleurs. Il trouva un chariot de ménage devant une des chambres et y récupéra quelques gants de toilette, une serviette et un vaporisateur de produit nettoyant. Il chercha de l'aspirine ou du paracétamol, sans succès, mais dénicha des dosettes de sucre pour les machines à café. Il en fourra plusieurs dans sa poche, et fouilla l'autre côté du chariot. Pas de médicaments. Il attrapa un gobelet en plastique, rangea toutes ses trouvailles dans son sac à dos. Puis il parcourut les couloirs jusqu'à ce qu'il repère des toilettes. Il poussa la porte et entra.

La lumière crue du soleil filtrait par une petite fenêtre. Jack cracha de la bave sanguinolente dans le lavabo. Il vida le contenu de son sac à dos à côté de la cuvette, remit le livre de maths d'Ava à l'intérieur, et prépara le reste : chemise et bandages, gants de toilette, vaporisateur, gobelet en plastique. Il retira son sous-pull taché de sang et le jeta à la poubelle. Il fit couler de l'eau froide, mouilla les gants de toilette et commença à se laver le visage. Une nouvelle vague de douleur le cloua sur place. Sa lèvre pulsait comme une pompe à eau. Il épongea le sang sur son cou et sa poitrine, se sécha et enfila la chemise propre. Le vent faisait trembler la vitre. Un aspirateur se mit en marche quelque part.

Quand il se regarda dans le miroir, du sang coulait encore de sa lèvre. Il se pencha pour inspecter les entailles. Elles étaient profondes, déjà enflées.

Avec un gant de toilette propre, il essuya la sueur sur ses paupières puis se tamponna sa lèvre. Il vida les dosettes de sucre dans le gobelet en plastique, le remplit d'eau et but. Il remplit le gobelet et but encore une fois. Il changea les bandages de ses mains. Elles lui faisaient un mal de chien. Il fourra la serviette encore propre et le vaporisateur dans son sac à dos, passa une sangle sur son épaule.

La porte s'ouvrit. Une femme de chambre entra, portant un seau de produits d'entretien. Elle s'immobilisa en voyant Jack. Regarda le gant de toilette imbibé de sang.

« Désolé », dit Jack.

Elle ne bougea pas, l'anse du seau dans une main.

« Ça va ? »

Jack toussa.

« Oui. Je m'excuse. »

Il voulut passer devant elle. La femme secoua la tête, et mit un doigt sur ses lèvres. Jack s'arrêta.

Elle sortit dans le couloir, laissant le battant reposer contre sa hanche, et observa les alentours. Des bruits de pas. Jack aperçut la silhouette d'un homme dans l'embrasure, et recula. Il tendit l'oreille. L'homme continua sa route.

Silence.

La femme ouvrit la porte en grand. Fit signe à Jack.

« Vas-y.

— Merci, dit-il. Merci beaucoup. »

Elle le dévisagea, sourcils froncés.

« Tu as besoin d'aide ? »

Jack déglutit. Cette femme avait l'air de quelqu'un qui prenait soin des gens qui l'entouraient. Son expression le blessa. Il secoua la tête.

« Non. »

Il la remercia encore une fois, reprit le couloir désert et sortit du motel. Le vent du nord lui lécha le visage, et la douleur lui piqua les narines. Il monta dans la Caprice, mit le moteur en marche. Il ouvrit son sac à dos, sortit la serviette et le produit nettoyant. Il en vaporisa sur le volant et la poignée de la portière, frotta le sang avec la serviette jusqu'à ce qu'il disparaisse.

Soudain, il fut pris d'un pressentiment glaçant, pensant que quelqu'un était tapi sur la banquette. Il se retourna d'un coup, mais il n'y avait personne.

Non. Il était seul.

Seul, et il le savait.

Il regarda l'horloge : trois heures et quart. Il se mit en route. Il s'arrêta à la station-service Texaco, rajouta cinq dollars d'essence dans le réservoir et acheta une recharge de crédit téléphonique. Il lui restait trois dollars et soixante-quatre cents. Il remonta dans la Caprice et se dirigea vers l'école de Matty.

10

Je pense aux « Si ». À tous les petits choix que l'on fait en cours de route. Chaque choix menant à un autre. Tous aboutissant à une fin.

Si je n'avais pas lâché mon livre de maths.

Si Jack ne l'avait pas ramassé.

Si j'étais restée. Ce jour-là, chez lui. Au lieu de m'en aller.

Il y a une multitude de « Si » auxquels je m'autorise à penser. Il y a des moments dont on a la nostalgie, qu'on veut revivre encore et encore, ne jamais quitter. D'autres qu'on regrette. On voudrait avoir une seconde chance. Je m'efforce de me les rappeler. C'est très séduisant, cette lente danse avec le destin. Une douce torture. Je n'oublie pas. Je n'oublierai jamais.

Mais il y a d'autres choix, aussi.

Certains « Si » veulent qu'on en paie le prix. On ne danse pas facilement avec. On les traîne comme des boulets. On les porte sur son dos.

Je me demande ce qui se serait passé si Jack n'était pas allé dans cette prison.
Certains « Si »
vous fauchent les jambes.

Bardem franchit la rivière Henry's Fork, et s'engagea sur la Red Road en direction du nord, dans un paysage désertique. De la neige fraîche couvrait l'asphalte et s'amoncelait en lames de rasoir sur les barbelés tendus entre des poteaux à l'aspect calciné. Quand il atteignit Big Grassy Ridge, le soleil était presque couché. Un crépuscule bleu glacial, silencieux et vide, où les collines du nord projetaient leur ombre sur les dunes. Bardem ralentit et s'arrêta sur le bas-côté, laissant le moteur allumé. Il observa la route.

Bientôt, il vit apparaître une voiture, avec les mots « Administration pénitentiaire de l'Idaho » peints sur l'aile. Il enfonça la main dans la poche de sa chemise, en sortit un sachet de congélation rempli de viande de cerf séchée. Il en prit un morceau et attendit en mâchonnant.

La voiture se gara à côté du Land Rover. Un gardien de prison en descendit. Il portait un manteau vert et une ceinture avec une boucle Smokey Bear, la mascotte du service des forêts. Bardem éteignit son moteur et sortit du Land Rover pour le rejoindre. Il mordit dans un autre bout de viande de cerf.

« Alors ?

— C'était lui, dit l'homme.

— Et ?

— Il a débarqué vers quatorze heures. Il a demandé à voir Dahl.

— Et ensuite ?

— Je les ai mis ensemble dans une pièce. J'ai écouté la conversation.

— J'imagine que tu veux que je te demande ce que tu as entendu. »

Bardem mâchait sa viande, l'air décontracté. Le gardien détourna la tête. Le vent était si cinglant que des larmes lui montèrent aux yeux. Il reporta son attention sur Bardem, qui l'observait.

« Tu as l'argent ? demanda-t-il.

— Je ne sais pas. Tu as des informations qui vaillent la peine qu'on paie ? »

Le gardien se balança d'un pied sur l'autre.

« Je te l'ai dit la semaine dernière. La libération conditionnelle de Dahl a été refusée.

— La libération conditionnelle de Dahl a été refusée. Et tu veux être payé pour ça ? »

L'homme déglutit.

« Je ne veux pas être mêlé à des embrouilles.

— Des embrouilles.

— C'est ça.

— Mais tu l'es déjà.

— Quoi ?

— Tu es déjà mêlé à des embrouilles. Tu savais à quoi tu t'engageais quand tu as accepté. On ne peut pas savoir quelque chose au fond de soi et prétendre le contraire. Ça ne marche pas comme ça. »

Le gardien se détourna à nouveau. Son nez coulait, il renifla. Le soleil avait quasiment disparu. Il teintait les nuages de rose et faisait étinceler la neige, et dans le ciel, un faucon solitaire se laissait porter par le vent au-dessus du terrain blanc raviné. Bardem mit le dernier morceau de cerf dans sa bouche et le mâcha. Il ne portait pas de manteau, apparemment insensible au froid glacial.

« Le gamin a parlé d'une mallette, fit l'homme.

— De quelle couleur ?

— Il ne l'a pas dit.

— Où est la mallette ?

— Ça… je n'en sais rien. »

Bardem froissa le sac de congélation vide et le rangea dans sa poche.

« Qu'est-ce que tu sais ?

— Comment ça ?

— Je veux dire, tu as entendu autre chose ?

— Eh ben, Dahl s'est énervé. Il a frappé la tête du gamin contre une table. Et après, il a dit un truc très bizarre. Quelque chose comme : "Tu connais la loi". »

Bardem scruta le gardien, la tête penchée. Ses yeux bleus étaient tranquilles. Comme l'eau d'un lac. Le crépuscule d'un rouge profond donnait à sa peau la teinte d'une bougie, et un étrange sourire s'affichait sur son visage.

« Intéressant, dit-il.

— J'ai suivi le gamin jusqu'au Stardust. Je suis entré à l'intérieur, mais il m'a semé. Il est vif.

— Vif. Comme toi ?

— Quoi ? »

Bardem fixa l'homme sans rien dire. Puis il finit par reprendre :

« Et maintenant, tu veux que je te paie pour cette information ? »

Le gardien contempla la plaine assombrie. Les chênes nains dépouillés, l'enchevêtrement de branches mortes entassées dans la neige. Des kilomètres de paysage désolé.

« Je crois que Dahl lui a dit où la mallette se trouve.

— Tiens donc.

— Je peux te montrer où il habite.

— Je sais où il habite. Tu crois que je ne me suis pas renseigné ? »

Le gardien détourna les yeux. Il ne répondit pas.

« On est le même genre d'homme, toi et moi, ajouta Bardem. Jusqu'à un certain point. On n'a pas eu des trajectoires si différentes. Mais à un moment donné, tu as décidé de trahir ton employeur. Comment en es-tu arrivé là ? Je vais te le dire : parce que tu as accepté que ça se passe comme ça. Tu vois ? »

Le gardien regarda sa voiture, prit une inspiration et baissa la tête.

« Tu as fait des choix, dit Bardem. Je crois que tu me comprends.

— Je peux te trouver la mallette.

— Si tu pouvais le faire, tu l'aurais apportée.

— Je peux t'aider. (L'homme se lécha les lèvres.) Je peux aussi te causer des ennuis.

— Quoi ?

— Je peux prévenir des gens. »

Bardem étudia le gardien dans le plus grand silence. Il secoua la tête.

« Non, répliqua-t-il. Tu ne peux pas. »

Il sortit un pistolet de la ceinture de son jean et tira.

Le gardien de prison tomba en arrière et resta étendu dans la neige, respirant encore. Bardem se posta au-dessus de lui, et le poussa avec sa botte.

« Tu m'as menacé, fit-il. Pourquoi ? »

Il coinça le pistolet dans sa ceinture, et regarda l'homme tressauter et trembler jusqu'à ce qu'il arrête de bouger. Du sang noir se répandait, faisant fondre la neige tout autour.

Bardem remonta dans sa voiture, mit le moteur en route. Il alluma les phares et repartit vers la ville.

Il s'arrêta dans un magasin de sport pour acheter un scanner radio portable et des piles. Il capta une transmission de la police alors qu'il traversait le North Fork Bridge, au sud-ouest de Saint Anthony. Il ajusta la fréquence pour mieux entendre. Le gardien de prison n'avait pas encore été retrouvé.

Arrivé devant la maison peu après la tombée de la nuit, il éteignit ses phares. On distinguait une boîte aux lettres sur laquelle le nom « Dahl » avait été inscrit au marqueur noir. Une haie de rosiers morts, et plus loin, une étendue de fougères desséchées. La maison se trouvait au bout d'une allée, à côté d'une grange. Tout était voilé par le brouillard du soir. Bardem tourna dans l'allée, roulant lentement dans la neige. La peinture s'écaillait sur la façade en bois. Pas de signe de vie. Quand il sortit du Land Rover, il avait un fusil à la main.

Il monta les marches en contreplaqué de la terrasse, frappa à la porte et attendit. Rien. Il ôta le cran de sûreté du fusil. Puis il entra.

Il s'arrêta dans le salon, aux aguets. Des formes sombres dans le silence. Un vague relent de moisi. Un fauteuil à bascule près du poêle, et une grande commode aux tiroirs entrouverts. Quelque part, le tic-tac d'une horloge.

Il monta à l'étage, vérifia la chambre à coucher et la penderie. Une robe de chambre sur un cintre en plastique. La pièce était glaciale ; on n'avait pas fait de feu depuis un moment. Il ouvrit la porte de la salle de bains, puis redescendit dans la cuisine.

Quand il appuya sur l'interrupteur, rien ne se passa. Il remit le cran de sûreté du fusil et le posa sur la table en Formica.

Il s'approcha de l'évier, ouvrit le robinet et fit couler un filet d'eau sur ses mains. La tuyauterie était quasiment gelée. Il s'essuya les mains sur un torchon accroché à la poignée du frigo. Il sortit un gobelet en plastique du placard, le remplit au robinet et but. Dans l'éclairage terne de la lune d'hiver, des ombres de branches d'arbres dansaient sur le lino.

Il posa le gobelet encore à moitié plein sur le plan de travail, ouvrit tous les placards. Du bicarbonate de soude. Des plats en Pyrex. Dans le garde-manger, un pot à sucre.

Il s'assit à la table et lut le courrier qu'on y avait laissé. À côté des lettres, une petite voiture. Une Ferrari verte. Il la prit pour l'étudier à la faible lueur de la lune. Il la fit rouler sur le Formica, regardant les pneus miniatures tourner. Il la glissa dans la poche de sa chemise.

Il reprit son fusil, traversa le salon et ouvrit la porte d'entrée. Il resta un moment sous l'avant-toit, à observer la nuit. Son souffle blafard s'élevait.

Ténèbres. Des arbres bruissaient dans le vent.

Un flocon solitaire tomba lentement du ciel. Bardem regagna sa voiture, posa le fusil sur le siège passager. Puis il fit marche arrière et s'engagea phares éteints sur la route pâle et sinueuse.

11

La plupart des gens croient à l'existence du bien et du mal, du bon et du mauvais – du moins sous une certaine forme. Je l'ai déjà dit une fois. Je ne sais pas si c'est vrai. J'aimerais le savoir. Mais pour lui, il n'y a ni bien ni mal dans ce monde, et c'est ce que j'essaie d'expliquer. Ses yeux ne sont pas comme les vôtres. Ils ne voient pas ce que vous voyez. On ne peut rien comprendre en les regardant. Je crois que j'ai envie de comprendre, parfois, mais la plupart du temps, non. Je suis incapable de le percer à jour. C'est un fait. Et si vous essayiez, je crois que vous risqueriez d'y perdre votre âme.

Je n'essaie pas. Je n'essaierai jamais.

Les gens vous diront que le diable est un menteur. Qu'il l'était dès le début. Le père du mensonge, et tout ça. Mais je n'y crois pas. Non : il dit la vérité. On ne penserait pas pouvoir être trompé par la vérité. Et pourtant c'est le cas.

Vivre avec le diable...

Ce n'est pas une chose facile.

Ava est debout dans le couloir obscur, vêtue de sa chemise de nuit préférée. Elle tient une peluche : un petit singe au pelage brun. Devant elle, la porte de la salle de bains est très légèrement entrebâillée, et dans cet interstice, une ombre se déplace, noire et d'une rapidité feutrée, glissant à travers la lumière de l'aube. Ava observe l'ombre. Elle l'entend dans la pièce, entend de l'eau couler. Elle se demande quoi faire, puis elle prend une décision. Elle se dirige vers la porte. Elle s'efforce de ne pas faire de bruit, pieds nus sur la moquette épaisse. Le haut de sa tête atteint tout juste la poignée. Elle jette un coup d'œil par l'entrebâillement.

Les rayons du soleil levant pénètrent par la fenêtre. Bardem est debout devant le miroir, en train de remplir le lavabo avec de l'eau. Son visage est en sang. Il appuie un gant de toilette sur son front, au-dessus de son œil droit. Il y a du sang sur le gant de toilette. Du sang partout sur sa chemise. Il la déboutonne de sa main libre, l'enlève, la plie dans le sens de la longueur et la dépose sur la barre du rideau de douche au-dessus de la baignoire. Il ferme le robinet.

Ava l'observe. Elle remarque des choses chez lui.

Sa noirceur.

La façon dont l'air se fige autour de lui.

Il baisse le gant de toilette. Son visage est balafré, le sang coule à flots. L'entaille boursouflée traverse son front et descend sur sa joue. On dirait un serpent. Il nettoie la plaie avec de l'eau. Le sang rosit et se répand de nouveau, rouge foncé.

Ava serre son singe en peluche. Il ne l'a pas vue.

Le dos droit, torse nu, il tamponne et lave la plaie jusqu'à ce que le sang coule moins. Il ouvre le placard, en sort des ciseaux, un petit paquet blanc et un flacon transparent. Ses gestes sont précis. Il dévisse le bouchon du flacon, verse son contenu sur la blessure. Puis il sort une aiguille et du fil. Il passe le fil dans l'aiguille, enfonce la pointe dans sa joue, suture la plaie. Il fait un nœud au bout du fil, et le coupe. Une pellicule luisante s'est formée sur son front. À part ça, il ne semble rien sentir. Il essuie le sang sur son visage, regarde le miroir.

Ava recule d'un pas.

Les yeux de Bardem se posent sur la porte.

Il l'ouvre, et sourit. Les points de suture se tendent.

« Bonjour, petite. »

Ava sourit prudemment. Bardem la prend dans ses bras et l'assoit à côté de l'évier, face à lui.

« C'est important de savoir quoi faire quand on est blessé, dit-il. On ne peut pas toujours compter sur un médecin. Ne t'inquiète pas, mon oiseau. Je t'apprendrai ces choses. Comme ça, tu sauras. »

Il sort une seringue du placard, plonge l'aiguille dans un petit flacon pour la remplir. Puis il appuie sur le piston jusqu'à ce qu'une bulle de liquide perle au bout. Il donne une chiquenaude sur la seringue, l'enfonce dans son biceps et actionne lentement le piston.

Il jette la seringue à la poubelle. Tapote la jambe d'Ava.

« Reste ici, et aide-moi à me raser. »

Il ouvre le tiroir, en sort un pot de crème, un blaireau et un objet en bois noir et lisse, au manche à peu près aussi long que sa paume. Il pose une serviette blanche propre près d'Ava, et y place ses accessoires.

« Bien se raser est un art », fait-il.

Il trempe le blaireau dans le pot, étale la crème sur ses joues, en évitant les points de suture, puis sur son menton. Ava respire doucement : elle inspire son odeur. Une odeur de bête sauvage. Quand il a terminé d'étaler la crème, il la regarde.

« Tu veux tenir le blaireau ? »

Elle hoche la tête. Elle prend le blaireau dans une main. De l'autre, elle agrippe le singe en peluche, son pelage doux et soyeux. Elle le serre contre sa joue, en espérant qu'il se tiendra tranquille. Le singe observe Bardem. Il le regarde s'emparer de l'objet en bois noir. Au bout du manche, il déplie le long fil droit du rasoir. La lame argentée reflète le soleil et lance un éclat vers le miroir, une étincelle vive dans l'éclairage matinal.

Bardem ne regarde pas Ava.

« Tu es une bonne fille, mon oisillon », dit-il.

Les jambes nues d'Ava pendent à côté de l'évier. Les carreaux sont froids. Elle a envie de descendre, mais elle ne bouge absolument pas. Sur la joue de Bardem, un mélange clair d'eau et de sang suinte de la plaie. Il pose le rasoir sur sa mâchoire, s'arrête, puis passe la lame sur sa peau. Lentement, précisément. Le fil émet un raclement.

Bardem regarde Ava dans le miroir. Sa voix douce glisse dans l'air calme, s'insinuant en elle.

« Tu veux savoir ce qui est arrivé à mon visage ? »

De l'eau goutte du robinet. La lame étincelle. Un raclement.

Un chien aboie dehors. Ava tourne les yeux vers la fenêtre. Un petit papillon jaune apparaît derrière la vitre. Ses ailes couleur citron tremblent, fines comme du papier, et derrière les ailes le ciel est doux et bleu comme une assiette en porcelaine. Elle retient son souffle.

Bardem passe le rasoir sur sa joue, juste en dessous de la balafre. Il ne détache pas les yeux du miroir.

« La plupart des hommes pensent qu'ils pourraient tuer quelqu'un si c'était nécessaire. Ils en sont toujours persuadés. Homme ou femme, peu importe. Mais ce n'est pas vrai. Non : le moment venu, ils n'en sont pas capables. Jamais. (Il secoue la tête.) Ils ne voient pas leur propre vérité. Ils manquent de volonté. »

Ava observe le papillon. Il volette dans le ciel et atterrit sur la vitre. Ses ailes se déploient et se ferment lentement. Ava n'ose pas cligner des paupières, mais elle commence à avoir mal aux yeux, alors elle finit par le faire.

Le papillon est toujours là.

Il la regarde droit dans les yeux.

Bardem nettoie la lame du rasoir, la replie et pose le manche noir sur la serviette. Il prend le blaireau des mains d'Ava pour le ranger, puis il lui redresse le menton, tourne son visage d'un côté et de l'autre, l'inspecte.

« Voilà la vérité, déclare-t-il. Il n'y en a qu'une. »

Légers comme l'air, les doigts de Bardem descendent sur son cou et sa poitrine, s'arrêtant juste au niveau de son cœur.

« Ce que tu mets ici te fera mal. »

Ava soutient son regard. Dans la lumière tamisée, elle observe la douceur des yeux de son père. Leur bleu étrange. Face à ces yeux, elle se tient parfaitement immobile. Elle sent le bout de ses doigts à travers sa chemise de nuit.

Il baisse la main.

« Ta mère a essayé de me tuer. Avec un couteau de cuisine. Tu vois cette blessure ? Elle n'aurait pas dû faire ça. (Sa voix est calme, sans relief.) À cause de ce qu'elle a fait, je l'ai forcée à partir. Elle n'est plus là maintenant. Tu comprends ? Elle ne reviendra plus jamais. »

Le soleil brille sur le miroir. L'évier rempli d'eau et de sang. Ava serre toujours son singe. Ses pieds pendent. Ses orteils la picotent. Ses jambes. Ses bras.

« Tu comprends ? »

Elle acquiesce.

« Dis oui.

— Oui. »

Bardem l'observe. Puis il hoche la tête, sourit légèrement. Il se regarde dans le miroir, passe la paume de sa main sur sa mâchoire. Son menton. Il ne semble pas du tout remarquer les points de suture. Le ventre d'Ava se tord. Elle s'essuie les yeux. *Ne pleure pas.*

« Tout ce que tu choisis de garder dans ton cœur peut être une source de douleur, explique Bardem en la regardant fixement. Fais attention à ce que tu choisiras. »

Ava hoche la tête.

Derrière la fenêtre, le papillon prend son envol et s'éloigne. Battement d'ailes éclatant, ciel bleu. Ava saute par terre.

« Je t'aime, mon Ava, déclare Bardem. Souviens-t'en toujours. Je n'aime que toi. »

Ava retourne dans sa chambre, se glisse dans son lit et remonte les draps sur son visage. Des larmes roulent sur ses joues, et elle serre les paupières, agrippant sa peluche. *Ne pleure pas. Ne pleure pas.* Elle serre le singe très fort.

Dans un rêve, la mère d'Ava vient la voir, s'assoit sur le lit et lui prend la main. Elle se penche pour lui déposer un baiser sur les cheveux. Silence de la nuit, lumière des étoiles à la fenêtre, entre les rideaux qui se soulèvent. *Ne me laisse pas, je t'en supplie.*

Au matin, elle n'est plus là.

12

Parfois, on refoule ce qui nous fait mal. On se ment en prétendant que ce n'est pas là, même si on sait bien que c'est faux. C'est comme si on avait avalé un bout de métal : il nous gêne, mais on s'y est habitué, d'une certaine façon. À cette chose en nous. Cela fait des années qu'on la ravale.

Assis dans l'obscurité à l'intérieur de la Caprice, ils observaient la maison. Les briques noircies par l'incendie autour des fenêtres, dont les vitres manquaient. La terrasse brûlée. Les rambardes en bois tordues comme des allumettes carbonisées. Des buissons d'aubépine morts de chaque côté. La porte d'entrée maintenue ouverte par un parpaing. Un tas de neige poussé sur le seuil par le vent. Jack guettait les fenêtres ; rien ne bougeait. Il faisait de plus en plus froid.

Il remonta l'allée en roulant lentement, et contourna la maison. Du vieux bois était entassé sous l'avant-toit. Il semblait sec. On ne voyait pas de traces dans la neige. À l'ouest, des chênes vénérables dépouillés de leur écorce, et sur le flanc de la colline, des cultures mortes, aplaties sous des amas de neige persistants. De gros flocons tombaient doucement, pâles comme de l'os à la lumière de la lune. Pas d'autre maison à l'horizon. Pas de lumières. Jack coupa le moteur, et Matty le tira par la manche.

« Et s'il y a quelqu'un ?

— La maison est abandonnée. Il n'y a personne.

— Les fenêtres sont noires.

— Oui. Je crois qu'il y a eu un incendie.

— Ça fait peur, ici.

— Mais non, c'est un bon endroit.

— Pourquoi on ne peut pas rentrer chez nous ?

— On ne peut plus faire ça, je te l'ai déjà dit. Ce n'est pas sûr.

— On ne pourrait pas aller ailleurs ?

— Il faut qu'on essaie ici. Il commence à faire froid. »

Matty fixait la maison.

« L'incendie remonte à longtemps, dit Jack.

— Il pourrait y en avoir un autre.

— Il n'y en aura pas.

— D'accord.

— Il n'y a personne ici.

— D'accord », répéta Matty, plus doucement.

Ils sortirent de la voiture, montèrent les marches enneigées à l'arrière de la maison, et entrèrent dans ce qui semblait être la cuisine. Le sol était gondolé sous leurs pieds. On distinguait un four General Electric enterré sous la suie, des restes calcinés de placards le long du mur. Une odeur de cendre mouillée. Jack sentait son goût âcre dans sa bouche. *Cette maison ressemble*

102

à un souvenir, pensa-t-il. *Mais pas un souvenir récent, un souvenir oublié depuis des années.*

Il regarda Matty, qui frissonnait, les mains dans les poches de son manteau. Son souffle formait un panache dans la pénombre grise.

« Viens, dit-il. Tout va bien. »

L'air était plus respirable dans le salon, qui était quasiment intact. Il y avait une cheminée, un piano droit contre le mur du fond, et sous la fenêtre, un canapé encrassé. Du papier peint à fleurs se décollait du plâtre. Le plafond était couvert de taches d'humidité. Jack enleva le parpaing qui bloquait la porte, balaya la neige sur le seuil avec le pied, et referma le battant. Le verrou semblait rouillé et usé, et il ne pensait pas arriver à le pousser ; mais à force d'insister, le pêne glissa dans la gâche avec un raclement métallique. *Bien.*

Jack scruta la route par la fenêtre. La lune brillait faiblement. Ciel gelé, obscurité. Pas un bruit.

Il retourna dans la cuisine. Matty ne voulait pas qu'il sorte, mais il lui promit de se dépêcher. Il regagna la voiture, ouvrit le coffre et en sortit le sac de voyage, les oreillers, les couvertures. Le marteau et la bâche. De retour dans la maison, il déposa tout en vrac sur le tapis du salon. Il faisait de plus en plus noir. S'ils ne trouvaient pas un moyen de couvrir les fenêtres pendant la nuit, ils seraient frigorifiés. Ils mourraient sûrement de froid.

Matty l'observait.

« Ça va aller », fit Jack.

Matty hocha la tête.

Jack toussa, sentit du sang dans sa bouche. Il tamponna sa lèvre avec sa manche, qui se tacha de rouge.

Il avait peut-être besoin de points de suture. Que pouvait-il faire ? Il attrapa une couverture, la drapa autour de Matty comme une robe de chambre.

« Reste ici. »

Il alla inspecter les chambres. Elles étaient vides. La moquette humide et moisie. Dans le placard sous l'évier de la salle de bains, il trouva trois serviettes sèches, un verre, un produit nettoyant pour toilettes. Il rapporta les serviettes dans le salon, les posa sur le sac de voyage, alla ouvrir la porte du garage. Rien. Un sol en ciment taché d'huile. Jack sentait la toux dans sa gorge. Que faire ? Le froid empirait de minute en minute.

Il examina les murs du salon. Là, un clou bien solide, enfoncé dans la plaque de plâtre. Il l'extirpa avec la partie fourchue du marteau, les doigts engourdis par le froid. Il chercha d'autres clous, en trouva trois alignés dans la cuisine, les arracha aussi. Et un dernier, d'un bon centimètre de long, dans une chambre à coucher. Il fourra les clous dans sa poche, récupéra les serviettes. Il en tendit une devant la fenêtre du salon, mesura au juger. S'il utilisait les trois, ça ferait l'affaire. Il les cloua sur le montant, puis regarda l'autre fenêtre. Il devrait se servir de l'édredon. Pas d'autre solution. Il l'accrocha devant l'ouverture, coinça le bas contre le mur avec le parpaing. Il sortit le gros scotch du sac de voyage, et colla les bords des serviettes et de l'édredon sur l'encadrement des fenêtres. Enveloppé dans sa couverture, Matty observait tous ses gestes.

« Qu'est-ce que tu fais ?

— Il faut qu'on empêche le froid d'entrer.

— Tu veux que je t'aide ?

— Non. Reste où tu es. »

Jack alla prendre une brassée de bois fendu derrière la maison, la rapporta dans le salon et l'entassa dans l'âtre. Il craqua une allumette, ouvrit le clapet du conduit de la cheminée. Des volutes de fumée montèrent à l'intérieur. Le bois s'embrasa. Jack posa une boîte de haricots dans le feu, retourna chercher des bûches et les empila dans un coin de la pièce. Il étendit la bâche sur le tapis devant l'âtre, forma un nid dessus avec la couverture et les oreillers, plaça le sac de voyage au milieu. Sa poitrine lui faisait mal. Sa lèvre aussi. La toux dans sa gorge.

Il poussa le piano jusqu'au bord de la bâche, pour créer un mur qui retienne la chaleur. Puis il resta debout dans la lueur du feu. Il voyait l'obscurité avancer à l'extérieur de la petite flaque de lumière. Du noir qui venait l'étrangler.

Il regarda Matty.

Le feu sifflait.

Matty sortit le jeu de UNO du sac de voyage. Il s'assit en tailleur dans le nid de couvertures, et leva les yeux vers Jack. Son visage dans la lumière des flammes. L'air froid.

« C'est comme un fort.

— Un fort, répéta Jack. C'est ça. »

Ils jouèrent au UNO et mangèrent les haricots à même la boîte, se la passant tour à tour. La vieille cheminée se réchauffait. Les flammes projetaient des formes floues sur le mur. Matty gagna trois parties, puis s'amusa à construire des châteaux de cartes pendant que Jack retournait chercher du bois. Quand ils eurent rangé les cartes, Jack emmitoufla Matty dans la couverture, lui enleva ses chaussures et frotta ses pieds à travers ses chaussettes. Ils étaient si glacés qu'il devait avoir mal, mais il ne se plaignit pas. Au bout d'un moment, il dit :

« Ta lèvre saigne.

— Oui, un peu.

— Ton visage est tout abîmé.

— Je me suis battu. C'est fini, maintenant.

— Avec qui ?

— Juste un type. Ça n'a pas d'importance.

— Pourquoi il s'est battu contre toi ? »

Jack toussota. Il regarda le feu, qui était en train de mourir ; il n'éclairait pas loin.

« Tu as fait un truc qui l'a mis en colère ? demanda Matty.

— On s'est battus, c'est tout.

— Il sait où tu es ?

— Non. Ne t'en fais pas.

— Je ne veux pas qu'il vienne ici.

— Il ne viendra pas.

— Je ne veux pas qu'il te fasse de mal. »

Jack ne répondit pas. Il entendait le vent qui se levait derrière la porte. Les fines branches d'aubépine qui raclaient la brique. Un bruissement lointain. Des arbres. Il replia la couverture sous les pieds de Matty.

« Personne ne me fera de mal.

— Pourquoi ?

— Je ne me laisserai pas faire. »

Matty se tut.

« Tu me crois ?

— Je ne sais pas.

— Je ne laisserai personne te faire de mal, moi non plus.

— D'accord. J'ai une question.

— Quoi ?

— Je n'irai pas à l'école demain, si ?

— Non.

— Tu as fermé la porte à clé ?

— Oui, c'est bon. »

Matty continuait à regarder Jack. À l'étudier. Puis il ferma les yeux et ne les rouvrit pas.

« Maman n'est pas partie en voyage, hein ? » demanda-t-il.

Jack déglutit. Une araignée rampait au plafond.

« Non. Elle n'est pas partie en voyage. »

Dans ses rêves, Jack creusait avec la pelle. Le manche froid lui mordait les mains. L'obscurité et la neige. Lorsqu'il atteignait l'endroit où elle se trouvait, il lâchait la pelle et tombait à genoux. Il raclait la neige et la terre mouillée à mains nues pour dégager sa joue humide. Le blanc plastique de sa peau, ses lèvres couvertes d'une pellicule noire. Ses cheveux jaunis. Un bout de couverture arc-en-ciel. Quand il se réveilla, il fut obligé de se lever. La toux dans sa gorge. Les cendres. Il rajouta du bois dans le feu, puis il resta debout, à regarder Matty dormir. Le feu crépitait. Il écouta le vent, il écouta le crépitement, il écouta le martèlement de son cœur.

« Tu devrais aller te coucher, dit-il.

— La maison grince, répondit-elle. Ça m'empêche de dormir.

— Il est tard. »

Elle ne réagit pas.

« Viens, on monte.

— Non. »

Elle était assise sur le plan de travail de la cuisine, en chemise de nuit, fumant un mince joint roulé dans du papier de riz. Les genoux relevés au-dessus de l'évier, la main en travers de ses jambes maigres. Elle tenait le joint avec une grâce fragile. De fines volutes de fumée s'élevaient à son extrémité. Elle ne se retourna pas, mais continua à contempler la nuit par la fenêtre ouverte.

« Je n'aime pas cette maison.

— C'est chez nous.

— Chez nous ?

— Oui. »

Elle ferma les yeux.

« Ce n'est pas chez nous, ici.

— On peut changer ça.

— Non, on ne peut pas.

— On peut s'arranger pour que les choses aillent comme avant. »

Elle fixait l'obscurité, sa peau pâle luisant à la lumière de la lune. Presque bleu ciel. Ses cheveux étaient emmêlés, mal peignés.

« On ne peut pas s'arranger pour que ça aille bien. Rien ne va. Rien n'ira jamais.

— Je peux te trouver de l'aide, dit-il. Je peux t'emmener chez un médecin.

— Tu crois que je veux de l'aide ?

— Il y a des endroits où tu pourrais aller.

— Je ne veux pas d'aide.

— Et Matty ?

— Je suis complètement vidée. Il ne reste rien pour lui. Ni pour toi.

— Tu es sa mère. »

Elle secoua la tête.

« Je ne suis la femme de personne. Je ne suis la mère de personne.

— Matty a besoin de toi.

— Je m'en fiche.

— S'il te plaît, Maman. »

Elle le regarda alors. Les yeux mauves, rendus à la fois brumeux et brillants de lucidité par les médicaments.

« Tu sais ce que je croyais, avant ? Pendant toutes ces années ? Avant que je comprenne enfin ?

— Arrête, Maman. S'il te plaît.

— Les lettres de ton père… Il disait qu'il allait rentrer à la maison. Qu'on serait tous ensemble. Tu sais combien de fois j'y ai cru ? »

Il la fixa sans rien dire. *Ne fais pas attention à ton ventre qui se tord.*

N'y fais pas attention.

Elle porta le joint à ses lèvres, prit une lente bouffée. Rejeta la fumée.

« Avant, je dormais pour rêver de lui. Je rêvais qu'il rentrait à la maison, et qu'il y restait, mais maintenant je sais que ça n'arrivera pas. Il ne rentrera pas, et on est seuls au monde, et aucun rêve ne changera ça. Tu le sais, hein ? Il ne rentrera jamais.

— Il pourrait être remis en liberté conditionnelle. »

Elle secoua la tête avec un rire.

« Il faut que tu gardes espoir. »

Elle fit non de la tête.

« Il n'est plus là, mais Matty est là. Et moi aussi.

— Tu n'y comprends rien. Tu crois que ton amour est suffisant pour me faire arrêter tout ça. Mais ça ne suffit pas. Je m'en fiche. *Je m'en fiche.* Tu ne vois pas ? J'ai une nouvelle famille.

— Tu parles des médicaments.

— Je parle des médicaments.

— Il faut que tu essaies, Maman. Tu te fais du mal. » Elle secoua la tête.

« Tu vas mourir.

— Oh oui, je vais mourir. Et je l'espère. De tout mon cœur.

— Et qu'est-ce que je suis censé dire à Matty ? » Elle eut un bref sourire. C'était presque insupportable.

« On vit avec notre âme, et on meurt avec, déclara-t-elle. Et mon âme est morte. Je suis déjà morte. »

Il s'efforça de respirer.

Maman est malade. Elle a juste besoin d'aide.

« Il faut que tu essaies, Maman. Beaucoup de gens qui deviennent accros aux médicaments arrivent à s'en sortir. Ne dis pas non. Je trouverai un travail pour payer les factures, et tout ira bien. Tu verras. On sera de nouveau heureux. Toi, moi et Matty. »

Elle le fixa. Le vent chuchotait. Des ombres émergeaient de l'obscurité derrière elle.

« Tu lui ressembles, dit-elle. Je te déteste pour ça. »

Il resta immobile un moment, tremblant. Ce cœur de verre.

Il partit sans un regard en arrière.

Pendant la nuit, il surveilla le feu, surveilla Matty et guetta des bruits de voiture sur la route, mais il n'entendit rien. Il resta éveillé, à tousser dans sa couverture. À écouter le vent. *Cet endroit n'est pas sûr. Il faut que tu réfléchisses à ce que vous allez faire. Quelqu'un vous trouvera, ici. Quelqu'un verra la fumée.*

Dors. Ne réfléchis pas maintenant.

Tu réfléchiras demain. Endors-toi.

Il voyait le ciel noir à travers les trous du toit. Quelques étoiles pâles. Il ne se rappelait plus vraiment à quoi sa mère ressemblait quand elle était en vie. Si seulement il s'était retourné pour la regarder une dernière fois.

13

Parfois, je pense à ces moments et je les repasse en marche arrière, de la fin au début. Comme si je pouvais trouver un sens à tout ça, perdue dans l'écoulement inversé du temps. Je procède par à-coups. J'appuie sur un bouton et je rembobine : je suis étendue dans la neige, la chaleur réintègre mon corps. Je cours à reculons entre les arbres, du blanc est amassé sur les branches, du blanc qui s'élève en flocons vers le ciel... Ma main lâche celle de Jack, et derrière moi, le diable me suit à reculons...

et

La chaleur d'un feu ; Jack est couché sur le tapis de cendres, tout le sang sur sa chemise s'estompe. Les coupures sur son visage obstiné guérissent, et son œil débleuit... Les flammes rapetissent par magie, jusqu'à ce que l'allumette embrasée entre mes doigts crépite...

et ainsi de suite, et

Des casiers et un lycée rempli de monde, et Luke Stoddard se tient là, ses joues blanches deviennent cramoisies. À cette étape, j'entends toujours la voix de Jack : « On a besoin de ses mains pour jouer au *foot, non ? » Des devoirs de maths glissent sur le sol et se rassemblent dans un livre qui décolle du béton poli pour rejoindre mes mains... une montgolfière sur la couverture...*

Et ainsi de suite, et ainsi de suite.

Je procède par à-coups. Je rembobine.

Il y a des moments que je passe en accéléré ou au ralenti. Et je me demande à quel point ils étaient courts, ou longs, à quel point ils étaient larges et profonds. Je démêle les minutes jusqu'à ce qu'il n'y ait plus de début ni de milieu ni de fin, mais un cercle, et que toutes les minutes se séparent en de nombreux moments merveilleux, tous visibles en même temps. Des moments où tout a du sens, et rien ne fait mal.

Mais vous voulez l'histoire dans l'ordre.

De A à Z.

De un à dix.

   Du début

      à

        la fin

Et pour ça, je vous aime.

Alors. Allons-y.

Doyle s'arrêta à côté de la voiture de l'administration pénitentiaire garée à Big Grassy Ridge, et descendit. Midge était déjà debout près de la portière de son 4 × 4, armée de son grand carnet noir, fermeture Éclair remontée jusqu'au menton et toque de fourrure enfoncée sur les oreilles. Des ombres indistinctes passaient à l'horizon. Le soleil se levait. Le vent aussi.

Doyle contourna la voiture.

« Merde alors. »

Midge renifla.

« Ouaip. »

Le gardien de prison mort gisait dans la neige, les yeux ouverts. Le visage bleu par le froid. On aurait dit qu'il regardait quelque chose dans le ciel. Doyle s'accroupit pour examiner le trou dans sa joue.

« On lui a tiré dessus avec une arme de poing, je dirais. À bout portant. »

Midge secoua une de ses bottes couvertes de neige.

« C'est Jake Willis qui nous a prévenus. Il était allé chasser, et il a repéré la voiture.

— Il a vu quelqu'un d'autre ?

— Personne. »

Doyle enfila des gants et fit rouler le gardien de prison sur le côté pour inspecter l'arrière de sa tête. Des cheveux raides collés à la plaie. Le blanc de l'os. La balle avait traversé son crâne de part en part. Il plongea la main dans la poche revolver de l'homme et en sortit un portefeuille.

« Il y a un billet de vingt là-dedans. Un permis de conduire. »

Le gardien s'appelait Frisby. Doyle ne le connaissait que de loin, mais il lui avait toujours paru honnête.

« Sa pauvre femme va être effondrée.

— Il avait des enfants adorables aussi. Trois, je crois.

— Hum. »

Doyle rangea le portefeuille dans la poche de l'homme. Puis il se leva et étudia les empreintes de pas dans la neige. Deux paires.

« Qu'est-ce que vous croyez qu'il était venu faire jusqu'ici ? demanda Midge.

— Retrouver quelqu'un, à mon avis. »

Midge se redressa et enfonça sa toque sur sa tête. Rajusta les rabats sur ses oreilles. Son nez commençait à rougir. Son manteau avait l'air trop grand pour elle.

« Vous savez, je me demande… »

Doyle la dévisagea.

« Tu te demandes quoi ?

— Je réfléchissais juste à ce qui s'est passé hier. Je devais aller déjeuner avec une amie qui travaille à la prison, et j'ai vu Frisby en sortir. Il est parti comme s'il avait le diable aux trousses, juste après le fils de Dahl. Il était arrivé un truc bizarre : le gamin avait la figure tout amochée.

— Le fils de Dahl est allé le voir ?

— C'est ça.

— Et comment il s'est fait amocher ?

— Aucune idée. Je l'ai juste aperçu rapidement, avec son visage dégoulinant de sang.

— Et Frisby était là ?

— Ouais.

— Hum.

— À quoi vous pensez ?

— Je ne sais pas trop. Mais il y a quelque chose de pas net dans cette histoire. »

Doyle suivit les empreintes de pas. Il arriva à des traces de pneus, et s'arrêta pour les examiner. Certaines avaient été faites par la voiture du gardien. D'autres par un véhicule avec des roues plus larges, un genre de 4 × 4.

« Tu peux m'apporter un mètre ruban ? »

Midge alla en chercher un dans sa voiture et le donna à Doyle, qui s'accroupit pour mesurer la largeur des traces.

« Vous croyez que tout ça a un rapport avec la visite du fils de Dahl ? demanda-t-elle.

— J'ai l'impression. »

Doyle referma le mètre ruban, se leva et s'étira. Il observa le paysage désertique, les collines sombres dans la lumière réticente. Un vent cinglant soufflait du nord. Il s'imagina mourir seul à cet endroit. L'idée le perturba.

« Je crois que je ferais mieux d'aller sonner chez ce brave homme, avant que sa femme n'apprenne l'affaire sur cette saleté d'Internet. (Il rendit le mètre ruban à Midge.) Tu sais où elle habite ?

— Non, mais je peux me renseigner.

— Bah, ne t'en fais pas. Je me débrouillerai. Commence à rédiger un rapport. Envoie Hank récupérer le corps.

— Entendu. (Midge resta immobile face au vent, le mètre ruban dans une main et le carnet dans l'autre.) Doyle ? »

Il la regarda.

« J'ai un mauvais pressentiment, dit-elle.

— Je crois qu'il est justifié.

— On a un plan ? »

Doyle acquiesça.

« On va aller voir Jack Dahl. »

Il retourna à sa voiture et enleva ses gants. Il sortit sa boîte à médicaments de la poche intérieure de sa veste, fit tomber deux pilules pour le cœur dans sa paume, et les avala.

Jack se réveilla avant le jour. Couché dans le fort improvisé, il regarda l'aube grise se lever. Des ombres pesantes se mouvaient dans le froid et la pénombre de la maison, lentes et blafardes. Comme une anémie qui engourdissait lentement les lieux. Il toussa, tendit la main pour toucher Matty, qui dormait près de lui. Ses côtes frêles. Bon sang, ce que sa poitrine lui faisait mal... Il resserra soigneusement les couvertures autour de lui, puis il se leva dans l'obscurité silencieuse, mit ses chaussures et sortit de la maison. Arrivé au tas de bois, il s'accroupit en toussant. Sa lèvre le lançait. Des gouttelettes de sang s'éparpillèrent à ses pieds sur la neige.

Il prit une brassée de bois sec, puis resta là un moment, le visage tourné vers le vent cinglant, à observer le jardin. Les poteaux assombris des arbres. La route qui traversait la zone dégagée, et au-delà, les champs d'un blanc terne. Le ciel lourd. Quelques maisons se détachaient ici ou là à l'horizon. Pas tout près, mais pas très loin non plus. Les fenêtres étaient faiblement éclairées. Il y avait peut-être quelqu'un là-bas, qui le surveillait. Des yeux qui pouvaient voir – voir la fumée, les traces de pneus dans la neige. Il se retourna, puis emporta le bois à l'intérieur de la maison.

De la poussière de cendres rance dans la cuisine. Un goût de suie sur ses lèvres. Des murs noircis. *Mais regarde cet endroit*, pensa-t-il. *Regarde-moi ça. Tu l'as amené là.*

Il traversa les pièces obscures pour rejoindre Matty qui dormait, blotti contre le piano, et étouffa sa toux pour ne pas le réveiller. Le plus discrètement possible, il empila les bûches fendues dans l'âtre froid et déplia le couteau de chasse pour tailler des copeaux de bois. Il parvint à raviver un peu le feu sans trop de difficulté. La flammèche lécha le bois sec et enfla dans la lumière chétive. Matty se retourna sous les couvertures. Il ouvrit les yeux, et chuchota :

« Salut. »

Il observa Jack, puis se frotta les paupières.

« Qu'est-ce qu'il y a ? demanda Jack.

— Rien.

— Si, il y a quelque chose.

— J'ai fait un mauvais rêve.

— À propos de quoi ? »

Matty haussa les épaules. Il avait l'air au bord des larmes. Jack se glissa sous les couvertures pour le prendre dans ses bras.

« Hé, dit-il. Ça va aller.

— C'était un rêve triste.

— Tu peux me le raconter, si tu veux.

— On était dans notre maison, et on avait un chien, chuchota Matty. Il avait un pelage clair, et si on lui lançait quelque chose, comme une balle ou un bâton, il allait le chercher, et il nous léchait le visage, ou il nous donnait la patte. C'était un bon chien. (Il s'interrompit pour reprendre son souffle.) Et puis on est partis de la maison, et on n'y est jamais retournés, et on n'a pas pris notre chien avec nous. On l'a laissé tout seul là-bas.

— Ça a l'air triste.

— Oui, c'était triste.

— Mais on n'avait pas de chien.

— Je sais. C'était juste dans le rêve.

— D'accord. »

Matty se tut. Emmitouflé dans les couvertures, il contemplait le feu. Son visage était pâle dans la faible lueur orange. Au bout d'un moment, il se tourna vers Jack.

« Si on avait un chien, on ne l'abandonnerait pas, hein ?

— Non. On ne l'abandonnerait pas. »

Le feu brûlait plus fort. Un crépitement de flammes. Une auréole de lumière au plafond. Jack garda Matty contre lui jusqu'à ce qu'il se rendorme, puis il s'extirpa des couvertures et attisa les braises. Impossible de se reposer. Sa gorge lui faisait mal, son visage enflé aussi. Son cœur. Il se dirigea vers la cuisine en toussant.

Regarde-moi cet endroit.

S'il continuait comme ça, ses quintes de roux réveilleraient Matty. Il sortit dans le jardin, la respiration sifflante et rauque. Puis il y eut un long silence. Le vent dans les bosquets de bouleaux sombres. Jack se tint immobile, une main crispée sur la poitrine, et leva le visage vers les premiers rayons vifs du jour. *Où es-tu ?* pensa-t-il. *Ici ? Est-ce que tu nous vois, dans cet endroit ?*

Il tendit l'oreille.

Rien que le vent.

Non, pensa-t-il. *Tu n'es pas là. Tu n'as jamais été là.*

Après avoir quitté Big Grassy Ridge, Doyle s'arrêta devant la maison des Dahl, monta les marches de la terrasse et frappa à la porte. Il attendit. Pas un bruit à l'intérieur. Il frappa de nouveau.

« Shérif Doyle ! Il y a quelqu'un ? »

Il entra dans le salon. L'air était proprement glacial. Il appuya sur l'interrupteur. Rien que son ombre sur le mur. Un sale pressentiment au creux du ventre. *Ne pense pas au pire*, s'ordonna-t-il. *Pas encore.*

« Jack ? Il y a quelqu'un ? »

Il gagna la cuisine, ouvrit un placard et le referma. L'intérieur du frigo était noir. À l'étage, il inspecta la salle de bains. Tiroirs vides. *Eh ben, voilà. Tu ne peux t'en prendre qu'à toi-même.*

Il retourna dans la cuisine, s'assit à la table. Il appuya les deux bras sur le Formica et se pencha en avant, la tête basse.

Bardem arriva au lycée après la première sonnerie. Il s'engagea sur le parking, baissa sa vitre. Le soleil brillait. Les flocons dérivaient en fragments de givre épars. Il ralentit, puis s'arrêta. Trois garçons âgés d'une quinzaine d'années étaient en train de manger des donuts du supermarché Broulim's, debout autour d'une Buick Skylark sur le capot de laquelle ils avaient posé les sachets. Ils riaient, décontractés. Bardem descendit de sa voiture et s'approcha d'eux.

« Excusez-moi, dit-il. Je me demandais si vous pouviez me renseigner. »

L'un des garçons mordit dans son donut.

« Vous êtes qui ?

— J'aurais voulu savoir si les cours avaient commencé.

— Qui le demande ?

— La ferme, Blake », fit un autre ado.

Blake regarda ses amis puis Bardem. Il plissa les yeux, comme pour mieux voir l'homme qui se tenait en face de lui. Il s'essuya la bouche sur sa manche.

« Je cherche Jack Dahl, dit Bardem.

— On l'a pas vu.

— Qu'est-ce qu'il conduit, comme voiture ? »

Les garçons se dévisagèrent.

« Une vieille Caprice, répondit l'un d'eux. Rouge, je crois.

— Vous savez où il est ? »

Ils secouèrent la tête.

Le soleil faisait scintiller le bitume verglacé. Bardem dévisagea les adolescents.

« Vous savez où vous êtes ?

— Quoi ?

— J'ai dit, vous savez où vous êtes ? »

Les garçons échangèrent un nouveau regard.

« Chaque moment de notre vie est un choix, affirma Bardem. Vous êtes sur un chemin, et à chaque choix, vous avancez. Vous façonnez la destination. La forme qu'elle aura. Vous voyez ? Les chemins divergent dans un bois jaune. Vous ne pouvez pas prendre les deux directions. (Il marqua une pause, observant les garçons.) Aujourd'hui, vous mangez des donuts sur un parking. Où serez-vous demain ? »

Les garçons ne bougèrent pas.

« Écoutez, m'sieur…, intervint Blake. On comprend rien à ce que vous dites. »

Bardem sourit.

« Tu n'es pas très futé, hein ?

— Blake, marmonna un garçon. Allons-y. »

Bardem se tenait les bras le long du corps, les doigts posés sur son jean. Des flocons tombaient sur ses cheveux, formant des amas d'un blanc pur.

Blake se lécha les lèvres.

« On ferait mieux d'y aller.

— C'est bien, approuva Bardem avec un hochement de tête. Bon choix. »

14

*Vous pensez peut-être que c'est mal, que je protège
tous ces souvenirs.*
Je m'en fiche.
Je les protégerai.

Couché sous les couvertures, Jack réfléchissait à ce
qu'il devait faire. Le soleil était levé depuis quelques
heures, mais Matty dormait toujours près du feu. Il ne
se réveillerait sûrement pas avant un bon bout de temps.
Mais s'il le faisait, il aurait peur, c'était sûr. Non, mieux
valait patienter. *Attends de lui avoir donné le téléphone.*
De lui avoir dit au revoir. Dans sa tête, Jack ne cessait
d'entendre la voix de son père. Les paroles qu'il avait
prononcées. *Mange ou sois mangé.* Pourquoi avait-il
dit ça ?
Oui, vous avez lu des livres ensemble, et alors ?
Ça n'a pas d'importance. Plus maintenant.
Oublie ça, Jack.
Tous ces souvenirs.
Il n'est plus là, mais vous, si. Matty et toi.

Il repoussa les couvertures, alla fouiller dans le sac de voyage, et en sortit quelques jouets. Les petites voitures et Batman. Il les laissa devant l'âtre avec des vêtements propres et une brosse à dents, pour quand Matty se réveillerait. Il posa la dernière bûche sèche sur les braises, et la regarda s'embraser. Puis il mit ses bottes et traversa la cuisine jusqu'à la porte de derrière. Dehors, il remplit la poêle à frire de neige fraîche. Ses joues le brûlaient. Il sentait qu'il avait de la fièvre, mais ne savait pas si elle était forte. Il rentra, plaça la poêle devant le feu. Matty dormait toujours. Il récupéra une boîte de pêches dans le sac, du café, des cuillères, et les mit sur le piano. Il restait trois pommes de terre et une boîte de haricots. Il posa les haricots et l'ouvre-boîte près de la cheminée, à côté des jouets.

Il n'y avait pas eu de trafic sur la route devant la maison. Ni pendant la nuit, ni ce matin-là. Personne n'était passé.

Tu peux le laisser en sécurité ici une journée. Tu seras rentré avant la tombée de la nuit.

Jack fit deux allers-retours jusqu'au tas de bois, constitua une bonne pile de bûches à côté de la cheminée. Encore quelques-unes, et ça suffirait. Au troisième voyage, il flancha et s'arrêta sur la terrasse, pris de vertige. Il se retourna pour regarder les champs. Les cultures mortes et blanches. L'allée du garage, la route. Du café pourrait l'aider. Peut-être un morceau de pêche.

Allez, Jack. Juste une journée à tenir.

Accroche-toi.

La porte grinça derrière lui. Matty tenait la poignée, passant d'un pied sur l'autre, le manteau remonté jusqu'au visage, les cheveux hirsutes et emmêlés.

« Tu as apporté Batman.

— Oui.

— On va manger des pêches ?

— C'est ça. »

Matty observa Jack un moment.

« Ça va ? » demanda-t-il.

Jack sourit. Les plaies dans sa bouche se réveillèrent.

« Oui, je suis juste en train de rapporter du bois.

— Je peux t'aider ?

— Ce serait sympa. »

Matty sourit. Scruta le ciel.

« Il va neiger.

— Je crois que tu as raison.

— On pourrait faire un bonhomme de neige, tout à l'heure.

— Excellente idée. »

Jack prépara du café avec la neige fondue dans la poêle. Il en remplit une tasse et la tendit à Matty, assis devant la cheminée.

« Tiens, bois ça », dit-il.

Matty prit la tasse à deux mains, pencha son visage vers la chaleur noire. Il avala une gorgée.

« Il est très bon. »

Ils burent le café brûlant et corsé ensemble. Puis Jack ouvrit la boîte de pêches et la donna à Matty avec une cuillère.

« Vas-y.

— Non, prends-la, toi.

— Je veux que tu manges. »

Matty enfourna un morceau de pêche dans sa bouche, et rendit la conserve à Jack.

« À ton tour. »

Ils mangèrent l'un après l'autre, savourant chaque bouchée sucrée. Quand ils eurent terminé les fruits, Matty but l'épais sirop au fond de la boîte et lécha le couvercle. Puis il garda le silence, les joues rougies. Sa peau claire luisait à la lumière du feu, presque incandescente : une allumette enflammée. Jack resta assis, la bouche comme inondée de soleil par le goût des pêches qui s'estompait peu à peu, la poitrine de plus en plus serrée, jusqu'à ce qu'il ne puisse plus attendre. Il se leva et alla sortir le portable de son sac à dos. Matty leva les yeux, soudain attentif.

Jack s'accroupit devant lui.

« Prends ça.

— Tu vas partir, hein ?

— Oui. Il faut que j'aille chercher à manger. »

Matty regarda les haricots et les pommes de terre.

« C'est tout ce qui nous reste ?

— Quasiment.

— On va mourir ? »

Jack s'assit à côté de lui.

« Non. Un jour, j'imagine. Mais pas maintenant.

— Tu es malade ?

— Un peu, mais ça ira bientôt mieux.

— Je pourrais venir avec toi.

— Non. J'ai besoin que tu restes ici.

— Pourquoi ?

— Il faut que quelqu'un s'occupe du feu. C'est un travail important, petit gars. Tu peux t'en charger ? »

Matty regarda les flammes sans répondre.

« Il y a assez de bois pour la journée, lui expliqua Jack. Et des haricots pour le déjeuner. Je serai de retour ce soir.

— Ça fait long.

— C'est vrai, mais tu te débrouilleras.

— Tu te débrouilleras aussi ?

— Oui.

— Tu es sûr ? »

Jack hocha la tête.

« Et je resterai là, dit Matty.

— Oui.

— Pour m'occuper du feu.

— Oui. »

Matty fixait Jack, les yeux brillants. Il donnait l'impression d'être broyé par un étau invisible.

« D'accord.

— Je te laisse ce portable, au cas où », dit Jack.

Matty ne le quittait pas des yeux.

« Mais je n'en aurai pas besoin, hein ? demanda-t-il.

— Je ne pense pas. Mais on ne sait jamais.

— Qui est-ce que je pourrais appeler ?

— Mme Browning. J'ai enregistré son numéro, tu vois ? Tu n'auras qu'à appuyer sur ce bouton. Tu lui diras que tu es dans l'ancienne maison des Palmer, sur Egin-Hamer Road. Appelle-la seulement si je ne suis pas rentré à la nuit tombée. Tu comprends ? Seulement s'il fait nuit.

— Si j'appelle Mme Browning, elle m'emmènera aux Services ? »

La bouche de Jack était sèche. Il avait du mal à déglutir. Une souris fila le long du mur en plâtre taché de suie, s'arrêta. L'observa.

« Je serai rentré à la tombée de la nuit », dit-il finalement.

Matty prit le portable et le garda dans sa main.

« D'accord. »

Arrivé au lycée, Doyle se dirigea vers les services administratifs, où une femme était assise au bureau d'accueil, en train de taper à l'ordinateur. Elle lui jeta un coup d'œil par-dessus ses lunettes de lecture.

« Bonjour, shérif.

— Salut, Victoria. Je cherche Jack Dahl. »

Elle pianota sur son clavier, scruta l'écran.

« Il est absent.

— Est-ce qu'il y a un professeur ou quelqu'un d'autre avec qui je pourrais en parler ?

— Miguel Navarro, peut-être. »

Elle appuya sur l'interphone d'un autre bureau.

« Allez-y. »

Quand Doyle entra dans la pièce et referma la porte, Navarro se leva derrière son bureau. Doyle connaissait le conseiller d'orientation, un homme grand et mince, avec un tempérament paisible et des yeux sombres marqués de cernes, qui ne laissaient pas passer grand-chose. Il avait fait l'armée des années auparavant, et une vieille blessure de guerre le faisait boiter, mais il ne parlait jamais de cette époque. Doyle n'y voyait pas d'inconvénient ; il n'en parlait pas non plus. Navarro lui tendit la main en souriant.

« Shérif. »

Ils s'assirent face à face, Doyle sur une chaise dure incurvée à l'armature métallique, Navarro sur un fauteuil en faux cuir. Des éclats de lumière provenaient de la fenêtre, où des stalactites pendaient. Une grande affiche avec un slogan encourageant était punaisée au mur : IL RESTE TOUJOURS UNE CHANCE, TANT QU'ON EST PRÊT À LA SAISIR. Navarro joignit les mains sur son bureau.

« Qu'est-ce que je peux faire pour vous, shérif ?

— Je cherche Jack Dahl.

— Il a des ennuis avec la justice ?

— Pas que je sache.

— Vous avez essayé son domicile ?

— Oui. Qu'est-ce que vous pouvez me dire sur lui ? »

Navarro prit un crayon et le tapota sur son bureau.

« Il a un petit frère. Matthew, je crois. Vous êtes passé à son école ?

— Mon adjointe l'a fait. Personne ne l'a vu.

— Et la mère ?

— Elle n'a pas donné signe de vie non plus. »

Le sourire de Navarro s'effaça. Il observa Doyle.

« Vous pensez qu'il a fugué.

— Je crois que le gamin a pris le large, oui.

— Et vous pensez qu'il s'est mis dans une situation dangereuse, je me trompe ?

— C'est ça. »

Un système de ventilation se mit en marche. Des papiers voletèrent sur une bibliothèque. Navarro regarda la fenêtre, son crayon pendant à la main.

« Il y a quelques années, j'ai essayé de prendre rendez-vous avec lui, raconta-t-il. Mais il ne voulait pas me parler. Et il ne m'a pas donné de raison de lui imposer une discussion non plus. Il évite les ennuis. Les services d'aide à l'enfance nous ont rendu visite, et j'ai compris que la situation avait dégénéré du côté de la mère.

— Qui sont ses amis ?

— Il n'en a pas, à ma connaissance. Je ne crois pas qu'il recherche ce genre de chose.

— C'est-à-dire ? »

Navarro haussa les épaules.

« Il est du type solitaire. Prudent.

— Il faut que je le retrouve.

— Ça ne va pas être facile.

— Pourquoi ça ?

— Il est malin.

— Ah oui ?

— Pour les devoirs, c'est un désastre : des C et des D en pagaille. Mais quand il passe des examens... Il a obtenu 1 390 points à son test d'aptitude aux études supérieures. En avant-dernière année de lycée.

— J'imagine que c'est beaucoup, vu comme vous le dites.

— Si Jack Dahl ne veut pas qu'on le retrouve, il y a de bonnes chances pour que vous ne le retrouviez pas. »

Doyle pencha légèrement la tête.

« Qui sait... Je suis assez doué dans ce domaine.

— J'espère pour vous. »

Doyle étudia Navarro. Son visage, son souffle court. Ses mains qui tremblaient à peine.

« Vous l'aimez bien, hein ? »

Navarro cligna des yeux.

« Qu'est-ce qui vous fait dire ça ?

— Ça s'entend.

— Oui, je l'aime bien. »

Doyle acquiesça.

« Moi aussi. »

Il salua Navarro en inclinant son chapeau, et sortit.

15

Qui t'a fait ? Comment as-tu été formé ? D'où sont venues tes strates, tes courbes et tes aspérités ? Tes endroits doux et sauvages ? La lumière et l'obscurité profonde et sacrée. Les vallées et les falaises de ton âme. Le fracas et le silence. Pour quoi bat ton cœur ?
Je pense à tout cela.

Jack avait décidé d'aller voir son oncle Red, même s'il lui faisait peur. Red vivait à une dizaine de kilomètres de l'autre côté de la ville, mais il préféra faire un détour par les routes de campagne pour éviter qu'on ne le repère. La neige recouvrait le bitume, et des nappes de brouillard planaient au-dessus du sol. Il prit la direction de la rivière, traçant un chemin désolé. Des flocons gris mouillés surgissaient de nulle part en tournoyant. *Qu'est-ce que tu lui diras ? Réfléchis. Il faut que tu sois prêt.* Arrivé à un embranchement de la route, il s'engagea sur une couche de neige plus épaisse, intacte.

La maison de Red était enfoncée dans les arbres, au fond d'un étroit vallon qui longeait la Snake River. Une vapeur trouble montait de l'eau près du bâtiment.

Une silhouette affaissée dans la brume. Des planches vermoulues. Des clous rouillés et des murs colmatés avec du papier goudronné noir. Un filet soyeux de cendres et de fumée s'échappait de la cheminée. Une des fenêtres était entrebâillée, laissant passer un câble électrique qui serpentait dans la neige et disparaissait au milieu des bois. Sur le côté de la maison, des peaux de cerf étaient tendues entre de jeunes arbres où on avait suspendu des quartiers de viande fraîche, du gibier qui développerait un arôme prononcé en vieillissant dans le froid.

Red avait chassé avec le père de Jack, à une autre époque, quand les congélateurs étaient pleins et que les deux frères étaient liés par les secrets et le sang. Il le connaissait mieux que personne.

Jack coupa le moteur de sa voiture, et sortit. Calme plat. Le bruit étouffé de la rivière qui courait sur les rochers et la glace. Des conifères ployaient sous la neige, et plus loin à l'horizon, on apercevait les crêtes dentelées de la chaîne des Tétons, des monuments de pierre qui s'élevaient dans la grisaille avec leurs saillies, leurs angles et leurs versants sombres et désolés que le soleil n'atteignait jamais. Un ou deux chiens se mirent à aboyer dans la maison, et Bev ouvrit la porte d'entrée.

« Qu'est-ce que tu fais dehors par ce sale temps ? dit-elle. Il doit neiger toute la journée.

— Il faut que je parle à Red. Il est là ?

— Oui, oui. Viens te réchauffer. »

Bev était la troisième femme de Red, et elle intimidait Jack. C'était une personne qui faisait parler d'elle en ville, tout en courbes et rondeurs moelleuses, avec des lèvres pulpeuses et des cheveux blonds qu'elle frisait avec des bigoudis chauffants. Elle avait l'habitude de porter des peignoirs fleuris façon kimono, aimait l'astrologie et lire les lignes de la main : environ un an plus tôt, elle avait annoncé comme si de rien n'était à Jack qu'elle l'avait vu en rêve, nu au sommet d'une montagne enneigée, entouré de dieux nordiques. Elle concoctait des élixirs de guérison avec des herbes et des huiles essentielles chaque printemps, et les soirs de week-end, il n'était pas rare de la trouver en train de réciter des prophéties, avec une bonne dose de poudre dans le nez.

Elle tint la porte ouverte à Jack, et les chiens vinrent le renifler en remuant la queue, jusqu'à ce qu'elle les mette dehors.

« On a du café, lui proposa-t-elle. Je t'en sers ?

— Je veux bien, merci. »

Ils s'assirent à la table de la cuisine. La chaleur du poêle à bois irradiait le sol et les murs. De la vapeur montait d'une cafetière posée sur la cuisinière en fonte, à côté d'une poêle vide où on venait de cuire des œufs au plat. Des vêtements pendaient sur une corde à linge tendue en travers de la pièce ; les chaussettes et les dessous en dentelle de Bev avaient l'air quasiment secs, mais de l'eau gouttait encore des manteaux et pantalons plus épais. Un fusil montait la garde à l'entrée, et Jack n'avait pas besoin de regarder la porte du fond pour savoir qu'un autre attendait là-bas. Au centre de la table, une violette africaine trônait sur un napperon au crochet, entourée d'un pistolet, d'un jeu de tarot et d'une bouteille de whisky vide. Un bocal de cannabis était posé à côté du whisky.

« Red est en train de fumer de la viande de cerf dehors, dit Bev. Mais je suis sûre qu'il t'a entendu arriver. Il rentrera bientôt. »

Ils burent leur café chaud. Des ombres se tapissaient dans les recoins froids de la maison, et des gouttelettes de condensation dégoulinaient sur l'intérieur des vitres. Un brouillard couleur eau de vaisselle s'entortillait en volutes derrière les carreaux sales.

« Comment va ta mère ? » demanda Bev.

La porte du fond s'ouvrit. L'oncle Red apparut sur le seuil, un couteau à la main, dont la lame était enduite d'une substance sombre et luisante. Il regarda Bev.

« Café. »

Elle se leva aussitôt de sa chaise.

Red se dirigea vers l'évier de la cuisine, rinça le couteau sous le robinet et se lava les mains. Il portait une épaisse parka, un treillis rentré dans des godillots Red Wing, et un bandeau en laine noir noué à l'arrière de sa tête comme une écharpe. C'était un homme à l'air féroce, vétéran de nombreuses batailles, avec une barbe rousse, des traits taillés à la serpe, des cheveux longs et emmêlés et une musculature déliée. Red était le frère aîné du père de Jack, et avait été un fabricant de drogue hors pair des années plus tôt, avant qu'un dealer concurrent s'attaque à lui à coups de hache. L'homme avait prévu de le scalper entièrement, mais Red avait réussi à passer un marché avec lui. On préférait ne pas évoquer cet incident sanglant. Red n'avait plus jamais trafiqué de drogue, même si le bruit courait qu'il en fournissait toujours aux clients qui savaient rester discrets. La hache lui avait laissé une vilaine balafre du côté droit du crâne, où il n'avait presque plus de cheveux. Le bandeau de laine servait à cacher son visage défiguré.

Red posa son couteau sur la table et s'assit.

« Tu n'es pas à l'école. Pourquoi ?

— On a reçu une visite de Doyle. Le shérif. Il m'a dit que la banque allait vendre notre maison aux enchères si on ne réglait pas nos dettes. Je suis parti m'installer ailleurs avec Matty.

— Hum. Où ça ?

— C'est mon affaire. »

Les lèvres de Red frémirent, et se pincèrent.

« Où est ta mère ?

— Morte. Je l'ai enterrée dans le jardin. »

Bev lâcha une cuillère, qui heurta le sol avec fracas. Elle se pencha pour la ramasser. Red se carra dans sa chaise. Il fixa Jack d'un air impassible, les yeux aussi noirs que de l'encre.

« Et qu'est-ce que tu veux que je fasse ?

— Je suis allé voir Papa en prison. On n'a pas un sou, Red. J'ai besoin de l'argent qu'il a pris. Il n'a pas voulu me dire où il était, mais il faut que je le retrouve.

— Qu'il choisisse de parler ou pas, c'est son choix, gamin. C'est stupide, d'aller fourrer ton nez dans ses affaires. »

Jack parvint à soutenir le regard de son oncle, mais il avait l'estomac noué. Comme s'il faisait face de trop près à une créature griffue aux yeux jaunes. Une bête qui l'observait à travers des orbites humaines.

« Tu pourrais lui demander, Red, suggéra Bev. Tu sais qu'il accepterait peut-être de te parler.

— On ne demande pas ce qui ne doit pas être dit.

— Mais il pourrait...

— Silence, femme.

— Où est-ce qu'il aurait pu cacher l'argent, alors ? intervint Jack.

— J'ai pas demandé, j'en sais rien.

— Il n'est pas à la maison.

— Il n'est pas demeuré au point de l'avoir laissé là-bas.

— Alors où est-ce qu'il aurait pu le mettre ?

— Tu n'as pas à le savoir. Et qu'est-ce que tu en ferais, de toute façon ? Tu partirais à Las Vegas ? Tu t'enfuirais et changerais de nom ? »

Jack pensa à Matty. La rage l'envahit, à cause des larmes qui lui piquaient soudain les yeux, de la fatigue et de l'inquiétude. Il regarda ses poings crispés sur ses genoux. Ses bandages imprégnés de taches rouges.

« Je m'en servirais intelligemment.

— Pas assez intelligemment. C'est hors de question. Il y a des choses cachées qui doivent le rester.

— Si tu ne sais pas, je me renseignerai ailleurs. »

Il y eut un long silence.

Red se pencha vers Jack. Il sentait la viande cuite et la fumée. Une odeur âcre de feu de bois et de chair réchauffée.

« C'est dangereux, je te dis.

— Je dois essayer. »

Un nouveau silence. Red s'empara du jeu de tarot, le coupa, tordit les cartes en arrière et les mélangea.

« Tu te renseigneras ailleurs. »

Il coupa les cartes et les mélangea encore une fois.

« Ça, mon neveu, c'est le meilleur moyen de se faire tuer, ou de s'arranger pour que ça arrive. »

L'instant auquel Jack se préparait depuis le début était venu.

« Et ce type avec qui il traînait ? demanda-t-il. Bardem ? Je pourrais commencer par là. »

Red abattit les cartes sur la table et attrapa le couteau. Il pointa la lame vers Jack, le manche en os tenant parfaitement dans son poing. Il s'immobilisa, le regard fixe. Puis il tourna le couteau à l'horizontale et le tapota doucement sur sa paume tendue, une fois puis deux, comme pour le soupeser. Il passa un doigt sur le fil de la lame, la retourna, soupira, appuya la pulpe de son pouce sur la partie crantée, faisant perler une goutte de sang.

« Qu'est-ce que tu sais de Bardem ?

— J'ai vu une photo de lui une fois. Papa me l'a montrée. Il m'a dit que si jamais je le voyais arriver, je devais m'enfuir. »

Jack regarda le visage de Red passer par plusieurs émotions : l'appréhension, la peur, un éclair de méfiance, puis le désespoir.

« Puisque tu ne veux pas m'écouter… », finit-il par dire.

Jack attendit, observant son oncle.

Red posa le couteau sur la table. Il indiqua la porte de la chambre à Bev.

« Allez. »

Bev s'éloigna de deux pas, puis s'arrêta et saisit la main de Jack.

« Je vois des choses difficiles pour toi dans l'avenir, annonça-t-elle. Fais bien attention… et appelle si tu as besoin de quoi que ce… »

Red leva une main menaçante.

« File, avant que je fasse un truc que je regretterai. »

Bev serra la main de Jack, puis entra dans la chambre et referma la porte. Les secondes s'éternisèrent.

« Il y a un vieux refuge de chasseurs qui nous servait de planque il y a des années, à Leland et moi, révéla Red. Dans les collines. Un endroit isolé, que personne ne connaît. S'il voulait garder quelque chose en lieu sûr, ça pourrait être là-bas.

— C'est à quelle distance ?

— À une heure d'ici, peut-être. Trois maximum, aller-retour.

— Tu me montreras ?

— C'est ce que je suis en train de te dire. Va m'attendre dans la voiture pendant que je me prépare. »

Jack s'aperçut qu'il avait du sang dans la bouche, à force de mordre sa lèvre entaillée. Il ne faisait pas confiance à Red, et il savait qu'il prenait des risques, mais le désespoir et l'angoisse étaient plus forts. Baissant les yeux, il vit sa poitrine se soulever. Il avait le souffle court.

Deux heures. Trois maximum.

Bien assez de temps pour être rentré avant la tombée de la nuit.

Red se leva, prit le couteau et le glissa dans l'étui sur sa hanche. Il fourra le pistolet dans la poche de son manteau.

« Pas de temps à perdre. Tu veux rouler un joint pour la route ? »

Jack savoura le bref confort irréel du trajet de la maison de Red jusqu'au refuge de chasseurs. La course régulière du 4 × 4 sur la route, les flocons qui tombaient, la brume grise qui se levait, la ventilation qui soufflait de l'air chaud. Les couleurs pâles de l'hiver se fondaient en gris perle et tourterelle. Il appuya la tête sur le dossier de son siège, et laissa ses paupières se fermer, en pensant à Red. Si son oncle soupçonnait que la mallette était cachée au refuge, il aurait déjà dû aller la chercher, non ? Jack pressentait une sorte de menace, mais dans la bulle chaude de la voiture, une chose étrange se produisait dans son esprit. Il s'en fichait. Tout simplement. Il trouverait la mallette, ou bien…

Ou bien quoi ?

Ses pensées vacillèrent.

Arrête, Jack. Red n'est pas si terrible que ça.

De toute façon, cela lui servirait, de savoir ce que Red ferait.

Le 4 × 4 prit un virage, et il ouvrit les yeux. Red avait quitté les routes balisées, et s'engageait sur des collines boisées que Jack ne connaissait pas. Ils étaient les premiers à laisser des traces sur la ligne de crête. Les pneus patinaient sur des cailloux, glissaient sur les reliefs d'une poudreuse épaisse. De grands arbres minces les observaient depuis les versants, comme des sentinelles efflanquées. Un voile brumeux flottait dans la vallée encaissée en contrebas. Finalement, Red s'arrêta à un tournant signalé par un gros rocher.

« C'est à environ cinq cents mètres, dit-il. Dans cette forêt. »

Ils descendirent de la voiture. L'air froid heurta les poumons de Jack, et il se mit à tousser, plié en deux, jusqu'à ce qu'il ait l'impression d'avoir la poitrine en feu. Il leva des yeux larmoyants. La neige s'était arrêtée, et dans ces collines, le ciel était d'une luminosité aveuglante, de la couleur d'un océan gelé et tout aussi clair. Red se fraya un chemin dans la neige sans regarder en arrière, changeant de cap ici ou là. Jack suivit sa trace, contournant des troncs d'arbres et passant sous de grandes branches noires, tout en s'efforçant de maîtriser sa toux. Des inspirations lentes, régulières. Pas trop profondes.

Il gardait les yeux rivés sur le dos de son oncle. *Surveille-le. Surveille-le bien.*

C'était peut-être un piège.

Il palpa le couteau de chasse replié dans sa poche.

La forêt devint plus dense, peuplée de larges ramures de pins et de broussailles. Puis ils débouchèrent sur une clairière. Une caravane d'environ quatre mètres de long se détachait devant les arbres. Une bande horizontale de peinture marron effacée, une épaisse couche de neige sur le toit. Le timon en métal reposait sur un rondin. On distinguait la forme d'une fosse de feu de camp dans la neige. À côté de la caravane, un vieux fumoir à viande et une cabane à outils. Une bobine de ficelle orange pendait à un crochet. Red s'arrêta pour observer les lieux. Son souffle s'échappait de sa bouche et flottait vers la cime des arbres.

« Va regarder dans la caravane. Elle ne devrait pas être fermée. »

Il partit vers la cabane à outils. Jack le regarda s'éloigner, jusqu'à ce qu'une bourrasque le déséquilibre, manquant de le faire tomber. Il avait les jambes en coton, la tête qui tournait. L'effet de la fièvre, sûrement. Il se dirigea vers la caravane, et ouvrit la porte.

Froid et humidité. Une odeur de moisi. Du lino par terre, et sur le lit, un matelas crasseux. Un évier rouillé, une petite gazinière et une table. Des détritus entassés dans un coin. Il entra, et ouvrit un placard. Sel et poivre. Une bouteille de ketchup. Dans un tiroir, des couverts en plastique. Un briquet. Les couvertures avaient commencé à pourrir.

Des crottes de souris. La puanteur était insupportable.

La mallette n'était pas là.

Il s'assit à la table. Que pouvait-il faire, alors ? Il n'y avait personne pour lui donner des idées. Il se pencha en avant, posa la tête sur ses bras croisés. *Réfléchis.* Le plus perturbant était la soie noire qui ondulait dans sa tête, émoussant sa perception du danger, engourdissant son esprit... le poussant vers un précipice obscur...

Quelque chose le réveilla. Il se redressa d'un coup, aux aguets. La caravane était silencieuse. Il ne savait pas à quelle vitesse il s'était endormi. Combien de temps s'était-il écoulé ? Quelques minutes, peut-être. Dehors, la lumière avait faibli. Il entendit ce qui semblait être un bruit de moteur sur la route. Encore loin, mais il se rapprochait. Le moteur ralentit. Puis il s'arrêta dans un chuintement.

Jack se tassa sur sa chaise et écouta.

La caravane se remplit de soupçons.

Le refuge était à l'écart de la route, et la route isolée. Personne ne serait arrivé là par hasard. Jack essaya de se convaincre – sans grand succès – que quelqu'un avait aperçu le 4 × 4 et s'était arrêté pour vérifier que tout allait bien. Un bon Samaritain.

Mais non. La vérité était très claire.

Red avait appelé quelqu'un.

Quand il regarda par la fenêtre de la caravane, le premier membre du groupe émergeait déjà des arbres. Un, deux, trois hommes. Deux barbus, munis d'armes à feu. Le troisième avait une hache à la main.

Jack se rua vers la porte et bondit dans la neige. Il n'avait fait que deux pas quand il se retourna et vit un des hommes avancer, la crosse de son fusil levée.

« Vous... », dit Jack.

Le monde s'inversa dans son champ de vision, le ciel scintillant tandis que des taches noires jaillissaient devant ses yeux. Il roula sur lui-même, se remit debout et tituba dans la neige, les oreilles sifflantes, puis le fusil s'abattit de nouveau, et il s'effondra. Il tenta de se relever, mais tout bascula, et il sentit qu'il était couché dans la neige, recroquevillé, pendant que les taches devenaient des cercles noirs brouillés, et il y avait des bottes et des voix qui marmonnaient des paroles inintelligibles, et les cercles noirs s'élargirent jusqu'à l'englober, et le silence se fit.

16

J'avais dix ans quand mon père m'a offert un recueil de poèmes. Je n'avais jamais rien possédé d'aussi beau. Des lettres dorées étaient imprimées en relief sur la reliure en cuir. Le papier était épais. Le livre datait de plusieurs dizaines d'années. Je pensais que ses pages recelaient tous les secrets de la vie. J'ai lu ces secrets jusqu'à ce que les mots s'effacent, que le papier devienne trop fin et se détache par paquets du dos du livre. Mon père me regardait toujours lire.

Les histoires nous apprennent ce qui est vrai, disait-il.

C'est dans ce recueil de poèmes que j'ai lu pour la première fois Invictus, de William Ernest Henley. L'auteur y remercie les dieux pour son âme invincible, et affirme que quoi qu'il arrive, il ne gémit jamais et n'a pas peur. Peu importe l'enfer ou les ténèbres qu'il traverse, il garde la tête droite.

Parfois, quand on lit quelque chose, le monde entier devient très simple. On sort de son propre corps, et on voit la vérité clairement. Et on se dit : Quel ramassis de conneries.

Il reprit connaissance avant que ses paupières se soulèvent, écoutant des murmures s'éparpiller au-dessus de lui. Il ouvrit un œil, découvrit la neige à quelques centimètres de son visage, obéit à l'instinct qui lui disait : *Tiens-toi tranquille.* La douleur dans sa tête était vive et abrutissante, et lui parvenait par vagues. Ses premières pensées arrivèrent pêle-mêle. Insaisissables.

Matty quelque part. Dans une maison.

Appelle si je ne suis pas rentré à la nuit tombée.

Une hache.

Il avait à peine eu le temps de commencer à paniquer quand on le souleva pour le mettre à genoux. Lumière éclatante. Un seul de ses yeux réussit à faire la mise au point.

« Le chiot est réveillé. »

Trois hommes grands se dressaient devant lui, certains tenant des armes à feu ; des silhouettes sombres et menaçantes, au visage brouillé par la lumière du soleil qui brillait dans leur dos. Jack fut pris d'un désir brûlant de s'enfuir vers la voiture de Red ou la forêt. *La voiture… trop loin. La forêt.* Plissant les yeux, il aperçut une hache dans les mains d'un des hommes, qui lui sourit. Ses dents de devant étaient en or.

Une voix s'éleva, qui ressemblait à celle de Red.

« Tu n'aurais pas dû venir me voir, Jack. »

Jack tourna son œil encore intact vers lui. Sa tête pesait lourd. Il avait froid, le soleil se couchait, et un vent cinglant descendait des versants rocailleux.

« Je t'ai averti, ajouta Red. Je t'ai averti, et tu n'as pas voulu m'écouter. »

Le sol tanguait sous les jambes de Jack. Le côté droit de son visage était mouillé. Il toucha sa peau enflée, et se concentra pour mieux voir, mais son autre œil était trop boursouflé pour s'ouvrir entièrement. Du sang dégoulinait d'une plaie sur son front, de la bave coulait de sa bouche. Il se courba et vomit des filets de salive rouge dans la neige.

« Ils me surveillent, Jack, reprit Red. Je n'avais pas le choix. »

Jack s'efforça d'éclaircir son champ de vision.

« Fais ce qu'ils te disent, dit Red. D'accord ? Ne résiste pas. »

Jack s'essuya les lèvres. Sa bouche forma une réponse, mais aucun son n'en sortit. Il fouilla dans la poche de son manteau à la recherche du couteau.

« C'est ça que tu veux ? »

Il redressa la tête en entendant cette nouvelle voix, au ton posé. L'homme qui se précisa peu à peu devant lui avait un bras levé, et tenait son couteau entre le pouce et l'index. Il avait une barbe courte, mouchetée de gris, un fusil semi-automatique accroché à une sangle en nylon sur son épaule. Une chemise et un blouson de cow-boy. Un long nez droit et des cils noirs. Des yeux attentifs. Une araignée était tatouée sur son cou, et il portait un vieux chapeau haut de forme noir à bord étroit. Son regard pénétra jusqu'à ce que Jack avait de plus secret, et y trouva ce qu'il cherchait.

« Ton père a pris quelque chose qui m'appartient, déclara-t-il. Et maintenant, tu veux le prendre à ton tour. »

Sa voix cognait comme un marteau brandi dans la tête de Jack.

Jack regarda Red

« Comment as-tu pu… Si tu savais…, balbutia-t-il en avalant sa salive.

— J'étais obligé. Ils s'en sont déjà pris à moi... »

Red s'interrompit, et jeta un coup d'œil nerveux à l'homme au chapeau. Puis il se retourna vers Jack.

« Dis-leur juste ce que tu sais, et ils te ficheront la paix. »

L'homme lança le couteau replié à un de ses compagnons. Celui-ci portait un bandana sur la bouche et le nez, comme un masque. Il avait l'air jeune, peut-être de l'âge de Jack, et avait des yeux vifs sous une tignasse noire qui bouclait en tous sens. Leurs regards se croisèrent l'espace d'une seconde. Peut-être moins. Le garçon ouvrit le sac à dos en toile qu'il avait sur l'épaule et rangea le couteau à l'intérieur.

Le couteau avait disparu. Jack accepta sa perte avec un pincement au cœur. Un gargouillis lui souleva l'estomac, et il se détourna pour vomir à nouveau, mais il n'y arriva pas. Tout tournait lentement autour de lui. La meilleure chose à faire était d'ignorer ce sentiment écrasant dans sa poitrine, et d'échafauder un plan. Si seulement il trouvait le temps de réfléchir...

L'homme au chapeau s'accroupit et lui redressa la tête, inspectant le sang et son œil enflé. Il renifla bruyamment, l'air sombre, et se redressa.

Red secouait la tête avec gravité.

« Pourquoi tu ne m'as pas écouté, Jack ? Pourquoi ? »

Jack répondit sans lever les yeux, les mots rendus acérés par l'émotion.

« J'ai un petit frère. Un frère... qui n'a rien à manger et pas de toit au-dessus de la tête. On a quitté la maison... on a tout quitté. Quoi qu'il se passe avec mon père... je n'ai pas besoin de le savoir. Mais j'ai un frère, et j'ai l'intention de m'en occuper. »

Il y eut un long silence, chargé d'électricité.

« Tu es allé voir ton père en prison, dit l'homme au chapeau.

— Je pensais qu'il pourrait me dire... (Jack avala son sang.)... où était l'argent.

— Et il l'a fait ?

— Non... il n'a pas...

— Je te l'ai dit, il ne sait rien, intervint Red.

— C'est un menteur, comme son père.

— Non ! Je m'en porte garant... »

L'homme à la hache s'approcha de Jack et lui envoya un coup de pied dans le ventre, puis dans les côtes. Les boyaux de Jack se tordirent, hurlèrent, et il se retrouva à gémir, recroquevillé dans la neige, pendant que Red criait :

« Ça suffit ! Il a compris la leçon !

— Tue-le », ordonna l'homme au chapeau.

Son compagnon leva la hache, et Jack se ramassa, prêt à rouler pour éviter la lame argentée...

Red s'interposa devant lui, sa main droite enfoncée dans sa parka. L'homme aux dents en or s'arrêta net. Il baissa sa hache. Red se tourna vers l'homme au chapeau.

« Vous allez l'exécuter ? »

Personne ne répondit. Red continua à scruter l'homme, attendant sa réaction.

L'homme s'approcha de lui sans la moindre hésitation et le regarda droit dans les yeux.

« Explique-toi. »

Red ne détourna pas le regard.

« Qu'est-ce que tu... »

Il se lécha les lèvres. Il jeta un coup d'œil à Jack, s'attardant sur son visage contusionné, sa plaie ouverte.

« Vous lui avez foutu la trouille. Ça suffit. Il ne posera plus de questions.

— C'est à moi de décider quand ça suffit.

— Il fait partie de ma famille.

— C'est un fils de chien.

— Ce gamin ne dira rien.

— La décision a été prise.

— J'irai voir Leland. Je lui ferai cracher le morceau.

— Tu as déjà essayé. »

Red se campa sur ses jambes.

« Je ne vous laisserai pas faire. »

L'homme au chapeau le transperça du regard.

« Tu es là parce que je t'ai épargné. Je tolère ton existence. N'essaie pas de te mêler des affaires de mon organisation. »

Red s'essuya le nez. Le soleil qui se couchait derrière lui faisait de sa silhouette une ombre, et un vent polaire s'engouffrait entre les arbres. Sa voix fendit l'air :

« Je n'ai jamais été quelqu'un de bien. J'ai trafiqué de la drogue, et puis j'ai retourné ma veste et commencé à en vendre pour toi, sans remords. J'ai menti, triché et volé toute ma vie. *Mais j'étais un bon frère.* Ce que Leland a fait... je lui avais dit de ne pas le faire, et j'ai pas pleurniché après non plus. Je l'avais prévenu ! Mais il l'a fait quand même. »

Red arracha son bandeau de laine noire, révélant la cicatrice sur son crâne.

« Tu vois ça ? Tu as déjà eu ma tête ! »

Il s'avança vers Jack dans la neige, et fixa les autres hommes avec des yeux de fou.

« Ce gamin fait partie de ma famille. Il a appris sa leçon, et il ne posera plus de questions. De toute façon, il est à peu près tout ce qui me reste, alors vous ne le tuerez pas. »

Un silence absolu accueillit ses paroles.

Jack avait commencé à s'enfoncer dans un puits noir et brillant, et quand une faible lueur de lucidité lui revint, il entendit les hommes discuter à voix basse. Il se redressa, tout le corps endolori. L'homme aux dents en or avait lâché sa hache dans la neige. À présent, il tenait un pistolet, l'index près de la détente et le canon braqué sur Red, qui leva lentement les bras.

L'homme au chapeau semblait s'être désintéressé de la scène. Il contemplait la vallée gelée.

« C'est joli, ici », dit-il.

Il sortit un paquet de chewing-gums de la poche de sa chemise, en déballa un et le mit dans sa bouche avant de s'accroupir devant Jack. Un parfum de menthe poivrée.

« Tu as peur ? »

Jack le dévisagea sans se démonter.

« Oui. »

L'homme au chapeau hocha la tête.

« Tu es courageux, dit-il. Tu as peut-être peur, mais tu es courageux. »

Les oiseaux perchés sur les arbres les observaient en silence. L'homme se releva.

« Bon. Voilà ce que je peux faire de mieux. (Il scruta Jack en mâchant son chewing-gum.) Laissons le sort décider. »

Red baissa légèrement les bras.

« Quoi ?

— On le laisse ici. S'il s'en tire, il aura la vie sauve. »

Le vent soufflait sur les arbres, glacial. À son expression, on aurait dit que Red venait d'avoir une prémonition.

« Déshabillez-le, commanda l'homme au chapeau. Attachez-le. »

Le garçon au bandana remit Jack debout, et lui enleva son manteau et sa chemise. Son visage était pâle.

« Enlève ton pantalon. »

Jack vacilla. Son souffle s'élevait vers le ciel, de plus en plus sombre. Il se pencha pour délacer ses bottes et les ôta.

« Pas ça ! cria Red d'une voix aiguë.

— La ferme, Red.

— Il a compris…

— Enlève ton pantalon. »

Jack déboutonna son jean et le retira, une jambe après l'autre. Le garçon au bandana le récupéra, le roula en boule avec le manteau et la chemise, et fourra les vêtements dans son sac à dos. L'homme au chapeau attacha les mains de Jack dans son dos avec la ficelle de la cabane à outils. Puis il lui lia les chevilles. Serra fort. Jack se retrouva en sous-vêtements et chaussettes, grelottant. Le froid le transperça comme une rafale de vent.

« À genoux », ordonna l'homme.

Il s'exécuta, atterrissant brutalement dans la neige. Ses genoux commencèrent à s'engourdir. Il aperçut sa poitrine qui montait et descendait. Des battements de cœur précipités, visibles juste à gauche.

« Il fait quasiment nuit, gronda Red entre ses dents.

— Oui. Mais on ne l'a pas tué. C'est ce que tu as demandé.

— Il y a des bêtes.

— Trop tard. On ne peut plus faire marche arrière.

— Mais…

— Tu as gagné ma clémence pour le moment, décréta l'homme au chapeau. Ce ne serait pas malin de la remettre en question. »

Red se tenait encore les bras levés, le pistolet braqué sur lui. Il jeta un rapide coup d'œil à Jack.

« Donne ton arme à Ansel », fit l'homme.

Red sortit le pistolet de sa parka, et le tendit au garçon masqué. Jack l'avait presque oublié, l'espace d'un instant, tant il était silencieux. Mince et immobile. À présent, il se rendait compte à quel point il ressemblait à l'homme au chapeau.

« Ne reviens pas ici, dit l'homme à Red. Si tu le fais, je tuerai ta femme. Et je te forcerai à regarder. »

Red hocha la tête.

L'homme au chapeau se pencha pour tapoter la joue de Jack, le visage très près du sien.

« C'était bien d'être courageux. Tu as bien fait. »

Puis il se redressa.

« Allons-y. »

Jack cracha un filet de sang. Il lâcha des paroles affaiblies par ses propres tremblements :

« Je… Je te le ferai payer… »

L'homme au chapeau l'observa. Il secoua la tête d'un air peu convaincu.

« Non. Je ne pense pas. »

Il s'éloigna de quelques pas vers les arbres, derrière lesquels les véhicules attendaient. Puis il s'arrêta.

« Ansel, dit-il sans se retourner. Enlève-lui ses chaussettes. »

Le garçon s'accroupit à côté de Jack et les lui ôta. Son bandana voletait au rythme de sa respiration. Leurs regards se croisèrent.

La dernière lueur orangée du soleil s'enfonça sous l'horizon ; l'obscurité était presque totale, désormais. Jack entendait la respiration d'Ansel dans le noir. Un objet froid comme du métal tomba dans sa paume. Une forme inconnue, puis soudain familière. Il referma la main dessus. Le couteau.

Ses yeux s'accoutumèrent peu à peu à la nuit, et le paysage enneigé se mit à briller d'une teinte bleue qui éclaira les arbres, et dans le ciel, les étoiles s'allumèrent. Ansel avait déjà rejoint les autres hommes, qui avançaient avec Red vers la forêt.

Red s'arrêta et se retourna pour fixer Jack un instant. Puis l'un des hommes le poussa du canon de son pistolet, et il disparut avec eux dans le noir.

17

Ne vous inquiétez pas.
Tout ça est arrivé il y a longtemps.
Quelque part, rien de tout ça n'est encore arrivé.

Matty s'occupa du feu.

Il le surveilla toute la journée ; quand la flambée diminuait, il rajoutait du bois et tisonnait les bûches embrasées. Il réchauffa les haricots dans les braises, et les mangea. Il fit un château avec les cartes de UNO. Le portable était dans la poche de son manteau ; il s'en assurait régulièrement.

L'après-midi passa. Des taches de soleil émanant de trous dans le toit brûlé avançaient sur la moquette froide et humide, au milieu de particules de poussière. Matty fit voler Batman autour de la pièce et lui inventa des ennemis à combattre. Il essaya d'attraper une souris, sans succès. Le portable était toujours dans sa poche. Il se demanda quoi faire, puis alla fouiller dans le grand sac de voyage. Quand il trouva le manuel de mathématiques, il l'ouvrit et regarda le nom et le numéro inscrits sur la page de garde. Il s'assit dans le fort de couvertures, le livre à la main.

Il joua avec les petites voitures. Des rayons mornes tombaient sur les murs en plaques de plâtre craquelé. Le vent secouait le conduit de la cheminée et faisait trembler le toit. Matty avait utilisé toutes les bûches ; il faisait froid et il avait faim. Il aurait bien aimé avoir un ami avec lequel jouer au UNO, mais il n'en avait pas. Il sortit le portable de sa poche et le garda dans sa main. Il ferma les yeux et se concentra pour voir s'il entendait quelqu'un dehors, sur la route. Rien. Il essaya de nouveau.

Il attendit longtemps. Les rayons de soleil avaient disparu, et en dehors du petit cercle de braises, la maison s'emplissait d'ombres. Il alla ouvrir la porte, et scruta la route obscure. Personne n'arrivait. Il retourna dans la maison et s'assit au milieu des couvertures, le portable toujours à la main. Puis il commença à appuyer sur les boutons.

Quand les hommes eurent disparu, Jack serra le couteau entre ses doigts et déplia la lame. Dans son dos, ses mains ligotées semblaient anesthésiées. Des spasmes incontrôlables le faisaient trembler et claquer des dents. Ce qu'il lui fallait, c'était du calme. Un plan.

Calme-toi. Ne lâche pas le couteau.

Il scia la ficelle. Taillada, trancha, tira. *Appelle si je ne suis pas rentré à la nuit tombée.* Quand les liens de ses poignets se rompirent, il s'attaqua à ceux de ses chevilles. Son cœur battait à tout rompre. Les hommes auraient bientôt atteint leurs véhicules. Que faire ?

Essayer de les arrêter ? Se cacher et les laisser partir ? La température ne tarderait pas à descendre en dessous de moins vingt. S'ils partaient, il mourrait sûrement.

Les arrêter.

Se cacher.

Les deux options étaient terribles.

La ficelle lâcha. Jack se leva et retomba brusquement dans la neige, pris de vertige. Il ne sentait plus ses jambes. Le plus effrayant, c'était la sensation léthargique dans sa tête, qui le rendait idiot. *Réfléchis.*

Mieux vaut les arrêter que te cacher, parce que tu auras une chance de survivre.

Arrête-les, alors.

Avec une voiture, il pourrait retrouver Matty.

Un hurlement sauvage traversa la nuit, et Jack se releva aussitôt, chancelant. Un coyote ou un loup. Il scruta la forêt avec son œil intact, le couteau tremblant dans sa main. Des branches noires. Le bruissement du vent. Du sang gouttait de son poignet gauche, qu'il avait dû entailler. Comment les arrêter ? Comment ?

En les forçant à revenir, peut-être.

Va voir dans la caravane.

Il se précipita en titubant vers la caravane, pieds nus dans la neige, et ouvrit la porte. Une quinte de toux, une inspiration brusque. Dans la pénombre, sa main tâtonnante trouva la poignée d'un tiroir de la cuisine, et tira dessus. Farfouillant à l'intérieur, ses doigts se refermèrent sur ce qu'il cherchait : le briquet. Quand il tourna un bouton de la gazinière, il y eut un clic, deux clics, puis le gaz sortit en sifflant. Une odeur rance de propane. Il s'approcha du lit, planta le couteau dans le matelas moisi, le déchira, extirpa une poignée de rembourrage. Comme il était sec, il brûlerait bien. Il retourna rapidement vers la gazinière, entortilla le rembourrage en une mèche de plusieurs centimètres de long, et la posa à côté du brûleur. Le couteau : replié, coincé sous l'élastique de son slip. Il actionna maladroitement la molette du briquet avec son pouce.

Tiens-toi prêt. Il faudra que tu coures.

Quelque part dans la nuit, un moteur démarra en vrombissant.

Agrippant le briquet, Jack appuya encore et encore, jusqu'à ce qu'une flamme surgisse. Il alluma la mèche, s'écarta le plus vite possible de la gazinière, et regagna la porte en chancelant.

Il avait fait trois pas dehors quand la caravane explosa. Il fut projeté dans les airs, et s'écrasa sur le sol couvert de neige. L'atterrissage lui vida les poumons. Il y eut une détonation, le ciel noir éclata en flammes orange, puis un bourdonnement emplit ses oreilles. Un instant plus tard, la chaleur fondait sur lui.

Il se releva d'un bond, s'élança en avant, tomba. Essaya de reprendre son souffle. Les bruits sourds lui paraissaient soudain lointains. Son corps avait disparu. Il ne le sentait plus.

Il se remit debout avec peine, et se dirigea vers les arbres. La chaleur battait sur sa peau tandis qu'une colonne de feu s'élevait de la caravane incendiée. Arrivé à la lisière de la forêt, il s'accroupit dans la neige à un endroit où de grands pins noueux offraient un refuge. Un antre sombre. Il se faufila à quatre pattes sous les branches tordues, s'écorchant la peau, se tapit tout au fond. L'incendie rugissait. Ses pieds étaient engourdis.

Puis il se souvint du couteau, le chercha à sa taille et le déplia.

Du calme, du calme.

Une odeur de suie et de propane, comme de l'œuf pourri, se répandait aux alentours. Il essuya le sang qui coulait sur son œil intact et observa la scène. De grandes flammes montaient de la caravane et ployaient dans le vent, des tourbillons de fumée s'élevaient au-dessus des arbres. Il se blottit dans les ténèbres.

Ils reviendraient forcément.

Ne serait-ce que par curiosité.

Les secondes passèrent. Prenant de courtes inspirations, Jack observa la trouée à l'orée de la forêt où les hommes avaient disparu avec Red. L'obscurité. Le vent.

Rien.

Pas de bruits de moteur.

Étrange. Il n'avait plus froid…

Quelque chose gémit non loin de lui. Il se redressa en sursaut, scruta la nuit, et écouta.

Un piétinement rapide dans la neige. Puis un geignement, comme celui d'une bête sauvage. La poitrine de Jack commença à lui faire mal. Le couteau était dans sa main, la lame brillant à la lumière de l'incendie qui dansait entre les arbres. Là, parmi les branches, un pelage gris se détacha sur le noir environnant. Puis une patte. Fine, avec des tendons raides. Posée doucement.

Un loup.

La lumière tremblota entre les pins, et la patte disparut. *Ce n'est pas réel*, pensa Jack. *Tu es blessé. Tu hallucines. C'est tout.*

Mais les piétinements se rapprochèrent.

Puis s'arrêtèrent. À cinq mètres de lui. Peut-être moins. Jack se ramassa sur lui-même. Des picotements remontaient le long de sa colonne vertébrale. Il resserra sa prise sur le couteau.

Tu perds la tête. Tu perds la tête.

Au même instant, un autre bruit lui parvint : des voix. Des chuchotements qui traversaient l'air gelé, nets comme des crissements sur de l'ardoise.

Ils ont mordu à l'hameçon.

Le sourire de Jack rouvrit la plaie à sa lèvre, et il grimaça. Il scruta la neige éclaboussée de flammes dans la clairière, à une quarantaine de mètres de sa cachette. Il y avait la caravane incendiée, réduite à une carcasse. La cabane à outils à droite. Les voitures de l'autre côté, derrière les arbres. Un loup, dans les parages. Alors qu'il observait les alentours, la lumière du feu vacilla. Il aperçut des silhouettes sur sa gauche. Deux ombres, comme des taches sur la nuit.

Ne bouge pas.

Ils ne t'ont pas vu.

Les silhouettes se séparèrent. La première partit vers la gauche, le long de la forêt. L'autre à droite. Devant cette ombre-là, la forme plus sombre d'un pistolet. Jack devrait…

Soudain, une chose étrange se produisit dans sa tête : il sentit les rouages de son cerveau se détraquer, lâches et branlants, et le monde se gondola dans son champ de vision jusqu'à ce qu'il ferme son œil intact et appuie la tête contre un tronc d'arbre. Nausée. Étourdissement. Une sensation de tournis et de vertige. Si la personne qui se dirigeait vers lui apercevait une peau humaine, elle tirerait.

Il rouvrit son œil. *Tiens-toi prêt.* Le problème, c'était qu'il ne pouvait pas se fier à ses jambes pour courir.

À présent que la silhouette se rapprochait, il distinguait le reflet doré de ses dents. Le long canon sombre de l'arme. *Tiens-toi prêt.*

L'homme s'arrêta près des pins et observa les fourrés. Des branches chargées d'aiguilles. Une épaisse masse noire. Jack prépara le couteau, le couteau frémissant qui brillait en éclats intermittents.

Maintenant, il va voir.

Quelque chose craqua derrière lui. Très légèrement. Une brindille ou une branche d'arbre. Le loup ? Les poils de Jack se hérissèrent. L'homme se retourna, essayant de localiser l'origine du bruit dans l'obscurité.

Maintenant.

Jack jaillit des branches, s'écorchant la peau. Engourdi, ensanglanté, déchaîné. Il débaula dans la clairière et fonça sur l'homme, le percuta si violemment qu'ils s'effondrèrent tous les deux dans la neige. Il donna un coup de couteau, et l'homme grogna. Son compagnon criait. Les jambes de Jack se tendirent. L'instant d'après, il courait, l'incendie projetant des vagues de chaleur à sa droite. Tout était calme, à l'exception d'étranges percussions dans l'air, près de sa tête. On lui tirait dessus. Il fit une embardée vers la forêt. Avança en direction de la route dans la neige. Les hommes le pourchassaient, à une bonne vingtaine de mètres derrière lui. Hurlant entre les arbres.

La deuxième balle emporta un bout de chair sur son flanc. Encore une fois, ce léger bruit aérien. Jack détalait comme un cheval effrayé, sans ressentir de douleur, sans cesser de courir. Il vira à gauche, après un grand arbre, et s'engouffra sous les branches. Il vit un 4 × 4.

Il n'y en avait plus qu'un. Celui de Red avait disparu.

Trébuchant sur le sol inégal, il atteignit le véhicule. Ses poursuivants le talonnaient.

Ouvre la porte. Monte. La clé est sur le contact. Démarre.

Le moteur vrombit.

Jack alluma les phares. Dans sa tête, une douce obscurité l'appelait. Il agrippa le volant, passa la marche avant et écrasa l'accélérateur. Les pneus crachèrent de la neige.

Clac !

La balle percuta la carrosserie. Puis la voiture partit à toute vitesse, tanguant et zigzaguant sur la route qui s'enfonçait dans un précipice sans fond.

18

Je procède par à-coups. Je rembobine.

J'imagine que vous vous inquiétez pour Jack. Et pour Matty. C'est drôle comme parfois, les instants qui vont changer notre vie ne se remarquent pas. On ne les repère qu'avec le recul.

Nous voici arrivés à la troisième fois où j'ai vu Jack. Il y a longtemps, j'ai dit qu'il y en aurait cinq.

La troisième sur cinq.

Ou peut-être que pour vous, c'est la deuxième sur cinq, ou la quatrième sur dix.

Selon le sens dans lequel vous allez.

L'endroit où vous vous situez.

Ou combien de fois vous y êtes passés.

Jack enleva une substance gelée de son œil boursouflé, et dévala la route enneigée en direction de la vallée. Le ciel était noir. Le temps s'écoulait de façon incertaine. Des secondes ou des heures. Il frissonnait, même avec le chauffage au maximum. La fièvre commençait à se faire sentir.

Allez, Jack.

Tiens bon, juste encore un peu.

Quelques kilomètres à peine le séparaient de Matty, quand le moteur du 4 × 4 émit un gémissement et crachota. Puis il rendit l'âme. Jack braqua le volant pour sortir de la route avant que le véhicule s'arrête. Il coupa le contact. Le *clac* de la balle résonnait dans sa tête. Elle avait sans doute touché le réservoir.

Les phares trouaient l'obscurité.

Il examina le rétroviseur, essayant de détecter du bruit. Le sang battait dans ses oreilles. Pas de véhicules derrière lui, pas de phares. Il n'avait aucun moyen de savoir si les portables captaient au refuge des chasseurs. Aucun moyen de savoir combien de temps il faudrait aux hommes pour partir à sa poursuite. Avaient-ils appelé Red ? Étaient-ils déjà là, en embuscade ? Jack tenait toujours le couteau, serré dans sa main. Sa pointe tachée de noir était visible dans la lueur verte du tableau de bord.

Il faut que tu bouges, pensa-t-il.

Il alluma le plafonnier. Ses vêtements se trouvaient sur le siège passager : manteau, chemise, jean, bottes. Il cligna des yeux. Oui, ils étaient bien là. Posés sur le siège comme un miracle. Il s'habilla. Il grelottait, à présent. Il avait la bouche sèche. Il replia le couteau, le fourra dans son manteau. Il fouilla dans la boîte à gants et sous les sièges, mais il n'y avait pas d'arme.

Pas de nourriture. Rien à boire.

Son sang maculait le volant.

Dépêche-toi.

Il ouvrit la portière, posa les pieds dans la neige. Quand il se mit debout, ses plaies se réveillèrent, envoyant une nouvelle décharge de douleur dans tout son corps. Il s'appuya sur le 4 × 4 et compta lentement dans sa tête, jusqu'à ce que la sensation s'apaise un peu. Il avait un goût de sueur sur les lèvres. Une lumière diffuse émanait de l'habitacle. Il observa l'espace de stockage à l'arrière : un objet y était posé sur une bâche.

La hache.

Il actionna le levier pour replier la banquette, attrapa la hache d'une main. La force de la douleur lui coupa le souffle. Il attendit, agrippé à la voiture. *Compte jusqu'à cinq.* La vieille maison où il avait laissé Matty se trouvait à l'est, de l'autre côté d'un champ. Matty y serait encore. Il y serait. Jack refusait d'imaginer autre chose.

Appelle si je ne suis pas rentré à la nuit tombée.

Il s'engagea dans le champ en titubant, traînant la hache d'une main. Avançant tant bien que mal. De la végétation affleurait sous la neige. Peut-être d'anciens plants de pommes de terre. Jack tendit son bras libre devant lui. Le monde ne cessait de bouger, jusqu'à ce qu'il ferme son œil enflé. Il arrivait à peine à distinguer sa main. Les lumières lointaines d'une maison sur une colline. Au sud, des arbres qui se balançaient dans le vent. Matty à l'est. Il tomba à genoux.

La hache était trop lourde. Il la lâcha, et attendit que la terre se raffermisse sous ses pieds. Il vit peu à peu réapparaître la neige, la végétation morte en dessous, les lumières de la maison à l'horizon. Une sensation pesante envahissait son corps, mais il s'en inquiéterait plus tard.

Le murmure du vent. Silence.

Il se concentra. *Lève-toi. Regarde derrière toi.*

Ténèbres.

Avance.

Il se mit en marche lentement. Il avait besoin de boire.

Ne mange pas la neige. Elle te donnera encore plus froid.

Quand il atteignit la maison où il avait laissé Matty, il s'arrêta, vacillant. Il plissa les yeux. Là, entre les parties affaissées et les planches en bois, un feu brillait peut-être. *Je vous en supplie, mon Dieu !* Arrivé devant la porte, il entendit un bruit déconcertant : une faible mélodie.

Quelqu'un chantait doucement.

Il referma la main sur la poignée. Sa gorge le brûlait. Il étouffa une quinte de toux.

Le chant s'arrêta aussitôt, et il entendit : « Chut ! »

Des pas résonnèrent, puis la porte s'ouvrit. Une bouffée d'air chaud s'échappa, et Matty surgit devant lui. Baigné dans la lumière du feu, enveloppé dans une des couvertures. Il parlait, le tirait par la main. Sain et sauf.

« Je savais que tu rentrerais ! Je le savais ! »

Jack huma une odeur de pommes de terre rissolées.

Matty l'étreignit, sans cesser de parler :

« Je sais que tu m'avais dit d'appeler Mme Browning, mais je ne l'ai pas fait. Pardon. »

Jack ne gaspilla pas d'énergie à répondre. Chaque battement de cœur lui donnait l'impression de sombrer. Il entra dans la maison, et se figea.

Debout près du feu, la fille du lycée le regardait. Elle semblait pétrifiée, comme devant une vision d'horreur.

Ava.

« C'est moi qui l'ai appelée, dit Matty. Avec le numéro sur le livre de maths. »

Jack essaya de digérer l'information.

« Tu as des blessures au visage », reprit Matty.

Jack mit sa main sur son front. Ava l'observait, les traits figés en une expression inquiète et méfiante. Près de la cheminée, derrière elle, des pommes de terre rissolées refroidissaient dans une poêle. Une odeur de beurre flottait. Un cageot rempli de provisions était posé par terre : oranges, pommes, pâté en conserve, une préparation pour gratin de pâtes. Des biscuits. Une bonbonne d'eau, des assiettes en carton.

« Tu saignes », constata Matty.

Jack baissa les yeux, vaguement conscient de son aspect repoussant. Un pan de son manteau était imbibé de sang. Des plaies sombres bavaient sur son poignet gauche. Il regarda Matty.

« C'est rien », répondit-il.

Ava le fixa encore un moment, comme paralysée. Puis elle s'approcha pour lui prendre la main.

« Viens t'asseoir. »

Il fit quelques pas flageolants, se laissa tomber sur une des couvertures.

« Jack ? » fit Matty d'une voix tremblante.

Ava s'accroupit, posa la main sur son front.

« Tu es brûlant. Il faut faire baisser la fièvre.

— De l'eau », demanda-t-il.

Elle lui apporta un gobelet, l'inclina pour que l'eau fraîche touche ses lèvres, pendant qu'il prenait des gorgées saccadées. Puis elle l'aida à enlever son manteau, et observa son front, la tache de sang qui s'étalait sur sa chemise. Leurs regards se croisèrent.

« Il faut que tu voies un médecin.

— Non, dit Jack.

— Je pourrais t'emmener…

— J'ai dit non. »

Les reniflements de Matty résonnaient dans la pièce.

« Va me chercher de l'eau froide et un bol, lança Ava à Matty. Depêche-toi. »

Il fit ce qu'elle lui demandait. Avec beaucoup de précaution, Ava releva la chemise de Jack. Il sentit la peau collée au tissu se détacher en lambeaux, et il se détourna pour vomir. Ava lui tint le front pendant qu'il recrachait de l'eau dans le bol. Quand il eut fini, elle l'aida à s'allonger sur les couvertures. Elle garda un torchon frais appuyé sur son front boursouflé, tandis qu'il tremblait. Il mettait du sang partout.

« Désolé, dit-il.

— Ce n'est pas grave.

— Tu ne partiras pas ?

— Non, promis. »

Son champ de vision se rétrécissait. Il n'arrivait plus à garder les yeux ouverts.

« Aide-moi à le déshabiller, ordonna Ava. Vite. »

Les rêves arrivèrent lentement, clairs et brûlants de sueur. Dans sa tête, Jack se réveillait dans le noir et ne trouvait pas Matty. Il se redressait, repoussait les couvertures, mais il ne le voyait toujours pas ; il l'appelait encore et encore, mais personne ne répondait. Pas de vent. L'air était si froid qu'il en avait le souffle coupé. Il s'approchait de la porte, l'ouvrait sur la nuit noire et silencieuse, et là dans la neige, il découvrait des empreintes de pas. Les traces s'éloignaient de la maison en direction d'une crête de neige bleutée, puis disparaissaient dans le néant. *Tu n'as pas fermé la porte à clé*, pensait-il. *Tu t'es endormi, et tu n'as pas fermé la porte. Ils sont venus le prendre, tu ne l'as pas protégé, et il est là-bas dans le noir. Dans le froid.*

Tu ferais mieux de te lever et d'aller le chercher.

Il se redressa et dégagea les couvertures. La douleur afflua brusquement. Un bandage lui couvrait le flanc. Ses vêtements n'étaient plus là. Il les chercha autour de lui.

Ava, assise à côté du feu, le regardait. Elle se leva en chuchotant :

« Recouche-toi.

— Ça ne peut pas attendre. »

Les joues d'Ava s'empourprèrent.

« Oh ! Je peux t'aider à sortir... »

Il secoua la tête, gêné.

« Non, pas ça. Il faut que je trouve Matty. »

Elle s'assit près de lui, posa une paume sur sa poitrine pour qu'il se rallonge sur les couvertures.

« C'est bon. Recouche-toi.

— Mon frère...

— Chut, chut. Il est juste à côté de toi. »

Alors Jack le sentit. Couché en chien de fusil, Matty respirait, profondément endormi.

Il ferma les paupières, et chercha quoi dire à la fille qui se tenait à côté de lui, si sérieuse, et qui pouvait voir tous ses bleus et ses plaies. Il avait conscience qu'un de ses yeux était très enflé. Il était en nage. Il entrouvrit son œil intact, et Ava lui redressa la tête, posa deux cachets sur sa langue et porta un gobelet à ses lèvres.

« Des antibiotiques. Avale. »

La pièce se mit à tourner. Jack se recoucha sur les couvertures près de Matty, laissant ses pensées dériver tandis qu'Ava s'estompait en perdant ses couleurs. Il devrait trouver un nouvel abri. Loin. Un abri sûr, que les hommes ne découvriraient pas. Empaqueter leurs affaires le lendemain. Prendre le sac de voyage. Les jouets de Matty. Le marteau, le couteau. Les ustensiles de cuisine.

La fille devra partir.

« On trouvera un bon endroit, tu verras », dit-il à Matty… ou peut-être ne dit-il rien.

Fiévreux, il dormit d'un sommeil agité, tressaillant face aux haches qui volaient vers sa tête endolorie. Red se tenait au-dessus de lui. La voix de l'homme au chapeau résonnait, disant que c'était une bonne chose d'être courageux. Un froid atroce… il courait pieds nus, la peau à vif… les crocs blancs d'un loup claquaient…

« Tu verras. On pourra peut-être même prendre un chien. »

La fille s'approcha de lui, calme comme l'obscurité, et lui fit boire des gorgées d'eau sucrée. La chaleur le parcourait par vagues, et quand l'eau atteignit son estomac, ses muscles rancuniers se contractèrent en signe de révolte. Ava le tint dans ses bras pendant qu'il frissonnait. Les hommes avaient peut-être trouvé le 4 × 4 et suivi ses empreintes dans la neige.

« Ferme la porte », dit-il.

Elle lui répondit quelque chose, mais Jack s'assoupit puis sombra lentement dans un sommeil profond, tandis que des souvenirs s'échappaient de ses veines pour refaire surface dans son esprit. Le corps de sa mère pendait au ventilateur du plafond, un chausson tombé de son pied… *Elle est sous toute cette neige… parce*

*qu'elle s'est suicidée et que tu l'as enterrée, et il n'y a
rien d'autre à en dire.*

Le vent sifflait dehors, faisait bouger les serviettes
clouées aux encadrements des fenêtres.

La nuit s'écoula par fragments.

19

Soyons clairs.
Je ne fais confiance à personne.
Je ne mets rien dans mon cœur.

Jack se réveilla à l'aube, alors qu'Ava lui changeait ses pansements. Elle nettoyait la zone où la peau avait été arrachée par la balle. La tête penchée, l'air préoccupé. Le front plissé de concentration. Elle portait son manteau couleur genièvre, ouvert sur une robe blanche, et ses cheveux étaient en bataille. La lumière formait une couronne autour de sa tête, des mèches folles rayonnant à la lueur du feu. Elle le regarda.

« Ça n'arrête pas de saigner.

— Je me sens plutôt bien.

— Ah oui ? Eh ben, tu as une mine de déterré. »

Sa remarque le fit sourire. Ava semblait en colère. Ou entêtée. Peut-être les deux à la fois.

« Tu as besoin de points de suture, dit-elle. Ou d'autre chose… Je ne sais même pas quoi. »

Le sourire de Jack s'effaça, et il secoua la tête, grimaçant quand ses paupières gonflées l'élancèrent.

« Je n'irai pas chez le médecin. »

Ava le fixa d'un air revêche. Ses yeux noisette brillaient dans la lumière du feu.

« Et qu'est-ce que je ferai de Matty si tu meurs ? demanda-t-elle.

— Je ne vais pas mourir. »

Elle leva les mains. Elles étaient couvertes de sang.

« Tu crois ça ?

— Oui.

— Tu as de la fièvre.

— Je ne peux pas y aller, Ava. »

Elle le dévisagea sans rien dire pendant quelques secondes.

« Bon, reprit-elle finalement. Bois encore de l'eau. Mange un morceau. Si tu ne vomis pas, tu pourras rester. Sinon, direction l'hôpital. Je te traînerai jusqu'à la voiture moi-même. »

Jack voulut répliquer quelque chose d'intelligent, mais il avait de nouveau mal au crâne. Le sommeil l'attrapa dans sa toile et l'entraîna vers une obscurité, où le temps n'avait pas à être vécu.

L'obscurité s'amenuisa suffisamment pour qu'une voix flotte jusqu'à lui. Il entendit des craquements. Puis une main lui secoua l'épaule. Il ouvrit les yeux et trouva Matty assis en tailleur à côté de lui, un bol de céréales entre les jambes, une cuillère en plastique à la main.

« Elle nous a apporté du lait et des céréales, dit-il, la bouche pleine. Et elle t'a préparé des pancakes. Tu en veux ? Je lui ai dit que tu aimais bien ça, mais seulement avec du sirop. Elle a dit qu'il n'y avait pas de sirop, mais elle en a fait quand même. Tu veux des pancakes ou des céréales ? »

Jack se redressa péniblement et s'assit au milieu des couvertures. Une tache de sang large comme sa main s'étalait sur l'édredon en dessous de lui. Dans la cheminée, le feu dévorait une nouvelle bûche, et de la vapeur montait d'une casserole d'eau. Le paquet de céréales était posé près de Matty, à côté d'une assiette contenant des tranches de pommes. Des pancakes. Un gobelet d'eau.

« Elle a dit que tu devais manger ça quand tu te réveillerais. »

Jack but l'eau du gobelet. Il mangea un bout de pomme, en s'efforçant de ne pas le recracher. Il se sentait lessivé. Le bandage sur son flanc était mouillé, et des ecchymoses vertes et violettes marquaient sa peau tout autour. Il surprit Matty en train de les regarder.

« Je vais bien, affirma-t-il.

— On ne dirait pas.

— Il n'y a rien de grave.

— Ça fait mal ?

— Oui, admit-il.

— Qu'est-ce qui s'est passé ?

— J'ai été bête, c'est tout. Tu peux m'apporter des vêtements ? »

Il se représenta le moment où Ava l'avait déshabillé. Puis il essaya de ne plus y penser.

Matty posa son bol, se releva et alla chercher une pile de vêtements soigneusement pliés à côté du sac de voyage. Un T-shirt, un bas de pyjama, des chaussettes.

Elle avait donc fouillé dans le sac.

« Tu peux m'aider ? » demanda Jack.

Matty enfila le pyjama sur ses jambes, et Jack décolla les fesses du sol pour qu'il puisse le remonter jusqu'à sa taille. Il n'était pas certain d'arriver à tenir debout. Après ça, il resta assis, la tête baissée, et prit une grande inspiration. Puis une autre.

À moitié habillé. Quel exploit…

Tu attends toute ta vie, et quand enfin tu rencontres une fille, c'est à ça que tu ressembles ?

Il s'apprêtait à demander à Matty où Ava était partie, lorsque la porte de la cuisine s'ouvrit et qu'elle apparut dans la pièce, un sac de courses dans les bras. Elle le regarda, puis constata que le gobelet était vide. Jack prit une bouchée de pancake. Son estomac protesta, mais il avala quand même. Ava sortit la casserole du feu et la posa à côté de la cheminée. Elle n'avait pas dit un mot.

« Je mange, dit Jack. Et je bois. »

Ne vomis pas, pensa-t-il. *Ne vomis pas.*

Ava s'accroupit près de lui, appuya les doigts sur l'intérieur de son poignet. Les rayons du matin embrasaient ses mèches rebelles. Ses cils. Sa peau. Le cœur de Jack battait sous ses doigts.

Elle le scruta un moment, les sourcils froncés. Puis elle étendit une serviette sur le sol, et y disposa le contenu du sac de courses. Des cotons-tiges, du sparadrap et de la gaze. Une pince à épiler. Une seringue, des ciseaux. Une aiguille et du fil de suture. Une fiole en verre. Un flacon de Bétadine. Elle examina le tout d'un air décidé, puis se leva.

« Allez, qu'on en finisse. »

Jack sentit son estomac se liquéfier, remonter dans sa gorge.

« D'où est-ce que tu sors tout ça ?

— Des affaires de mon père.

— Il est gérant de pharmacie, ou quoi ? »

Elle détourna les yeux.

« Il garde ça au cas où.

— Qu'est-ce que tu lui as dit ?

— Rien, répondit-elle d'un ton brusque. Il ne sait pas ce que j'ai pris. Je ne suis pas idiote.

— Et où est-ce qu'il pense que tu es, en ce moment ?

— Il n'est au courant de rien. C'est mon problème, pas le tien. »

Ils s'affrontèrent du regard.

Feu, chaleur sèche.

« Qu'est-ce que Matty t'a raconté ? demanda Jack.

— Assez de choses pour que je sache que vous avez besoin d'aide. »

Ava croisa les bras, une expression farouche sur le visage. Comme si le fil aiguisé d'un couteau lui raclait la peau.

« C'est soit ça, soit le médecin, reprit-elle. À toi de choisir.

— Qu'est-ce qui se passe ? » demanda Matty, qui avait écouté toute la conversation d'un air captivé.

Jack avait mal au crâne. Il sentait du sang chaud s'échapper de sa plaie, au niveau de son flanc. C'était du délire. Complètement idiot. Mais, dans un recoin lucide de son cerveau, il savait qu'il n'y avait pas d'autre solution.

« Je ne veux pas qu'il regarde, dit-il à Ava.

— Regarde quoi ? » demanda Matty.

Ava ramassa les petites voitures et les apporta à Matty. Elle s'accroupit face à lui.

175

« Jack a besoin que je l'aide à guérir, mais ça va lui faire un peu mal, expliqua-t-elle. Il ne veut pas que tu voies ça. Alors je pense que tu devrais jouer un moment avec tes voitures près du piano. Il n'y a qu'une seule règle à respecter : tant que je m'occupe de Jack, tu ne peux pas venir. D'accord ? »

Les épaules de Matty s'affaissèrent. Puis il prit une grande inspiration, et serra ses genoux contre sa poitrine.

« Tu pourras m'appeler si tu as besoin de moi, dit-il.

— C'est une bonne idée, acquiesça Jack. Si elle t'appelle, viens voir. Mais seulement à ce moment-là. »

Les lèvres de Matty tremblèrent.

« Mais… je veux rester avec toi. »

Quelque chose dégoulinait sur le flanc de Jack. Son bandage était trempé. Sans même avoir le temps d'attraper le bol, il se détourna et vomit le peu d'eau, de pomme et de pancake qu'il avait avalé. Il se laissa retomber sur les couvertures, envahi par la rage et une frustration inexprimable.

« Fais ce qu'on te dit, bon sang ! s'énerva-t-il. Vas-y ! »

Matty se leva et lui tourna le dos.

Les paupières de Jack commençaient à le brûler. Il voyait flou.

Ava emmena Matty de l'autre côté du piano et lui prépara de quoi s'occuper. Une assiette de biscuits, les petites voitures et le jeu de UNO. Jack l'entendit qui le rassurait. Puis elle alla récupérer la casserole d'eau dans la cheminée, et revint s'asseoir à côté de lui. Elle ouvrit le flacon de Bétadine, se lava les mains. Une odeur d'antiseptique. Elle ôta le bandage. Délicatement, en silence, elle entreprit de nettoyer la blessure avec un gant de toilette imbibé d'eau.

Une douleur fulgurante. Jack se convulsa sur les couvertures en gémissant.

Il entendit Matty prendre une inspiration.

Comme un ballon qu'on lâche dans le ciel, il sentit son corps s'élever lentement, léger comme une plume, et puis se détacher d'une façon ou d'une autre, libéré de la gravité, décoller des couvertures sales pour flotter vers un endroit lointain.

20

Une fois, j'ai vu un cerf se faire transpercer par trois flèches, et continuer à courir. Il a mis un jour entier à mourir. Je l'ai suivi. J'ai perdu sa trace, puis je l'ai retrouvé, et je me suis enfoncée plus loin que jamais dans les bois avec lui. Il était affaibli, à ce moment-là, à cause des flèches des chasseurs qui l'avaient touché. Vu de près, il était plus mal en point que je ne l'avais pensé, couvert de sang après la lutte qu'il avait menée. Quand il a fini par tomber, je suis allée m'agenouiller à côté de lui. Ses poils étaient collés, chauds et poisseux, et ses flancs palpitaient. Il avait de longues oreilles, des bois duveteux. Des cils noirs et de doux yeux bruns. Il a cligné des yeux, et m'a regardée. J'ai posé la main sur son cou. Je suis restée là, à contempler son regard jusqu'à ce que la dernière lumière s'y éteigne et que ses flancs s'immobilisent. Et puis je me suis levée, et je suis rentrée chez moi.

Je repense à ce cerf.

Je le revois sans arrêt.

Ava tamponne la peau de Jack puis examine sa blessure. Du sang clair coule de la chair déchirée. De petits lambeaux de tissu et de la terre y sont collés. On aperçoit une côte en dessous. Elle verse de la Bétadine sur la plaie. Jack ne bouge pas. Elle attrape la pince à épiler et se met au travail, ôtant la terre et le tissu, épongeant rapidement le sang. Elle passe le fil dans l'aiguille, et suture la plaie. À gestes lents, réguliers. Calmes. *Comme il te l'a appris.*

Quand elle a terminé, elle sèche la peau, pose sur la plaie de la gaze qu'elle maintient en place avec du sparadrap. Elle sort la seringue de son emballage stérile, plante l'aiguille dans l'opercule de la fiole d'amoxicilline, tire sur le piston pour la remplir. Puis elle la pique dans la couche de peau la plus épaisse qu'elle peut trouver près de la plaie, et appuie lentement sur le piston. Ses mains ne tremblent pas.

Avec un torchon imbibé d'eau froide, elle essuie la sueur sur le front de Jack, et le sang autour du pansement. Elle nettoie les couvertures du mieux qu'elle peut. Puis elle se contente d'observer Jack. Ses cheveux plaqués sur son front. Sa poitrine mince qui se soulève, et la peau de son ventre striée par ses côtes. Son œil a l'air un peu moins enflé.

Il n'y a plus rien à faire, à part le laisser dormir. C'est ce dont il a le plus besoin. De sommeil et d'eau. Quoi d'autre ? Vérifier que Matty va bien et que la porte est fermée. Remplir le gobelet pour quand Jack se réveillera. Elle lui redonnera des antibiotiques dans quatre heures.

Elle se désinfecte les mains, range ses affaires dans le sac en papier. Elle va voir Matty. Il n'a pas joué avec les petites voitures posées sur ses genoux, ni mangé les biscuits posés à côté de lui. Ses yeux sont rouges. Il les essuie d'un revers de la main.

« C'est fini », dit Ava.

Il hoche la tête.

Elle s'accroupit près de lui.

« Je suis désolée de ce qui est arrivé.

— Je sais, répond-il.

— Tu veux jouer aux voitures avec moi ?

— Ça va. Je veux juste être un peu tranquille. »

Elle lui rapporte un verre de lait. Jette un coup d'œil au feu puis à la porte. Remplit le gobelet. Quand elle ne trouve plus rien à faire, elle s'assoit près de Jack. Elle l'observe. Il est si immobile. Sa peau est blême et enflée, presque entièrement couverte de bleus. Alors, Ava commence à trembler.

Elle glisse sa main dans celle de Jack et la serre. Il ne réagit pas.

Il commence à neiger. Des flocons blancs tombent du ciel assombri et pénètrent dans la maison par les trous du plafond, brillant d'une étrange lueur dans les décombres, dans les rayons froids du soleil. Paisibles.

Ava reste assise, la main de Jack sur les genoux.

Bardem se gara à l'abri des arbres, à environ cinq cents mètres de la maison de Llewyn Dahl, que la plupart des gens appelaient Red. Il baissa sa vitre. La matinée touchait à sa fin. Un air glacial descendait de la rivière. Il appuya son coude sur la fenêtre, et scruta la maison avec des jumelles ultra-grossissantes. De la fumée sortait de la cheminée. Un 4 × 4 était garé dehors.

Bardem tourna lentement la mollette des jumelles pour y voir plus clair. Un second véhicule se précisa dans son champ de vision. Une Caprice rouge.

Il sortit du Land Rover, accrocha le scanner radio à sa ceinture et passa la sangle de son fusil sur son épaule.

Arrivé à un bosquet de trembles, il s'accroupit et braqua de nouveau ses jumelles sur la maison. Une porte devant, peut-être une autre à l'arrière. Il nota l'emplacement des fenêtres. Sur le côté, un cerf écorché et luisant de graisse se balançait à un arbre. Un chien traversait le terrain.

Son portable vibra dans la poche de son manteau. Il regarda l'écran et décrocha.

« Tu étais censée appeler hier soir.

— Désolée. J'ai commencé à faire mes devoirs, et j'ai oublié. »

Bardem attendit.

« Tu es là ? demanda Ava.

— Oui. Je pensais que tu aurais autre chose à ajouter. Une meilleure explication. »

Ava garda le silence. Puis elle dit :

« Je suis désolée.

— Tu ne dois pas t'excuser. Tu dois faire ce que tu as promis de faire.

— Je sais.

— Si je te donne des règles, c'est pour te protéger.

— Je sais. »

Bardem regarda dans ses jumelles. Quelqu'un avait déblayé la neige sur la terrasse de la maison le matin même.

Pas de signe de vie.

« Sara m'a demandé si je pouvais passer encore un soir chez elle, expliqua Ava. Sa mère est là. On fait juste nos devoirs, et on regarde des films. »

Bardem se reposa sur ses talons, étudiant toujours la maison.

« La mère de Sara est divorcée ?

— Oui.

— Sara a des frères ?

— Non, je te l'ai déjà dit.

— Je veux savoir où tu es à tout moment.

— Je sais. Je sais combien tu t'inquiètes.

— Tu es ma fille. »

Bardem entendit le grondement d'un moteur, avant qu'un 4 × 4 se profile à l'horizon. C'était un F-150 noir, équipé d'une plaque d'immatriculation temporaire. Bardem se ramassa sur lui-même, tenant son fusil à hauteur de la taille, et observa le véhicule avec ses jumelles quand il passa devant lui. Deux hommes étaient assis à l'avant.

« Bon, conclut-il. Je veux que tu répondes quand je t'appelle.

— Promis. »

Il raccrocha, scruta le 4 × 4 qui s'arrêtait devant la maison de Red. Les hommes en sortirent. Pas de Jack Dahl. Ils frappèrent à la porte, et une femme blonde les fit entrer.

Bardem alluma le scanner radio à bas volume, et s'assit pour écouter. Il mangea une orange. Une heure passa, puis deux.

Au moment où la porte d'entrée s'ouvrait, il capta une transmission de la police. Quelqu'un parlait d'un véhicule abandonné. Il augmenta le volume. Le véhicule était un 4 × 4 ; on avait retrouvé du sang dans l'habitacle.

Red sortit de la maison, accompagné de trois hommes. L'un d'eux était jeune, avec des cheveux noirs. Bardem déplia le bipied de son fusil, et installa l'arme par terre, le canon pointé sur les silhouettes. Il se coucha derrière, cala la crosse au creux de son épaule. Regarda dans la lunette pour viser. Respirant doucement, il ôta le cran de sécurité.

Jack Dahl n'était pas avec Red.

La première balle mit une seconde à arriver, la détonation une seconde de plus. Bardem prit une légère inspiration, et observa de nouveau les hommes à travers la lunette de son fusil. Ils regardaient le chien mort à leurs pieds. Puis ils se précipitèrent dans la maison. Le sifflement aigu d'un tir résonna sur l'étendue neigeuse. La seconde balle de Bardem transperça le chapeau haut de forme du plus âgé des hommes, et le fit tomber à terre.

Bardem regagna son véhicule et démarra.

Doyle s'arrêta derrière la voiture de patrouille de Midge sur le bas-côté enneigé de la route, et se dirigea vers le véhicule abandonné : un 4 × 4 entièrement remodelé, avec un châssis surélevé et des pneus tout-terrain.

« C'est un vrai tank, ce truc.

— Ça oui, confirma Midge. Il est carrément monstrueux. Je n'ai rien touché à l'intérieur.

— Tu l'as déjà croisé dans les parages ?

— C'est la première fois que je le vois.

— Moi aussi. C'est le genre d'engin qu'on n'oublie pas, je crois.

— Bien d'accord. »

Doyle indiqua la plaque d'immatriculation d'un signe de tête.

« J'imagine que tu as vérifié le numéro.

— Oui, et ça n'a rien donné.

— Bon. Voyons voir ce qu'on a là. »

Doyle enfila des gants, ouvrit la portière du conducteur et inspecta le siège. On y voyait d'épaisses taches de sang, à moitié séchées, ainsi que sur le volant. La clé était sur le contact. Doyle la tourna. La jauge de carburant était à zéro.

« Quelqu'un a passé une sale journée, commenta-t-il.

— Une sale nuit aussi, à mon avis », répliqua Midge.

Il lui jeta un coup d'œil.

« Les gens qui nous ont prévenus vivent un peu plus loin sur la route, expliqua-t-elle. Ils pensent que le véhicule est là depuis environ vingt-quatre heures.

— Vingt-quatre heures.

— Un jour après la découverte du cadavre de Frisby, donc. »

Doyle hocha la tête.

« C'est ça. »

Il replia le siège pour examiner le plancher, trouva quelques cartouches de neuf millimètres en laiton, et d'autres pour pistolet semi-automatique. Il referma la portière. Il y avait du sang sur l'aile du 4 × 4. Une empreinte de doigt séchée.

« Vous croyez qu'il y a un rapport avec Frisby ? demanda Midge.

— Je ne fais pas d'hypothèses pour l'instant. »

Une bâche en plastique bleue couvrait la benne à l'arrière du 4 × 4. Doyle la souleva. Une mince couche de poussière blanchâtre parsemait tout le fond. Il passa un doigt dessus et le leva vers la lumière.

« J'ai bien l'impression qu'on a transporté de la drogue dans ce véhicule. »

Midge haussa les sourcils.

« Qu'est-ce qui vous fait dire ça ?

— Je crois que l'heure des hypothèses a commencé. »

Midge griffonna sur son carnet, puis scruta la benne.

« Un deal qui aurait mal tourné, peut-être ?

— Ça pourrait être ça. Ou bien autre chose. »

La jauge d'essence à zéro chiffonnait Doyle. Il s'accroupit pour inspecter le réservoir.

« Quelqu'un a tiré sur ce véhicule. Avec un fusil, on dirait.

— Donc le conducteur pourrait être blessé », en déduisit Midge.

Doyle se releva. Toute cette affaire ne lui disait rien qui vaille.

« Où est-il passé, à votre avis ? demanda Midge.

— Aucune idée. Il a peut-être appelé des renforts. »

Il s'accroupit à nouveau près de la portière du conducteur. Une couche de neige fraîche d'environ cinq centimètres d'épaisseur couvrait le sol. Plus aucune empreinte n'était visible. Il balaya la neige du bout des doigts, exhuma une tache rouge vif. Il avança d'un pas, toujours accroupi, et en trouva une autre.

Midge se tenait derrière lui.

« Ou bien il n'a appelé personne.

— C'est possible.

— Et il est parti à pied, tout simplement. »

Doyle étudiait la neige.

« Dans ce cas, il n'a pas dû aller bien loin. »

Il se remit debout et pivota lentement, scrutant le paysage gelé. Des champs vides. Des plantations mortes sous la neige. Il pensa à Jack Dahl. Tout ce qu'il espérait, c'était que le garçon ne gisait pas là-dehors, sans vie. Il avait l'air d'un bon gamin. Son petit frère aussi.

Une bourrasque souffla, et Midge enfonça sa toque sur ses oreilles.

« La tempête se lève. »

Doyle hocha la tête. Le soleil se couchait déjà. Il ferait bientôt nuit.

« Retourne en ville, dit-il à Midge. Trouve-moi une carte où figurent les habitations à quinze kilomètres à la ronde. On entamera les recherches dès qu'il fera jour.

— Entendu.

— Et appelle le central à Boise. Demande qu'on nous envoie la DEA[1]. On va avoir besoin d'un coup de main. »

Il monta dans sa voiture et regarda Midge s'éloigner sur la route. Puis il attendit un moment. Il y avait de l'agitation dans l'air. Une perturbation. Ce n'était pas la première fois qu'il avait ce genre de pressentiment. Qu'il essayait de deviner quel danger se dirigeait vers lui, afin de l'intercepter.

Il sortit une lampe de poche de la boîte à gants. Tout était calme, à part le vent. Il sentait la tempête approcher. Il descendit du pick-up, fourra la lampe torche dans sa poche revolver, et contempla la campagne.

---

1. La DEA est l'agence américaine chargée de lutter contre le trafic de stupéfiants. (*N.d.T.*)

Tu es blessé, tu as peur, et quelqu'un te pourchasse. Où irais-tu ?

Il boutonna son manteau.

Puis il se mit en marche.

21

Si vous avez l'impression que le monde de Jack est en train de s'écrouler autour de lui, attendez un peu.
Le pire est à venir.

Assis dans sa voiture à environ cinq kilomètres du 4 × 4 abandonné, Bardem observait le shérif avec ses jumelles par la vitre baissée. Un vent froid soufflait des collines. La neige commençait à tomber. Le policier semblait chercher quelque chose dans le champ.

Bardem mangea un petit sachet de pommes séchées et but du café dans le gobelet de sa Thermos, sans cesser de surveiller le shérif. Le pick-up abandonné ressemblait au genre de véhicule que des trafiquants de drogue auraient utilisé, pensa-t-il.

Si on leur avait volé ce 4 × 4, qu'auraient-ils fait ? Ils auraient pu en acheter un autre.

Un F-150 neuf, peut-être.

Quand il fit presque nuit, il scruta la campagne avec ses jumelles. Il y avait des maisons dans toutes les directions, certaines à demi cachées par des arbres.

Et des collines. Il étudia le terrain, observa les habitations, calcula à quelle distance chacune se trouvait.

Il neigeait de plus belle. Le froid était de plus en plus vif.

Il observa le shérif une dernière fois. Non. Il n'avait encore rien trouvé. Et il ne trouverait sûrement rien, maintenant. Dans la neige. Dans le noir.

Bardem s'empara du pistolet posé sur le siège passager. Il ouvrit la portière, et se mit en route vers la maison la plus proche.

Quand Jack ouvrit les yeux, il faisait noir, à l'exception d'une faible lueur orange. Où se trouvait-il ? Où était Matty ? D'où venait cette chaleur qui lui irradiait le côté ? Au-dessus de lui, de la neige dégringolait en filaments poudreux par les trous du toit brûlé. Un vent violent secouait les murs en planches, et s'engouffrait dans le conduit de la cheminée. Il lui fallut un moment pour se rappeler.

Tu es dans la maison. Tu es blessé.

Il fixa le plafond. À travers les trous, il apercevait un ciel obscur parsemé de nuages et les lampes scintillantes des étoiles. Un monde lointain. Inaccessible.

Il palpa le bandage sur son flanc. Il était humide. Matty dormait sous les couvertures près de lui. Le feu baignait sa tête de lumière, et transformait le contour de sa joue en marbre ciselé. Il tenait Batman à la main.

Soudain, la poitrine de Jack se serra douloureusement, comme un élastique trop serré. Il n'arrivait plus à respirer.

Il se redressa pour prendre de grandes goulées d'air.

Une vague de vertige.

Ava dormait non loin de lui, recroquevillée sur la moquette humide à côté du feu. Enveloppée dans son manteau élimé comme dans une couverture. Jack distinguait le petit tatouage sur son poignet. Un cœur noir.

Il déglutit. Toujours cette sensation oppressante dans la poitrine. Il se recoucha, leva les yeux.

Tu n'as qu'à respirer calmement.

Les étoiles brillaient.

Son souffle s'apaisa. Il passa la langue sur ses lèvres sèches. Puis il tourna la tête pour regarder Ava juste une seconde, ou une minute, ou une heure. Ses cheveux châtains aux reflets bruns. Sa peau, ses cils. Dans la lueur des flammes, il voyait la courbe de sa poitrine, qui montait et descendait sous le fin tissu de sa robe.

Il tendit le bras pour rajuster son manteau, afin qu'elle ait bien chaud. À ce geste, tout son corps se mit à hurler de douleur. Il se recoucha dans le noir et fixa le plafond endommagé, en toussant faiblement. Il compta jusqu'à dix.

Recommença six fois.

Allez, Jack.

Il faut juste que tu respires.

La douleur se réduisit à un murmure.

Un peu plus tard, la neige arrêta de tomber, et des nuages dérivèrent devant les étoiles. Il n'y avait pas le moindre bruit, en dehors du gémissement sourd du vent. De la neige glissait du toit, et la maison tremblait. Jack pensa qu'il aurait peut-être préféré ne jamais rentrer. Au plus profond de lui, il aurait voulu que tout soit terminé.

Ce serait la meilleure chose pour Matty.

La meilleure chose pour tout le monde.

Il resta allongé, à respirer. À attendre le doux néant du sommeil. À compter les minutes. Les fragments de temps. Chaque respiration payée au prix fort.

Un bruit le tira de son sommeil. Des chuchotements. La porte d'entrée s'ouvrit en grand, et l'homme au chapeau haut de forme apparut dans l'embrasure. La nuit réduisait sa silhouette à une ombre. Ses yeux se fixèrent sur Jack, luisants comme de l'obsidienne mouillée. Il leva son arme.

« Si tu veux en finir à ce point, je peux t'aider », dit-il.

Il braqua le canon sur la tête de Matty et appuya sur la détente.

Jack repoussa sa couverture en sursaut, mais son cerveau avait déjà compris : c'était un rêve.

Non. Pas un rêve.

Un avertissement.

Ils trouveront le 4 × 4.

Ils trouveront le 4 × 4, ensuite ils te trouveront. Et ils trouveront Matty.

Des faisceaux diffus de lumière s'infiltraient par les trous du plafond. De la neige. L'air était froid, le feu éteint. *L'aube doit se lever.* Jack se redressa.

Matty se tenait debout près de lui, en équilibre sur un pied à côté des couvertures. Il le fixait sans bouger d'un pouce.

« Regarde ! dit-il. Compte combien de temps j'arrive à rester comme ça. »

Jack écarta ses cheveux de son front, et observa la pièce. Ava n'était pas là.

Il voyait son souffle dans l'air.

Matty leva ses bras maigrichons, chancelant comme un gymnaste sur une poutre. Il semblait écouter les applaudissements d'une foule invisible.

« Je suis bon, hein, Jack ?

— Très bon. »

Matty sourit.

Jack plia ses jambes pour se mettre debout, mais des charbons de douleur s'embrasèrent dans son flanc et le clouèrent sur place. Il palpa son bandage avec précaution, se rappelant la fièvre, la nuit, le rêve. *Ils pourraient trouver cet endroit à tout moment.*

« Il faut qu'on y aille. »

Une porte claqua dans la cuisine. Des pas résonnèrent. Jack se leva brusquement, et tout s'assombrit, puis s'éclaircit de nouveau. Ava apparut à l'entrée de la pièce, avec un tas de bûches dans les bras.

« Ava, regarde comme je me tiens en équilibre ! » dit Matty.

Jack ne savait pas quoi regarder. Les joues d'Ava étaient rougies par le vent, et des flocons étincelaient dans ses cheveux.

Réfléchis.

À autre chose qu'elle.

Où aller ? Loin d'ici. En car, peut-être.

« Il faut qu'on parte », déclara Jack.

Ava le regarda attentivement. Puis elle alla déposer le bois devant la cheminée, et se retourna vers lui en s'époussetant les mains. Elle semblait attendre qu'il dise quelque chose.

Matty arrêta ses acrobaties pour les observer tous les deux.

Jack boitilla jusqu'au sac de voyage, et commença à fourrer des affaires à l'intérieur. Il avait du mal à tenir sur ses jambes.

« Merci pour toute ton aide, vraiment, mais il faut qu'on parte, répéta-t-il.

— D'accord, répondit Ava. Où ça ?

— Pas avec toi, précisa-t-il en rangeant les médicaments et les bandages dans le sac. Juste nous deux. »

Elle croisa les bras et le dévisagea.

« Puisque vous êtes ici, j'imagine que vous ne pouvez pas rentrer chez vous, dit-elle. Ni aller voir un médecin. »

Jack s'efforça de ne pas la regarder. C'était dur.

Il se dirigea vers la cheminée pour récupérer les provisions. *Il vaut peut-être mieux laisser la bonbonne d'eau. Ne rien emporter de trop lourd.*

« Prends les couvertures », fit-il à Matty.

Matty ne bougea pas.

« Et votre famille ? » demanda Ava.

La pièce commença à tourner lentement. Jack avait besoin de s'asseoir. Il voyait sa mère, enveloppée dans la couverture arc-en-ciel, entendait le bruit mat de la pelle qui heurtait la terre gelée. *Ne pense pas à ça maintenant. N'y pense pas.*

Remballe tes affaires. Pars.

« Je n'ai pas vu de voiture, déclara Ava. Vous avez prévu de partir à pied ? »

Jack jeta un coup d'œil à Matty.

« Dépêche-toi », lui dit-il.

Matty resta figé, au bord des larmes.

Une bourrasque fit trembler les murs. Ava s'approcha de Matty, ramassa une couverture à côté de lui et la plia. Elle regarda Jack.

194

« Vous irez où, alors ? »

Jack se releva. Il ne ressentait rien, entre ces murs. Il avait mal au crâne, au côté. Des traînées rouges s'échappaient de son pansement. *Vous irez où ?* Il n'en savait rien. Où ? Comment ? Il avait la certitude absolue que l'homme au chapeau et ses amis le cherchaient. Ils savaient qui il était, ils savaient ce qu'il voulait, et ils n'arrêteraient jamais de le chercher – jamais.

Il ne pourrait se cacher nulle part. À part en Chine, peut-être.

« Tu tiens à peine debout », constata Ava.

Jack ramassa le sac, puis le reposa. Son flanc lui faisait trop mal.

Il y eut un silence.

Le soleil froid se levait au-dessus de leurs têtes. Il brillait à travers le toit, baignant la pièce d'une étrange lueur. Le vent crachait de la neige d'un blanc éclatant, comme si une bête aux yeux étincelants soufflait sur les brèches de la maison. Ramassée, translucide et muette.

Jack se força à détacher les yeux du plafond pour reporter son attention sur Ava.

« Les types qui m'ont fait ça vont venir, dit-il. Je ne sais pas quand, mais ils vont venir. Ils pensent que j'ai des informations. Je crois qu'ils veulent me donner une leçon, ou quelque chose dans le genre. »

Ava le scruta sans rien dire. Puis elle se leva, remplit un gobelet d'eau et le lui tendit.

« Bois. »

Il prit l'eau.

« Tu devrais prévenir la police », dit-elle.

Jack secoua la tête, et de l'eau s'échappa du gobelet.

« Non.

— Pourquoi ? »

Il ne répondit pas.

« C'est un secret », chuchota Matty.

Après un instant de silence, Ava déclara :

« Je sais garder les secrets. »

Jack l'observa. Ses yeux noisette. Son expression concentrée. Elle lui inspirait de la méfiance, de la prudence. Et elle lui plaisait.

« Je ne peux pas t'en parler, dit-il.

— Si, le supplia Matty. Tu pourrais…

— Non ! »

Le ventre de Jack se noua en entendant son propre ton.

Ava le fixa, puis se détourna.

Il tendit brusquement la main – pour la toucher, lui parler, s'expliquer –, mais elle se recula d'un bond et tituba, comme s'il l'avait frappée. Elle se ressaisit rapidement, et s'éloigna vers la cheminée.

Elle ramassa une boîte de conserve. Puis un paquet de céréales. Ses doigts se crispèrent sur le carton.

Jack baissa les yeux. Il posa son gobelet sur le piano.

« Désolé, dit-il. (Matty lui jeta un regard noir, et il répéta, plus doucement :) Désolé. »

Ava ne le regarda pas.

« Je n'aime pas qu'on me touche, c'est tout. »

Une rafale secoua le toit. Alors Ava se retourna, et les rayons qui tombaient du toit masquèrent ses traits, empêchant Jack de déchiffrer son expression. Quand la lumière changea, il vit qu'elle avait pâli. Elle alla ranger les provisions dans le sac de voyage, ramassa le sac de courses. La peau éclairée par le soleil. Le cœur sur son poignet.

« Bon, allons-y, dit-elle. Je vous emmènerai où vous voulez. J'ai un peu d'argent que je peux vous donner. »

Jack battit des paupières.

« Pourquoi tu nous aides ?

— Parce que vous en avez besoin. »

Sa franchise le fit rougir.

« Et qui tu es, au fait ? » demanda-t-il.

Elle hésita. Jack vit de nouveau passer dans son regard la lueur qu'il avait entraperçue au lycée – un éclair dans l'eau profonde, qui disparut aussitôt.

« Je ne suis pas votre ennemie », se défendit-elle.

Ils se regardèrent.

J'ai besoin de ton aide, pensa Jack.

Il ne voulait pas l'avouer.

« On devrait y aller », intervint Matty.

Jack continua à fixer Ava. L'air était froid. Elle l'observait.

« D'accord, dit-il. Allons-y. »

22

Les gens disent qu'on ne devrait jamais regarder en arrière. Dans la Bible, l'épouse de Loth reçoit l'ordre de ne pas se retourner vers sa ville, qui vient d'être détruite avec tous ses habitants. Mais elle le fait quand même.

Moi aussi, je regarde en arrière.

À quoi est-ce que je pensais, à cet instant ? Quand je me suis reculée brusquement ?

Je pense à toi, Jack.

Tu ne dois pas savoir qui je suis. Tu ne me ferais pas confiance, sinon. Tu ne me fais déjà pas confiance. Je le vois. Tu ne laisses personne t'approcher, n'est-ce pas ? Moi non plus. Mais si tu savais... je crois que tu me détesterais.

Tu es blessé. Je ne veux pas que tu le sois davantage. Ni Matty.

Je veux t'aider.

Mais je veux plus que ça.

Bien plus.

Ce que je veux, c'est que justice soit faite. C'est un désir qui fait battre mon cœur. Un besoin qui me serre la poitrine. Je veux que Bardem paie. Je veux qu'il perde. Je veux qu'il morde la poussière. Je veux le voir à terre.

Parfois, je sens le sel se cristalliser sur ma peau, sur mes lèvres. Je suis une statue.

Bardem sortit du champ dans la lumière réticente, et s'approcha lentement de la maison. Elle avait brûlé longtemps auparavant. Il distinguait des briques noircies, les contours d'une terrasse. Les poutres du toit s'affaissaient. Il s'arrêta pour observer l'allée du garage. Les traces de pneus dans la neige n'avaient que quelques heures. Rien ne bougeait. Enfin, il se dirigea vers la terrasse et monta les marches.

Il dégaina son pistolet, entra dans la maison et referma la porte derrière lui. Il traversa la cuisine pour rejoindre le salon. Quelques flocons descendaient du toit. Des empreintes de pas étaient visibles sur la moquette couverte de cendres. À gauche, un piano gondolé. Bardem s'avança vers la cheminée, et tendit la main au-dessus des charbons.

Il coinça le pistolet sous sa ceinture. Ramassa une bonbonne d'eau, dévissa le bouchon avec son pouce et la renifla. Puis il reposa la bonbonne. Ouvrit le sac de courses : des bandages tachés de sang, des flacons, une seringue usagée.

Le plafond grinçait. Bardem inspecta la pièce une dernière fois pour s'assurer de ne rien avoir manqué. Il passa derrière le piano, examina le sol. Le livre disparaissait quasiment derrière un des pieds de l'instrument. Il s'accroupit pour le ramasser.

Un manuel scolaire. Une image de montgolfière.

Il l'ouvrit.

Il se releva et sortit en emportant le livre.

Jack avait un problème aux yeux. Tout se gondolait derrière la vitre de la voiture – une maison, une clôture, une grange, un cheval. Un chat. La neige chatoyante. Chaque chose ondulait un moment, étincelait comme une pierre ricochant sur l'eau, puis redevenait solide. Un magasin. Un feu tricolore.

Ava conduisait sur des routes floues qu'il connaissait, mais dont le nom lui échappait. Matty était assis à l'arrière. Une douleur sourde résonnait comme un glas dans le corps de Jack. Il se tenait le côté, une main sur l'accoudoir, tandis qu'une vague de torpeur menaçait de le submerger.

« Donne-lui à manger », entendit-il Ava dire.

Matty lui tendit un petit paquet de chips. Jack ferma les yeux, et avança la main à l'aveuglette. Ses doigts touchèrent le paquet. Il l'ouvrirait plus tard. Plus tard.

« Ça va aller, le rassura Ava. Il a juste besoin de se reposer. »

Il appuya la tête sur la vitre. À qui parlait-elle ? Ses mots semblaient lui parvenir du fond d'un tunnel.

« Il va guérir ? demanda Matty.

— Oui.

— Tu dis peut-être ça pour me rassurer.

— Non.

— Il a vraiment l'air d'aller mal.

— Il va mieux qu'il en a l'air. »

Silence. La voiture avançait sur la route.

« Des gens ont essayé de le tuer, hein ? demanda Matty.

— Oui, je pense.

— Ils essaieront peut-être encore, s'ils nous retrouvent.

— Ils ne nous retrouveront pas.

— Peut-être que si.

— Ça n'arrivera pas.

— D'accord. »

23

Le motel était un établissement typique des années 1950 : la réception se situait à l'entrée et on se garait devant les chambres, à l'arrière du bâtiment. Le parking était quasiment vide. C'est pour toutes ces raisons que je l'ai choisi.

Nous avons mis Jack au lit. Il s'est endormi tout de suite. J'ai fermé la porte à clé, allumé la lampe. J'ai fait couler un bain pour Matty, et je l'ai aidé à y entrer. Puis je suis allée m'asseoir à côté de Jack sur le lit. Je l'ai observé, sans rien faire d'autre. Ses cheveux sales et son œil enflé. Ses traits tirés. Ses mains fines. Elles avaient quelque chose de gracieux. De doux.

C'était devenu facile pour moi de ne me préoccuper de rien.

Mais j'étais préoccupée, maintenant.

Et ça ne me plaisait pas.

Doyle arriva au poste de police peu après sept heures du matin. Midge leva les yeux du rapport qu'elle tapait, à son bureau, et déclara :

« Vous avez l'air lessivé.

« — Merci du compliment. »

Elle se dirigea vers la machine à café, versa ce qui ressemblait à de l'huile de moteur dans un gobelet en polystyrène et le posa devant Doyle.

« Vous avez trouvé quelque chose ?

— Oui, dans l'ancienne maison des Palmer. Quelqu'un y est passé, mais est reparti.

— Une idée de qui ?

— Pas sûr.

— De mon côté, j'en ai appris un peu plus sur le 4 × 4.

— Alors ?

— Il y a environ un mois, un policier de Boise a croisé la bête sur la route nationale. Une grande bâche recouvrait quelque chose à l'arrière. L'agent a prévenu ses collègues par radio qu'il allait arrêter le véhicule pour y jeter un œil. Le passager du 4 × 4 lui a tiré dessus. Il est mort sur le coup. »

Doyle enleva son chapeau, l'accrocha à une patère.

« Bon, fit-il.

— Ça me paraît bien de savoir à quoi s'attendre.

— Effectivement.

— J'ai appelé Boise. Les renforts seront là demain à la première heure.

— C'est parfait. »

Midge récupéra son manteau sur le dossier de sa chaise, et l'enfila.

« J'ai préparé une carte, comme vous me l'aviez demandé. Deux policiers de Rexburg vont me donner un coup de main. On pourra mieux inspecter les lieux, maintenant qu'il fait jour.

— Attends, je t'accompagne.

— Pas question. Vous, vous buvez votre café.

— D'accord. »

Midge se dirigea vers la porte, puis se retourna.

« Hé, chef ?

— Quoi ?

— J'espère que la personne qui conduisait ce 4 × 4 est retournée à Boise.

— Moi aussi.

— Mais quelque chose me dit que ce n'est pas le cas. »

Doyle acquiesça.

« Je suis d'accord. »

Doyle acheta une canette de bière à la station-service. Une fois à la prison, il franchit le portique de sécurité et emprunta un couloir pour rejoindre une salle d'interrogatoire. Il ferma la porte, s'assit sur une chaise en face de Leland Dahl, et posa la bière sur la table, entre eux.

« Salut, Leland », dit-il.

Avachi sur sa chaise, Leland l'observait, les paupières mi-closes, d'un air indifférent.

« À quand remonte la dernière fois où tu as vu ton fils ? demanda Doyle.

— Duquel on parle ?

— Disons des deux. »

Leland haussa les épaules.

« Je sais pas.

— Bon. Une estimation, peut-être ?

— Ça fait un bail.

— Ce n'est pas une bonne idée de me mentir », répliqua Doyle.

Leland le jaugea d'un regard impassible. Opaque, comme un rideau tiré.

« D'accord, j'ai vu Jack. Et alors ?

— Donc Jack t'a rendu visite, alors qu'il ne t'avait pas parlé depuis des années. Pourquoi aurait-il fait ça ? Je ne vois qu'une seule explication. »

Leland s'étira, attrapa la canette. Il tira sur la languette et but une gorgée.

« Et ni une ni deux, voilà que je me retrouve avec un gardien de prison mort, deux gamins disparus et un véhicule où on croirait qu'on a éviscéré un cerf, reprit Doyle. Quel est le pourcentage de chances pour que tout ça soit une coïncidence ? »

Le radiateur émettait un tintement métallique. Leland se cala sur sa chaise et descendit sa bière à grands traits. Il posa la canette vide sur la table et s'essuya la bouche.

« Où sont tes fils ? demanda Doyle.

— Aucune idée. Tu connaîtrais pas un flic qui pourrait les retrouver ?

— Je crois que tu ferais mieux de réfléchir à la raison pour laquelle tu as échoué ici au départ, dit Doyle. À ce que tu as fait, et avec qui tu l'as fait. »

Leland afficha un sourire sans joie et garda le silence.

« Tu as mêlé ces gamins aux affaires de types qui ne plaisantent pas du tout. »

Leland lâcha un bruit qui ressemblait à un rire cassant.

« Là, on est d'accord.

— Ces gens tueront tes garçons, Leland. Ils ne reculeront devant rien.

— Ouais, eh ben, Jack non plus. Il se battra.

— Si tu sais où ils sont, tu ferais mieux de me le… »

Leland se pencha brusquement en avant, écrasa la canette vide, la lâcha sur la table et abattit sa main dessus. Un filet de sang se répandit sous sa paume. Il serra le poing et se redressa.

« Ces garçons sont tout ce qui me reste – mais je n'ai aucune idée d'où ils sont. Et même si je le savais, je ne te le dirais pas. »

Doyle affronta Leland du regard.

« Tu te rends compte de ce que tu as fait ? » dit-il.

Leland ne répondit pas. Puis il hocha la tête.

« Ouais. Je sais ce que j'ai fait. Et je sais ce que je vais faire. »

De retour dans sa cellule, Leland s'assit au bord de sa couchette pendant qu'un gardien verrouillait la porte. Il resta là un long moment, sans bouger. Dans sa tête, des violons jouaient crescendo une musique stridente et rapide, jusqu'à ce qu'elle emplisse la cellule avec des grincements de plus en plus aigus.

Ils sont sains et saufs.

Ils sont cachés.

Ou bien leurs cadavres sont là, dehors.

Enterrés dans la neige.

Jetés dans une fosse.

Une vague d'angoisse l'envahit. Il se leva, les nerfs à fleur de peau. Il alla d'abord chercher un crayon sur son bureau. Puis il se pencha au-dessus de sa couchette, et récupéra le livre qu'il gardait coincé entre le mur et le sommier métallique. *Croc-Blanc.* Un loup sur la couverture, des pages cornées. Il en arracha une, la tourna de côté et griffonna deux mots dessus. L'essentiel, rien d'autre. Il plia la page, la glissa dans une enveloppe et y nota une adresse. Il scella le rabat en le léchant.

Quelque part, un détenu se mit à rire. Un son désincarné, se disloquant comme autant de fragments en suspension.

Leland coinça l'enveloppe dans la ceinture de son jogging et se rassit sur la couchette. Puis il se releva et se mit à arpenter la pièce. Un sol en ciment. Une chaise en plastique, des toilettes en métal. Une odeur de sueur. Il marcha de long en large, les poings serrés.

Il se rassit.

Attendit.

Le vacarme des violons s'estompa. La pièce était aussi silencieuse que lui.

À dix-huit heures, la sonnerie retentit et la porte se déverrouilla. Leland se leva, s'approcha du miroir au-dessus des toilettes. Il rabattit ses cheveux sur le côté avec ses doigts. Sur le chemin de la cantine, il sortit l'enveloppe de son jogging et la glissa dans la boîte aux lettres des détenus.

Il faisait nuit quand Jack se réveilla. La chambre était vide. Il sortit du lit, alla écarter les stores à la fenêtre. Il y avait de la lumière dans la rue. De la neige tombait par paquets dans l'éclairage cru des réverbères. Des bâtiments bas et décrépits se détachaient sous un ciel d'étain. Il chercha la voiture d'Ava. Elle n'était pas là.

Un bloc-notes était posé sur la table de nuit. Matty y avait écrit un mot : « On est allés chercher à manger. J'espère que tu dormiras bien. »

Il alla à la salle de bains, remplit d'eau un gobelet en plastique et but. Sa bouche lui fit mal quand il avala. Il remplit de nouveau le gobelet et le vida. Les vêtements de Matty gisaient par terre. Il y avait un liseré de crasse autour de la baignoire. Batman était assis sur le rebord.

Il se retourna, et aperçut son reflet dans le miroir. Son œil enflé, sa bouche entaillée. Le vomi séché dans ses cheveux. *Bah, tu n'étais déjà pas très beau avant*, pensa-t-il.

Ava et Matty ne tarderaient sûrement pas à rentrer, mais il pouvait se dépêcher. Il s'assit au bord de la baignoire. Il la rinça, ferma la bonde et ouvrit le robinet. Il entrebâilla la porte pour pouvoir entendre ce qui se passait au-dehors. Puis il se déshabilla, et décolla lentement son bandage. Le sol devint flou. La plaie était jaune et violacée, ses contours boursouflés.

On aurait dit une morsure. Un truc digne d'un film de zombie.

Il s'assit prudemment dans l'eau. Des picotements de douleur remontèrent jusqu'à son flanc. Pris d'une étrange sensation de vertige au creux du ventre, il s'agrippa au rebord de la baignoire.

Ça va aller. Respire, et ça passera. Tu mérites tout ce qui t'arrive. Non ?

Quand les picotements passèrent, il plongea un gant de toilette dans l'eau et tamponna sa blessure. Des croûtes de sang séché se détachèrent en flottant. Elles étaient presque noires, comme des résidus de suie. Il se pencha pour étudier les profonds sillons creusés dans sa chair, les côtes qu'il apercevait sous les points de suture.

Pas bon.

Une autre pensée lui vint : *Il y a des points de suture.*

Des points de suture soignés, réguliers.

Cinq.

Elle l'avait donc recousu.

Le rouge lui monta aux joues. Il était nu quand elle l'avait fait. Il puait probablement comme un rat mort. Qu'avait-elle pensé de lui ?

Il se lava de la tête aux pieds, se shampouina et se rinça les cheveux. Quand il sortit de la baignoire, l'eau était rose et marbrée de sang, et un liquide pâle suintait toujours de sa plaie sur les côtes. Il prit une serviette dans le placard au-dessus des toilettes, se sécha d'une main en se retenant au lavabo de l'autre. Comme ses vêtements empestaient, il mit la serviette autour de sa taille. Il appliqua un gant de toilette propre sur son flanc, et resta immobile un moment. Il semblait incapable de respirer profondément. Il but un autre gobelet d'eau.

Une question lui trottait dans la tête.

Pourquoi elle t'aide ? Pourquoi ?

Aucune réponse ne lui vint.

Il sortit de la salle de bains, pressant le gant de toilette sur sa blessure pour préserver ses côtes endolories. Il sortit un jogging et un T-shirt du sac de voyage, et enfila le haut par-dessus sa tête d'une main, sans lâcher le gant de toilette. Puis il s'assit sur le lit, et surveilla la porte.

La pièce s'assombrit.

Silence.

Ça fait un moment qu'ils sont partis. Depuis combien de temps ?

Il entendit un bruit de chasse d'eau. De robinet ouvert. Jack se leva pour regarder par la fenêtre. La neige tombait doucement dans la lumière des réverbères. Pas de voitures. Rien.

Ils sont allés chercher à manger. C'est tout. Ils reviendront bientôt.

Le gant de toilette se teintait peu à peu de rose.

Une crampe nauséeuse lui serra le ventre. Comme quand on nage et qu'en voulant poser les pieds au fond de l'eau, on s'aperçoit qu'il est plus bas qu'on ne le pensait. Il s'assit sur le lit en se disant qu'il valait mieux s'allonger, mais il ne le fit pas. À la place, il surveilla la porte. Essaya de respirer par le nez. Plus lentement. *Ils reviendront.*

Ava le ramènera.

À moins qu'elle ne le fasse pas.

Et alors, quoi ?

Les minutes se fanèrent et disparurent. Jack regardait la porte. Il avait la curieuse sensation que le temps se désagrégeait. Un lent effilochement.

24

J'ai emmené Matty chez Big J's pour manger un burger. Et pour le faire sortir de la chambre. Laisser Jack dormir. C'était ce que j'espérais : qu'il se reposerait.

Voilà ce qui s'est passé.

Ils commandent des cheeseburgers et des milk-shakes à la myrtille, et mangent des frites avec de la sauce ketchup-mayonnaise, assis chacun d'un côté de la table dans un box. Derrière eux, une baie vitrée donne sur la nuit et la rue. La neige tombe. La lampe sur le mur répand une lumière douce. Il fait chaud et bon. Des odeurs de graisse et de steak grillé planent dans l'air. Ava observe Matty qui mange une frite lentement, en la trempant dans la sauce avant chaque bouchée. Toujours emmitouflé dans son manteau et la tête couverte de son bonnet.

Il la regarde d'un air perdu.

« Mange, ou ça va refroidir, dit-elle.

— Les frites sont bonnes.

— Oui, très bonnes.

— Le milk-shake a l'air bon aussi.

— Tu devrais goûter.

— D'accord. »

Il ne bouge pas.

« Ça va ? »

Il hoche la tête.

« Tu ne te sens pas bien ?

— Si.

— Qu'est-ce qu'il y a ? »

Il cligne des yeux.

« Tu crois qu'on devrait en garder ?

— En garder ?

— Pour plus tard.

— Tu peux tout manger. Regarde, tu peux mettre la sauce sur ton hamburger.

— D'accord. »

Dans la lumière tamisée de la lampe, Ava observe Matty, qui fixe son hamburger sans rien dire. Il a des cernes sous les yeux.

« Qu'est-ce qu'il y a ? demande-t-elle.

— Je me disais… On pourrait en rapporter à Jack. »

Oh.

« On pourrait, répond-elle. Mais quand on aura terminé, on commandera un hamburger et des frites rien que pour lui. Donc tu peux finir les tiens.

— Il aime bien les milk-shakes à la myrtille.

— On lui en prendra un aussi. »

Matty regarde son repas.

« Alors ça va.

— Oui, ça va.

— Tu vas tout manger, toi ?

— Oui. (Ava prend une bouchée de hamburger.) Tout. »

Matty prend sa cuillère en plastique et la plonge dans le milk-shake pour le goûter.

« Wah, c'est super-bon ! »

Ils mangent les frites, les hamburgers, les milk-shakes. Matty parle de Batman, qui n'a pas de super-pouvoirs, mais qui est courageux. Comme Jack. Quand il a terminé son milk-shake, il lèche la cuillère et incline le gobelet pour boire le lait parfumé à la myrtille jusqu'à la dernière goutte. Puis il se tourne vers la fenêtre qui donne sur la rue. Il semble à deux doigts de s'endormir. Au bout d'un moment, il déclare :

« Ma mère est morte. »

Ava le regarde, le ventre noué.

« Je suis désolée.

— Ce n'est pas grave.

— Je crois que la mienne est morte aussi, dit-elle.

— Tu n'es pas sûre ?

— J'imagine que si. Au fond de moi. »

Matty continue à contempler la neige et l'obscurité par la fenêtre.

« Il y a des méchants qui cherchent Jack, hein ? demande-t-il.

— Oui.

— Pourquoi ils veulent l'attraper ?

— Je n'en sais rien.

— Est-ce qu'ils veulent le tuer ?

— Je n'en sais rien.

— Ils veulent le tuer.

— Oui. »

Matty acquiesce.

« Je ne sais pas quoi faire, fait-il en enfouissant son visage dans ses mains.

— Écoute-moi. »

Il secoue la tête. Puis il baisse ses mains et regarde Ava.

« Je resterai avec vous, dit-elle. Je ne permettrai pas qu'il vous arrive quoi que ce soit. »

Il l'observe, le visage éclairé par la lampe.

« Promis ?

— Promis. »

Devant la chambre du motel, un moteur s'arrêta et une portière s'ouvrit. Jack se leva.

Ava. Matty.

Une vague de soulagement l'inonda, si forte qu'il dut se plier en deux et se rattraper au bord du lit.

« On t'a pris un cheeseburger ! » annonça Matty quand Ava ouvrit la porte.

Jack fixa Ava. Son manteau usé, boutonné jusqu'au menton, ses cheveux châtains. Elle lui rendit son regard.

Il s'assit sur le lit.

Matty lâcha un sac en papier blanc sur ses genoux, en continuant :

« Et des frites avec de la sauce, et un milk-shake à la myrtille. »

Il posa le milk-shake sur la commode, se débarrassa de son manteau et de son bonnet.

« Tu as lu mon mot ?

— Oui, répondit Jack. Il était bien écrit. »

Ava alluma la lumière. Observa l'endroit où Jack appuyait le gant de toilette sous son T-shirt.

« J'ai pris un bain », déclara Jack.

Incroyable, ce qu'il pouvait sortir comme crétineries.

« C'est génial, hein ? s'exclama Matty. L'eau chaude ne s'arrête jamais ! »

Même depuis l'autre bout de la pièce, Jack sentait l'intensité du regard d'Ava. Il fit comme s'il n'avait rien remarqué, prit le hamburger dans le sac en papier et mordit dedans.

« Merci pour le repas, dit-il à Ava. »

Matty alluma la télé et s'assit par terre avec ses jouets. Ava ferma la porte à clé, prit le sac de courses posé sur la table, et s'installa à côté de Jack sur le lit.

« Ça va ? demanda-t-elle.

— Je ne sais même plus », répondit-il.

Mais son estomac se réveillait. Le hamburger encore chaud, le fromage et la viande, le ketchup : il engloutit le tout en quelques secondes.

« Vous avez vu quelqu'un ? voulut-il savoir.

— Personne.

— On ne vous a pas suivis ?

— Non.

— Non ? Comment tu le sais ?

— Je le sais, c'est tout. »

Quelque chose dans le regard d'Ava convainquit Jack. Il hocha la tête, et baissa les yeux vers sa main, qui tenait le gant de toilette rougi. Il faisait vraiment peur à voir.

« On devrait arranger ça », proposa Ava.

Jack se leva, brusquement gêné.

« Je me sens assez bien. Je m'en occupe. »

Les yeux d'Ava étaient rivés sur lui, d'une couleur noisette saisissante. Emplis d'incertitude, d'une profondeur vertigineuse.

« D'accord », fit-elle en lui tendant le sac.

217

Dans la salle de bains, Jack souleva le gant de toilette. La plaie ne saignait presque plus. Il la lava de nouveau, la recouvrit d'un bandage propre et prit des antibiotiques. Puis il se regarda dans le miroir. L'hématome sur son œil avait noirci, et il avait un fouillis de boucles sur la tête. Il ouvrit le robinet, mouilla ses cheveux et se recoiffa avec les doigts.

Bon. Tu ne feras pas mieux.

Il retourna dans la chambre. Des rafales de vent commençaient à souffler dehors, et l'averse de neige redoublait. Ava jouait avec Matty par terre. Il prit le milk-shake posé sur la commode, s'assit sur le lit et avala une cuillerée. Le goût acidulé des myrtilles fit renaître des images dans son esprit. Des scènes de son enfance, quand il en cueillait avec ses parents dans les bois. Matty, encore tout petit, juché dans un porte-bébé sur le dos de son père. L'air de la montagne, une petite bruine. Les baies violettes accrochées aux branches humides. La voix de sa mère qui flottait dans le silence frais.

Le bonheur.

Il refoula cette pensée, et termina le milk-shake et les frites en les regardant jouer. Matty gloussait. Quand l'avait-il entendu rire pour la dernière fois ? Et elle… À quatre pattes, elle faisait rouler une petite voiture sur la moquette. Toujours vêtue de son manteau de laine. Sa voix était claire et douce, comme une bribe de mélodie qu'il n'oublierait jamais. Quelque chose s'éveillait au fond de Jack. *On passe toute sa vie à se demander : à quoi ça ressemblerait ? Et puis ça arrive.* Ava lui jeta un coup d'œil, comme si elle avait senti son regard, et il se retourna vers la télévision. Quand elle se remit à jouer avec Matty, il l'observa de nouveau. *Qui est cette fille ?* Il n'arrivait pas à la percer à jour.

Ava, un enchevêtrement de contraires : de la douceur et de la dureté, de l'obscurité et de la lumière.

Elle se redressa en fronçant les sourcils.

« Qu'est-ce que tu fais ?

— Quoi ?

— C'est juste que… tu n'arrêtes pas de me regarder. »

Il ne savait pas quoi dire, alors il haussa les épaules, sans la lâcher des yeux. Il avait le ventre plein, sa blessure ne lui faisait plus mal, et une brume dorée et chaude l'envahissait, lui donnant du courage.

Ava l'étudiait.

« Quoi ? » demanda-t-il.

Elle réprima un sourire.

« Rien. »

Mais elle observait ses cheveux.

« Je sais, avoua-t-il. C'est un désastre. »

Allongé sur la moquette, Matty regardait la télé. Ava se leva. Ses joues rosirent lorsqu'elle prit une inspiration et lui proposa :

« Je pourrais te les couper.

— D'accord. »

Elle le fit asseoir sur le fauteuil à côté de la lampe. La lueur de la télévision se diffusait dans la pièce. Ava imbiba une serviette d'eau chaude et mouilla les cheveux de Jack avec. Ses gestes étaient hésitants. La façon qu'elle avait de le regarder…

« Prêt ? demanda-t-elle.

— Oui. »

Elle se posta devant lui avec une paire de ciseaux pour observer sa coiffure. Puis elle commença à couper.

Les mains dans les cheveux de Jack. Ses doigts effleurant son crâne, son cou. Elle prit son temps, et il sentit qu'elle s'appliquait. Elle se taisait, concentrée. Les yeux de Jack le brûlaient, et il regarda ses mains en battant des paupières. C'était une sensation si agréable, d'être touché par elle. Confiance, risque, espoir… C'était trop. Il se leva brusquement.

« Qu'est-ce qu'il y a ? » demanda-t-elle.

Il tremblait.

« Rien. »

Le regard d'Ava lui faisait perdre ses moyens. Il arrivait à peine à réfléchir. Il dut se rasseoir.

« Tu veux que je termine ?

— Je crois. Oui. »

Doucement, avec précaution, elle se remit à lui couper les cheveux. La pièce luisait. Tout était éphémère dans cette lumière. Passager. Quand elle eut terminé, Ava essuya les oreilles et le cou de Jack avec un nouveau gant de toilette tiède, et l'accompagna pour qu'il se regarde dans le miroir. Puis elle vit son expression.

« Qu'est-ce qui ne va pas ?

— Rien. Tu as fait ça bien.

— Désolée, dit-elle.

— Non, ça me plaît. (Il chercha ses mots.) Ça fait longtemps que je n'ai pas eu l'impression d'avoir de la chance. »

Ava le dévisagea, des paillettes dans ses yeux noisette. Puis elle hocha la tête. Des paroles silencieuses passèrent entre eux. Une conversation.

Matty s'était déjà endormi par terre. Ava éteignit la télévision. Le silence régnait.

Elle sortit des couvertures et un oreiller de la penderie, prépara un couchage sur la moquette.

« Tu es fatigué, dit-elle en regardant Jack avec son air sérieux. Tu ne veux pas te reposer ? »

Une vague d'épuisement s'abattit sur lui, lui donnant le tournis.

« Je ne sais pas.

— Je pense que tu devrais. »

Il se glissa sous les draps, et regarda Ava prendre Matty dans ses bras pour l'installer dans le lit de fortune. Il continua à l'observer un moment. Ce calme qu'il ressentait... était-il en train de rêver ?

Non. Ce n'était pas un rêve.

Il ferma les yeux. Du fond de sa mémoire, un simple mot émergea, tiré d'une chanson ou d'une prière : *Alléluia*. Pendant une poignée de secondes, il demeura dans ce bref état entre la veille et le sommeil. Puis il plongea dans les ténèbres.

25

Mon cher Jack : laisse-moi prendre une photo de toi ce soir, au cas où ce serait la dernière fois que nous sommes ainsi. Dans cette image insouciante et fugace d'un monde merveilleux. Cette euphorie de sensations et de sons. Oh, mon cœur... Quelle splendeur, dans ces minutes lumineuses !

Laisse-moi photographier cet instant-là.

Il se réveilla dans une obscurité fragile et bleutée, l'oreille aux aguets. Il avait entendu un léger bruit. Il attendit que ses yeux s'accoutument à la pénombre. La silhouette d'Ava se découpait devant la fenêtre. La lueur bleue provenait des chiffres du radio-réveil, qui brillaient sur la table de nuit. Ava passa sa robe par-dessus sa tête et resta debout un moment, nue, ses cheveux tombant dans son dos. Le pouls de Jack s'accéléra, pendant qu'elle attrapait une de ses chemises dans le noir et l'enfilait. Puis elle se retourna.

Il ferma les yeux.

Des émotions l'emportaient. Des vagues marines.

Le lit bougea. Un bruissement de draps. Elle était là, en train de se faufiler sous la couverture. Elle se coucha sur le côté, le dos tourné.

Elle croit que tu dors, pensa Jack.

Alors fais semblant de dormir.

Ne bouge pas d'un pouce.

À la place, il se retourna derrière elle, adoptant une position identique à la sienne. Ses poumons, sa tête, son cœur. Il ne la toucha pas. Il s'assura de maintenir chaque partie de son corps à quelques centimètres du sien. Ses jambes, ses genoux. Sa poitrine ne touchait pas son dos. Ses lèvres n'effleuraient pas tout à fait ses cheveux. Une odeur de gingembre. Tout son corps était réveillé. Une chaleur familière l'envahissait en sentant Ava près de lui, en entendant son souffle. Il ferma les yeux, et s'imaginait qu'il pouvait la voir, quand elle chuchota :

« Jack ?

— Quoi ?

— Tu m'aimes bien ? »

Il déglutit. Ne bougea pas.

« Oui. Beaucoup. »

Elle ne dit rien.

Il attendit, parfaitement immobile sous les draps. Il distinguait la courbe de son dos devant lui. La pliure de ses genoux, jusqu'à sa taille. Des détails qu'il n'oublierait jamais.

Le vent sifflait dehors.

Elle s'était endormie. Du moins il le pensait.

Puis elle murmura :

« Est-ce que tu m'aimerais toujours si je n'étais pas celle que tu croyais ?

— Qu'est-ce que tu veux dire ? »

Elle ne répondit pas. Il la sentit hésiter.

« Rien », fit-elle.

Ils restèrent couchés dans le noir. Ava près de Jack. Une lumière diffuse sur les murs, leur respiration audible. Jack avait l'impression que son âme allait se détacher de son corps et dériver vers Ava. Il ne la toucha pas. Mais il en avait tellement envie. Dans le lit, sur les draps, son corps élancé. S'approcher, poser sa bouche sur la sienne. Goûter sa peau. Se sentir trembler avec elle. Il en avait tellement envie – un besoin dévorant. Elle lui donnait faim. Ses mains auraient pu descendre, trouver le bas de sa chemise, la soulever… Mais il ne le fit pas.

Il ne le fit pas.

L'idée de la blesser lui faisait horreur.

Il avait de nouveau mal au côté. La douleur l'épuisait. Pensant qu'Ava était encore éveillée, il redressa légèrement la tête pour scruter son visage, entrevoir ses pensées ; mais il n'y arriva pas.

Ses paroles résonnaient dans sa tête : *Est-ce que tu m'aimerais toujours si je n'étais pas celle que tu croyais ?*

« Tu ne fais confiance à personne, hein ? chuchota-t-il. Moi non plus. (Il essaya de trouver les mots justes.) On voit les autres sourire, aller en cours ou au cinéma, faire leurs devoirs à la bibliothèque ou traîner dans les magasins avec leurs amis. Et on se dit qu'on pourrait peut-être être comme ça, un jour. Que la vie pourrait être comme ça. »

Il entendait Ava respirer. Il y eut un silence, puis sa voix s'éleva, étouffée :

« Jack ?

— Quoi ? »

À sa surprise, elle se retourna pour lui faire face. Ses cheveux tombaient sur ses pommettes, ses yeux brillaient. Reflétant les siens.

« Merci de ne pas m'avoir touchée. »

Elle l'observa pendant une fraction de seconde. Puis elle ferma les yeux.

Jack demeura couché dans ce petit paradis teinté de lumière bleue.

Il ne pouvait rien faire d'autre.

L'instant d'après, il dormait.

26

Le chaos : des choses qui ne se produisent pas par hasard, mais qui en donnent l'impression.

Le facteur partit du bureau de poste à l'aube avec sa cargaison de colis et de lettres, et entama sa tournée sur l'étroite route déblayée, à travers un brouillard neigeux. Des bourrasques formaient de grandes congères. Le thermomètre affichait moins vingt. Ses essuie-glaces raclaient le pare-brise. À midi, il arriva à un endroit où la neige avait presque entièrement recouvert la chaussée, à l'exception d'une voie dégagée. Il suivit cette tranchée le long des bords gelés de la rivière. La neige crissait doucement sous ses pneus. Des flocons blancs s'envolaient. Arrivé à la dernière boîte aux lettres, il ouvrit la porte métallique et déposa une enveloppe à l'intérieur. Elle n'était pas au nom de Red Dahl, mais c'était la bonne adresse. Il referma la boîte et continua sa route.

27

Le bruit du vent m'a réveillée. Il s'abattait contre la porte, contre la fenêtre. Je me suis levée pour m'habiller, et j'ai enfilé mon manteau et mes bottes. J'allais devoir partir sans prévenir. Je n'avais pas le choix.

Je me suis approchée du lit pour regarder Jack dormir. Son visage couvert de bleus, ses cheveux en bataille.

Il y a des choses qu'on veut si fort qu'elles vous déchirent de l'intérieur. Elles vous retournent complètement.

« Salut », dit Matty.

Ava se retourna. Matty la regardait depuis son lit improvisé.

« Salut, chuchota-t-elle.

— Qu'est-ce que tu fais ?

— Il faut que je sorte un moment.

— Pour aller où ? »

Elle s'accroupit à côté de lui.

« Chez moi. Ça fait trop longtemps que je suis partie. »

Il se redressa.

« Je ne veux pas que tu t'en ailles.

— Je reviendrai.

— Quand ?

— Demain. »

Il garda le silence.

« J'ai laissé de l'argent sur la table, indiqua Ava. Pour manger.

— D'accord.

— On va se demander où je suis passée, si je ne rentre pas. »

Matty dévisagea Ava sans rien dire. Il serra ses genoux contre sa poitrine.

« Tu pourras m'appeler sur mon portable si tu as besoin de moi, dit-il.

— C'est une bonne idée, acquiesça-t-elle. Et tu pourras m'appeler toi aussi. Si tu as besoin de moi.

— Ça va aller, Ava.

— Quoi ?

— Je prendrai soin de Jack. »

Ils échangèrent un regard.

« Ne sors pas d'ici, lui recommanda-t-elle.

— D'accord.

— Je ne veux pas que tu t'éloignes de cette chambre.

— D'accord. Je m'occuperai de lui.

— Ferme la porte à clé quand je serai partie.

— Compris. »

Ava fixa Matty encore un moment. Puis elle se leva et alla entrouvrir les stores. La neige tombait, le vent soufflait. La vitre tremblait doucement dans son cadre. Il n'y avait aucune voiture sur le parking, à part la sienne. Elle ouvrit la porte et se retourna.

« Matty ? »

Il la regardait toujours.

« N'aie pas peur », dit-elle.

Ils gardèrent le silence : Ava effrayée, Matty imperturbable. Il commença à jouer avec ses petites voitures à côté de sa couverture. Ava l'observa. Le froid s'engouffrait dans la pièce. La neige tourbillonnait.

Elle sortit en refermant la porte.

Elle attendit sous la neige jusqu'à ce que le verrou cliquette.

28

Vous croyez que vous auriez pris une meilleure décision ? Que vous auriez changé le cours des choses ? Changé quoi ? Qu'auriez-vous fait, à cette heure décisive ?

Une chose est sûre : après tout ce qui est arrivé, je prendrais encore la même décision.

Quand Jack ouvrit les yeux, Matty l'observait, debout tout près du lit.

« Tu veux regarder la télé ? » demanda-t-il.

Jack bâilla.

« Il y a un marathon *Batman* », dit Matty.

Jack se redressa. Les draps de l'autre côté du lit étaient froissés. Vides. Il regarda autour de lui. Une pub pour des céréales passait à la télé. « *Ce goût, c'est de la magie !* »

« On pourrait jouer au UNO, proposa Matty.

— Où est Ava ?

— On doit rester ici. »

Jack se leva et alla écarter les stores. Il ressentait une vague douleur. Il y avait des traces de pneus dans la neige, presque effacées. Pas de voiture.

« Où elle est allée ?

— Chez elle. Elle reviendra demain. »

Les battements de cœur de Jack accélérèrent.

« Elle a dit autre chose ?

— Elle a laissé de l'argent pour manger, et on doit rester ici. »

Jack observa le jour à travers les volutes de neige entremêlées. Il laissa retomber le store, et alla s'installer dans le fauteuil. Matty s'assit sur l'accoudoir. Au bout d'un moment, il posa la tête sur son épaule.

Ils passèrent la matinée à manger des céréales à même le paquet en regardant *Batman*, côte à côte sous les couvertures. Jack avait prévu de prendre une douche, mais être assis avec Matty était une raison suffisante pour attendre. La neige tombait moins fort. La tempête se calmait. Tout le monde pourrait bientôt reprendre sa route : Red, les trafiquants de drogue, la police. Ils dormirent un peu, même si Jack ne se reposa pas vraiment. Il pensa qu'il n'aurait pas dû aller voir Red ; mais c'était trop tard. Il aurait dû éviter de se faire blesser. Il aurait dû mieux s'occuper de Matty.

À midi, il se leva, prit une douche et nettoya sa plaie avec un gant de toilette et de l'eau tiède, pendant que Matty regardait la télé. Il prit des antibiotiques et s'habilla. Il inspira profondément par le nez. Expira. Quand il se demandait comment il allait s'occuper de Matty, il avait l'impression de ne plus arriver à gonfler ses poumons d'air. La douleur lui vrillait le crâne.

Prends sur toi.

Tu n'as rien.

Elle reviendra demain.

Il sortit de la salle de bains et fit le lit. Sa chemise – celle qu'Ava avait mise – était pliée sur l'oreiller. Il la huma : elle portait son odeur, légèrement épicée. Il l'enfila.

Il remit un peu d'ordre dans la pièce, rangea les céréales, ramassa les vêtements sales. Puis il s'assit dans le fauteuil à côté de Matty. Batman et Robin étaient ligotés, suspendus au-dessus d'une fosse remplie de crocodiles qui claquaient des mâchoires. Jack observa Matty qui regardait la télé, l'air paisible. Il essaya de ne pas s'inquiéter.

Allez, Jack. Il faut juste que tu te sortes de là.

Remets-toi les idées en place.

Continue à avancer.

Tout ira bien.

Il resta assis un moment. À essayer de faire comme si la situation n'était pas si terrible.

Le temps passa.

Une heure.

Ou deux.

Il fallait peut-être qu'il appelle Ava.

Ce n'était pas une bonne idée, mais il chercha quand même le portable. C'est alors qu'il vit le message.

TON PÈRE A QUELQUE CHOSE À TE DIRE.

Son pouls s'accéléra. Il regarda le numéro de téléphone.

C'était Bev.

« Quoi ? » dit Matty, qui le fixait du regard.

Ça pourrait être un piège. Évidemment.

Mais Bev est gentille.

Elle ne te ferait pas de mal.

Sauf que Bev ferait ce que Red lui dirait. Non, le danger, c'était Red.

Quelle était la meilleure chose à faire ?

« On va sortir un peu, annonça Jack.

— Je ne crois pas qu'on devrait, répliqua Matty.

— On n'ira pas loin.

— Ava nous a dit de rester ici.

— On reviendra.

— Tu ne fais jamais ce que je dis ! » protesta Matty, en lui tournant le dos.

Jack l'attira à lui, mais le garçon ne se détendit pas.

« Écoute-moi, fit-il.

— Quoi ?

— Bev m'a envoyé un message. Je crois qu'on devrait aller la voir.

— Pourquoi ?

— Elle a quelque chose à nous dire. C'est peut-être important.

— Et si les méchants te cherchent ?

— Je ne suis même pas sûr qu'ils soient encore là.

— Pourquoi on ne peut pas attendre ?

— Il faut qu'on essaie. On ne peut pas rester ici à rien faire. »

Matty leva les yeux vers lui. Enfin, il hocha la tête.

« Prends ton manteau », ordonna Jack.

29

Pourquoi Jack a-t-il quitté cette chambre ? Pourquoi ?
Je ne sais pas. Il avait peut-être besoin d'agir, de bouger, de ne pas subir.

Comme quand on se tient au bord d'un précipice.
On recule,
ou bien on fait un pas en avant.

Ils passèrent devant la réception du motel, et Jack palpa la forme métallique du couteau dans sa poche. Ils prirent Barley Street, traversèrent un vieux pont en fer qui enjambait la rivière. Arrivés au carrefour, ils scrutèrent les environs. Le feu rouge qui clignotait. La neige molle sous leurs pieds. Le vent était froid. Ils traversèrent l'intersection et continuèrent à remonter la rue, passant devant le magasin général Hunter's. Un fleuriste. Des devantures délabrées. Jack observa Matty : son bonnet enfoncé sur les oreilles, son petit visage crispé de peur. Sa démarche traînante. Il lui prit la main.

« Reste près de moi, lui recommanda-t-il.

— D'accord.

— Tout ira bien.

— Et s'il arrive quelque chose d'horrible ? »

Jack ne répondit pas.

« Désolé, fit Matty.

— Pourquoi ?

— Pour ce que j'ai dit.

— Qu'est-ce que tu as dit ?

— Que tu ne fais jamais ce que je dis.

— C'est vrai que parfois, je n'écoute pas très bien. J'essaierai de changer.

— D'accord. »

Quand ils entrèrent dans le salon de beauté, une employée daigna poser sa lime à ongles pour les accueillir. Elle avait les yeux maquillés d'un eye-liner noir et épais, et portait un pull rose en fourrure synthétique.

« Le môme veut se faire couper les cheveux ? demanda-t-elle en regardant Matty.

— On cherche Bev, répliqua Jack.

— On a une offre spéciale aujourd'hui, deux pédicures pour vingt dollars.

— Bev est là ? »

La femme fusilla Jack du regard.

« Elle est au fond. »

Ils s'avancèrent entre les rangées de fauteuils pour rejoindre l'arrière-boutique, où Bev disait la bonne aventure en échange d'argent. Jack écarta le rideau en fausses pierres précieuses, puis Matty et lui se faufilèrent derrière. Bev avait décoré la pièce avec du papier peint à fleurs et des coussins exotiques, des tapis moelleux qui semblaient venir de pays lointains. Des rideaux de théâtre pendaient au mur du fond, et une table recouverte de velours rouge foncé trônait au milieu du plus grand tapis. Un grand bol rempli d'herbes séchées y était posé : coriandre, chanvre, fenouil. Bev en faisait brûler pour s'aider dans ses prédictions. L'odeur était intense. Âcre, épicée. La fumée ne bougeait pas dans l'air immobile.

Les yeux de Jack se mirent à larmoyer. Matty se boucha le nez.

Bev appuya sur un bouton de son portable, et le posa sur la table.

« Entrez, petits. Je vous attendais. »

Elle était debout, et portait un kimono bleu cobalt, des lunettes œil de chat à la monture ornée de diamants, un rouge à lèvres framboise. Deux baguettes chinoises dépassaient de ses cheveux relevés en un haut chignon branlant.

« Ne soyez pas timides, dit-elle. J'ai des biscuits et du thé. »

Jack la regarda, puis détourna les yeux.

« On ne peut pas rester.

— Asseyez-vous. Je ne mords pas. »

Ils s'assirent à la table. Un candélabre pendait à une chaîne vissée au plafond, et projetait une lumière tremblotante dans la pièce. Sur la table, des quartiers de citron et des sablés faits maison en forme de cœur accompagnaient un service à thé en porcelaine délicate. Un petit miroir d'aspect ancien, à la surface noircie, était placé à côté du bol d'herbes à brûler. Un jeu de tarot attendait près du thé.

« Jack, je ne me souviens plus, tu prends du miel ou du lait ?

— Je n'aime pas trop le thé.

« — Goûte le mien. Je l'achète sur Amazon. Tu veux une cigarette ?

— Ça ira.

— Je les roule moi-même. Pas de substances chimiques.

— Non, merci.

— Matty, du lait ? »

Matty regarda Jack.

« Non, merci. »

Elle leur versa une tasse quand même.

Ils prirent une gorgée de la boisson. Jack n'aimait pas le thé, et même avec le miel, l'arôme de rose avait un goût amer qui lui fit froncer le nez. Quelque part dans la pièce, une radio diffusait en sourdine des bruits de la nature.

« J'ai reçu ton message », annonça Jack.

Bev hocha la tête d'un air pensif. Sur la table, la coque décorée de son portable reflétait la lueur des bougies. Elle prit le bol d'herbes, souffla doucement dessus et étudia la fumée qui s'élevait. Un ruban noir.

« On n'est pas venus pour que tu nous lises l'avenir, protesta Jack. Je veux juste savoir...

— Chut. »

Avec ses doigts chargés de bagues, Bev prit une pincée d'encens frais dans un bocal qu'elle saupoudra sur les braises. Elle ferma les yeux, souffla de nouveau. Des graines embrasées craquèrent en jetant des étincelles. Une flamme noire de suie se déroula.

Silence. Des gouttes de pluie tombaient dans une forêt.

« Mon père, qu'est-ce qu'il veut me dire ? » reprit Jack.

Bev leva la tête pour le regarder, la fumée tournant lentement entre eux.

« Ce que tu cherches n'est pas perdu, mais semble l'être », déclara-t-elle.

Jack la fixa. Il battit rapidement des paupières, sans comprendre. La fumée s'élevait en volutes jusqu'à mourir dans la lumière des bougies au-dessus de leur tête.

« Je ne sais pas ce que ça veut dire », répliqua-t-il.

Bev l'observa au-dessus du bol fumant. Puis elle écarta les herbes et s'empara du miroir noirci. Il était rond, avec un cadre en étain sombre et une surface légèrement bombée, comme un œil. Elle le tourna doucement sur sa paume, scrutant sa surface translucide.

« Chassez les pensées troubles de votre esprit. »

Matty croqua un biscuit.

« Et mon père ? » demanda Jack.

Bev jeta un coup d'œil à son portable. Elle posa le miroir devant Jack, et se pencha au-dessus pour lui prendre les mains. Ses yeux brillaient dans la lumière du chandelier, pleins de tendresse.

« Mon adorable Jack. Comment sauras-tu à qui faire confiance ?

— Quoi ?

— Les hommes sont des bêtes, Jack. Et des fantômes. »

Il retira ses mains.

« Ils observent et attendent, affirma-t-elle.

— Arrête de parler comme ça. »

Matty frissonna et se rapprocha de Jack, collant sa chaise contre la sienne. Jack observa le miroir. Il le voyait – l'œil – s'obscurcir et s'éclairer à la lueur des bougies. Tout à coup, il éprouva une sensation étrange et crut apercevoir quelque chose sur la surface ternie : une forêt d'immenses pins couverte de neige ; les yeux d'un animal sauvage qui brillaient, fixes, dans les profondeurs des bois…

Il redressa la tête, tremblant.

« Mon père. Je veux juste savoir ce qu'il voulait… »

Sa voix monta dans les aigus et se brisa.

Bev contemplait le miroir. Elle prit une brusque inspiration, comme si on l'avait giflée. Elle leva les yeux vers Jack.

« Il est là », dit-elle.

Jack se releva d'un bond, bousculant la table. Le miroir tressauta sur la nappe, et une tasse se renversa.

La voix de Bev, perçante :

« Il ne te fera pas de mal, Jack. Il veut juste te parler… »

Jack attrapa Matty par son manteau, se retourna et le poussa en direction du rideau de perles. Red se tenait à l'entrée du salon.

Jack se retrouva devant lui.

Son visage tout en os. Son crâne défiguré.

Il poussa de nouveau Matty, lui faisant perdre l'équilibre.

« Lève-toi ! ordonna-t-il. Bon sang, Matty… Allez ! »

Le couteau. Il l'avait dans la poche.

« Attends ! appela Red. Attends ! »

Jack s'engouffra dans l'arrière-boutique. Bev se tenait debout à côté des épais rideaux. Il y avait une porte. Jack attrapa la main de Matty.

« Cours, le pressa-t-il. Cours. »

Ils déboulèrent dans la neige. Le temps qu'ils parcourent la moitié de la ruelle, Red avait déjà franchi la porte derrière eux. Jack tira plus fort sur le poignet de Matty, le décollant presque du sol.

« Dépêche-toi ! » dit-il.

Ils débouchèrent à toute allure dans la rue principale. Jack jeta un coup d'œil en arrière, mais ne vit rien. Par où aller ? Il dérapa sur une plaque de verglas et tomba, entraînant Matty dans sa chute.

« Lève-toi ! fit-il. Cours ! »

Matty était affalé dans la neige, terrifié. Jack l'agrippa par la main pour le remettre debout. La douleur lui irradia le flanc, et il se retourna de nouveau. Red était là – à moins de trois mètres de lui. Ils se figèrent tous les deux.

Jack déplia le couteau et le brandit face à son oncle. Son corps pesait lourd. C'était le moment.

« Ne bouge pas, le menaça-t-il. Un pas de plus, et je t'égorge. »

Red ne fit pas un geste. Ses yeux transpercèrent Jack. Il avait la tête nue, et les flocons qui tombaient fondaient sur son crâne balafré.

De sa main libre, Jack sortit la clé du motel de sa poche et la glissa dans celle de Matty.

« Retourne où on était, ordonna-t-il. Attends Ava. Compris ? »

Matty hocha la tête.

« Non ! cria Red d'un ton véhément. Ne partez pas. »

Matty resta immobile, le visage pâle. Les yeux tournés vers Jack.

Jack se posta devant lui, et demanda à Red :

« Qu'est-ce que tu veux ?

— Vous aider. C'est tout.

— Oh, vraiment ?

— Je suis sincère, Jack. J'ai merdé, et je suis désolé.

— Pourquoi tu ne nous laisses pas tranquilles ?

— J'ai quelque chose pour toi.

— Je ne veux rien de ta part. »

Red jeta un coup d'œil à Matty.

« Ne le regarde pas », intima Jack.

Red reporta son attention sur lui, sans rien dire.

« Ces types sont avec toi ?

— Non. Ils me surveillaient, au cas où tu reviendrais. Mais ils sont repartis, Jack. Je te le jure.

— Où ça ?

— Là d'où ils viennent.

— Mais bien sûr.

— Ils ne reviendront pas. J'ai coupé les ponts avec eux. Pour de bon. »

Jack faillit éclater de rire.

« Je sais que j'ai merdé, insista Red. Mais j'essaie d'arranger les choses. »

Il leva une main vers son manteau.

« Garde tes mains où elles sont, dit Jack. N'approche pas. »

La main de Red retomba.

« Je ne sais pas où vous êtes installés, mais vous devriez partir, lança-t-il. Vous n'êtes plus en sécurité ici. »

Jack resserra sa prise sur le couteau.

« Ce n'est pas moi que tu dois craindre, reprit Red. Je ne te ferai pas de mal. Tu peux baisser ce couteau. »

Jack jeta un coup d'œil à Matty, qui le regardait entre ses doigts, les mains plaquées sur le visage. Quand il se retourna, Red avait avancé d'un pas.

« Recule.

— Ils n'arrêteront jamais de te chercher, maintenant.

— Ouais, je suis au courant. »

Red ne bougea pas. Il observa la rue.

« Réfléchis, Jack. Tout le monde peut te voir avec ce couteau.

— Tu penses que je ne te tuerai pas, mais tu te trompes.

— Tu ne le feras pas.

— Essaie, pour voir.

— Tu n'es pas ce genre d'homme, Jack. »

Alors qu'il faisait face à son oncle, Jack sentit la terre trembler, et le vrombissement saccadé d'un moteur diesel se fit entendre. Il y eut un éclair de métal. Le véhicule percuta Red entre la poitrine et les genoux avec un craquement ; le monde explosa en mille morceaux. Red fut projeté en l'air, tournoyant sur lui-même. Il atterrit dix mètres plus loin sur le croisement. Le 4 × 4 noir s'arrêta en dérapant. Sur le trottoir, deux hommes observaient la scène, bouche bée. Le véhicule fit demi-tour au milieu du carrefour, et accéléra de nouveau.

Jack projeta Matty à terre, hors de la trajectoire du véhicule. Il trébucha et lâcha le couteau. Pas le temps d'aller le chercher.

Le 4 × 4 les dépassa en trombe.

Jack se retourna. Le tout-terrain ralentit au bout de la rue, faisant gicler la neige, et s'immobilisa dans un tourbillon blanc. C'était un pick-up, avec une silhouette à l'avant.

L'homme au chapeau.

Jack remit Matty debout.

« Cours ! »

Mais Matty le fixait d'un regard vide, inexpressif. Jack le souleva et le cala sur ses épaules. Une douleur atroce le traversa. À présent, il y avait d'autres personnes sur le trottoir. Une femme avec un portable. Il entendit le vrombissement du pick-up s'éloigner, tandis que le véhicule disparaissait en direction du nord.

Puis il n'y eut plus que le silence. La neige qui tombait.

Portant Matty, grimaçant, Jack se dirigea vers l'endroit où Red gisait. Son flanc hurlait de douleur, mais il fallait qu'il en ait le cœur net.

Il ne pouvait pas le laisser là tout seul, tant qu'il n'était pas sûr.

Quand il l'atteignit, il tomba à genoux dans la rue et se cramponna à Matty, qui enfouit son visage dans le creux de son épaule.

« Serre-moi fort, dit Jack. Ne regarde pas. »

Matty passa les jambes autour de sa taille, croisant les chevilles pour mieux s'accrocher. La douleur empêcha presque Jack de respirer.

Le crâne de Red était fendu, et une substance rose s'était répandue dans la neige. Il avait un bras et une jambe affreusement tordus. Jack enleva son bonnet pour couvrir sa tête avec, dissimulant la bouillie et le sang. Il ne voulait pas que les gens le voient comme ça. Red n'avait jamais aimé montrer ses mauvais aspects.

Jack resta assis là quelques secondes, avec son oncle. Trop de secondes, et pas assez.

Une bourrasque venue du nord souleva la parka de Red, qui s'ouvrit. Dans la poche intérieure, une enveloppe blanche voletait. Des flocons mouillèrent le papier. Jack déchiffra deux mots :

Pour Jack.

Le silence était total, à présent.

Soudain, Bev surgit du salon de beauté en hurlant.

« Red ! Red ! Non, Red ! Pas toi… »

Elle se précipita dans la rue et s'effondra.

Jack se sentait faible. Il s'accroupit et attrapa l'enveloppe, le poids de Matty accentuait la douleur. Puis il se retourna en chancelant, et commença à courir. Agrippant les genoux de Matty pour le maintenir droit.

« Accroche-toi, chuchota-t-il à Matty, qui ne releva pas la tête. Il faut faire vite. »

Une sirène retentit au loin. Jack entendait des cris. Les hurlements de Bev.

« Jack ! Je t'en supplie… Jack ! Arrête ! »

Il continua à courir, et s'engouffra dans une rue transversale. Serrant les genoux de Matty. *Ne tombe pas. Tiens-le bien.*

« Ne regarde pas en arrière. »

Lorsqu'ils arrivèrent au pont de fer, à mi-chemin du motel, Jack haletait, à bout de souffle. Quand il entendit des pneus crisser sur la neige, il quitta la route pour sauter sur la rive, obéissant à un instinct inconnu de lui. Il guetta un bruit de moteur, en vain. Même la sirène s'était arrêtée. Il avança encore sur une centaine de mètres, titubant dans une neige épaisse. Finalement, il tomba à genoux. Il força Matty à le lâcher, et le posa par terre. Fourra l'enveloppe dans son manteau. Le monde entier palpitait lentement. Matty refusait de se lever. Il grelottait, et Jack s'assit pour le serrer contre lui.

« Ça va aller, dit-il. On va juste se reposer un peu. »

Jack s'arrêta au carrefour près du motel, observa la circulation, puis descendit du trottoir et traversa la rue en boitant. Matty avait voulu qu'il le porte, alors c'était ce qu'il faisait. Il passa sur le côté du bâtiment, rasant les murs, marchant le plus vite possible. Il balaya le parking du regard. Rien. Une fois devant leur chambre, il sortit la clé de la poche de Matty et la glissa dans la serrure. Il referma la porte derrière lui et la verrouilla aussitôt. Il déposa Matty sur le lit, lui enleva son manteau et son bonnet, l'enveloppa dans les couvertures. Puis il ôta ses propres vêtements mouillés. Sa chemise était tachée de sang. Il alla chercher une serviette dans la salle de bains, et se tamponna le flanc. Le bandage était humide. Jack ne pouvait pas s'empêcher de trembler. De vagues pensées : *Le bain, ce sera pour plus tard. Comment pourrais-tu entendre une voiture arriver, avec le robinet ouvert ? Comment pourrais-tu t'assurer que Matty est en sécurité dans l'autre pièce à une telle distance ?* Il enfila une chemise propre et retourna dans la chambre, où Matty était avachi contre la tête de lit.

« Parle-moi », dit-il.

Matty le regarda. Inexpressif.

« Tu as mal quelque part ? »

Il secoua la tête. Puis il se mit à pleurer.

Jack s'assit à côté de lui. La mort de Red pesait sur la pièce comme de la vapeur. Ces hommes ne s'arrête-raient jamais. Jamais.

Jack prit Matty dans ses bras et le serra tout contre lui pendant qu'il sanglotait. Il chercha quoi lui dire. Il n'avait pas les mots. Amèrement conscient de son incompétence, il s'essuya les yeux d'un geste rageur et embrassa la tête de Matty. L'embrassa à nouveau. *Et si... tu imagines ? Ce crâne adoré, enfoncé ? Cette tête chérie ? Qu'est-ce que tu ferais ?*

Tiens-le dans tes bras. Serre-le fort. La vie disparaît si vite.

30

Invictus
de William Ernest Henley

Dans les ténèbres qui m'enserrent,
Noires comme un puits où l'on se noie,
Je rends grâce aux dieux quels qu'ils soient,
Pour mon âme invincible et fière.

Dans de cruelles circonstances,
Je n'ai ni gémi ni pleuré,
Meurtri par cette existence,
Je suis debout bien que blessé.

En ce lieu de colère et de pleurs,
Se profile l'ombre de la mort,
Je ne sais ce que me réserve le sort,
Mais je suis et je resterai sans peur.

Aussi étroit soit le chemin,
Nombreux les châtiments infâmes,

Je suis le maître de mon destin,
Je suis le capitaine de mon âme.

Je n'ai qu'une chose à dire sur ce poème : quelle connerie !

Doyle s'arrêta devant l'institut de beauté. La rue avait été barrée avec du ruban jaune, et la voiture de patrouille de Midge était garée au milieu du carrefour, gyrophares allumés. Quelqu'un avait tendu un drap sur le corps qui gisait sur l'asphalte. Doyle passa sous le ruban pour rejoindre Midge.

« C'est la guerre totale, annonça-t-elle.

— Quelqu'un a vu le véhicule ?

— C'était un F-150. Un pick-up neuf. Pas de plaques d'immatriculation. »

Doyle s'accroupit pour rabattre le drap.

« Bon Dieu... »

Midge détourna le regard.

« Des cadavres dans la rue, commenta-t-elle. On a du mal à y croire... »

Doyle couvrit de nouveau Red, et se leva.

« Bev a vu les fils de Dahl ?

— Affirmatif. Ils étaient à pied.

— Ils ne sont pas allés loin, alors. »

Doyle étudia les traces de pas, les empreintes sanglantes qui s'éloignaient dans la neige. L'aîné avait mis les pieds dans la charpie laissée par Red. Sa démarche avait quelque chose d'étrange ; il était peut-être blessé, ou encombré. Au bout de quelques pas, les empreintes de plus petite taille disparaissaient.

Il avait sûrement porté le petit.

Doyle souleva le ruban jaune pour que Midge passe en dessous.

« Il n'y a plus rien à faire ici. Tu peux rentrer chez toi. »

Il suivit les empreintes, avançant lentement. Inspectant la neige à la recherche d'autres traces de pas. De sang. Ces gamins… il n'arrêtait pas d'y penser. *Il y a des choses qui restent en tête*, se dit-il. *Comme si elles avaient eu lieu la veille.*

« Bonsoir », dit Doyle.

La femme lui faisait face dans la lumière de la terrasse, en chemise de nuit, pieds nus. Elle lâcha lentement la poignée de la porte, sans manifester aucune émotion. Parfaitement immobile. Il faisait nuit.

« Je savais que tu viendrais, finit-elle par répondre.

— Je suis désolé.

— Ce n'est pas lui qui l'a.

— Qui a quoi ?

— Il faut que je m'assoie. »

Quand elle tourna la tête, des policiers encerclaient déjà la grange. Ils étaient quatre, chacun armé d'un pistolet. La lueur des étoiles se reflétait sur les canons. La porte s'ouvrit avec fracas. Il y eut des bruits de lutte, puis un coup de feu retentit, comme un éclat de lumière jaune.

« Oh, mon Dieu », lâcha-t-elle.

Elle sortit de la maison en titubant, s'écroula par terre et enfouit son visage dans ses bras. Des échos de coups de feu. La nuit déchirée. L'air chaud de l'été. Doyle ne voyait pas trace de Leland dans la maison.

« Bobbi Jean, dit-il en s'accroupissant près d'elle.

— Oh, mon Dieu », répéta-t-elle.

Un policier poussa Leland hors de la grange, dans le noir. Ce dernier perdit l'équilibre, mais réagit aussitôt, plongeant vers le sol et roulant sur lui-même. L'agent le rattrapa, appuya son pistolet sur sa poitrine. Leland se leva avec un cri et se retourna pour regarder sa femme : elle sanglotait, le visage contre terre.

« Je vous en supplie, implora-t-elle.

— Tu n'imagines pas à quel point je regrette », répliqua Doyle.

Bobbi Jean leva son visage décomposé vers lui.

« Tu sais ce que tu nous as fait ? Hein ? Tu n'as aucun droit de me dire que tu regrettes. »

Doyle l'aida à se remettre debout et l'emmena dans la maison, pendant que ses hommes menottaient Leland et le poussaient vers l'arrière de leur voiture. Il referma la porte. Il faisait noir à l'intérieur. Bobbi Jean s'éloigna lentement et s'assit à la table de la cuisine, sans le regarder. Tremblante. Elle posa sa main sur son cœur.

« Oh, Leland, se lamenta-t-elle.

— Ce n'est pas ta faute », dit Doyle.

Elle secoua la tête, pleurant doucement.

« Tu n'as rien fait de mal. »

Elle continua à secouer la tête.

Doyle ne savait pas quoi faire d'autre. Il alla allumer une lampe.

« Merde », chuchota-t-il.

Un garçon très mince, en pyjama, était recroquevillé contre le mur dans le halo blafard. Pétrifié de peur, il serrait quelque chose contre lui, l'abritant derrière ses mains : un petit enfant. Enveloppé dans une couverture.

Bonté divine.

Doyle s'était imaginé que les garçons dormaient ; mais il avait maintenant l'intuition que l'aîné avait assisté à toute la scène.

Bon sang...

Il s'approcha des enfants, et s'accroupit lentement à leur hauteur. Le plus petit était endormi. Emmailloté de blanc. Doyle regarda l'aîné.

« Salut, fit-il. Comment tu t'appelles ? »

Le garçon ne répondit pas.

« Ne t'inquiète pas, ajouta Doyle. Je ne te ferai pas de mal. »

Le gamin se cramponnait à son frère.

« Vous êtes qui ? demanda-t-il finalement.

— Un ami. »

31

Je suis allée au lycée. Puis je suis allée travailler à la bibliothèque. On se comporte de manière automatique, parfois. On agit machinalement, le cerveau éteint. Comme quand on voit une chose approcher du coin de l'œil, mais qu'on ne s'autorise pas à la fixer, parce qu'on n'est pas encore prêt à la regarder en face.

Je savais qu'il m'attendrait chez nous.

J'avais raison.

Ava quitte la route et remonte vers la maison sur l'étroite allée qui serpente entre des clôtures en pierre. La neige recouvre les poteaux, et s'accumule au sommet des piliers. Il fait presque nuit. Dans le long crépuscule bleu, le vent fait chuchoter les branches d'arbres qui barrent la neige. Ava s'arrête devant le garage et sort de sa voiture. Le chemin qui mène à la porte d'entrée a été déblayé, mais aucune lumière ne brille derrière les fenêtres. Elle attend un moment, observe la haute maison blanche. Les volets sur la façade. Tout est propre et bien entretenu. Il ne pourrait pas en être autrement, avec lui. Elle monte les marches de la terrasse, tape des pieds sur le paillasson tressé, et entre.

Le vestibule en pierre est froid. L'escalier en bois monte dans le noir.

Il n'est pas là.

Les nerfs à vif d'Ava se détendent un peu ; elle accroche son manteau dans la penderie, lâche son sac à dos sur la banquette en noyer. Elle entre dans le salon et tâtonne avec sa main sur le mur pour trouver l'interrupteur du plafonnier. Rien ne se passe quand elle appuie dessus. La tempête a coupé le courant.

Un briquet cliquette. La flamme surgit et éclaire la fenêtre assombrie, devant laquelle la silhouette de Bardem se découpe. Il allume une cigarette et fixe Ava sans rien dire.

Elle se tient sur le seuil. Toute la pièce commence à tourner. Quelque chose dans le regard de Bardem lui donne l'impression d'être paralysée. Sa présence refroidit l'atmosphère. Les bruits résonnent plus fort. Les minutes ralentissent.

Il éteint le briquet. Ava distingue l'extrémité embrasée de sa cigarette. L'ombre de son corps. Une odeur de tabac. La cheminée avec son manteau en bois et son foyer sombre. Bardem reste là, à fumer dans le fauteuil en cuir. Il détourne la tête. Il semble avoir l'esprit ailleurs.

Ava retrouve sa voix.

« Tout va bien ? »

Il ne répond pas.

« Le courant est en panne. »

Toujours rien. Il fait comme si elle n'était pas là.

« Tu dois avoir froid, fait-elle.

— Tu sais pourquoi je t'appelle mon oiseau ? »

Sa voix est basse et douce, un carré de velours que l'on pourrait avoir envie de frotter sur sa joue, pour le seul plaisir de sentir sa texture soyeuse.

« Quoi ?

— Ton cœur. Il bat toujours à toute vitesse. Comme un oisillon dans une cage. C'est comme ça depuis la première fois que je t'ai vue. »

Il tire sur sa cigarette.

« Je m'en souviens encore : tu étais toute petite. Je t'ai serrée contre ma poitrine, et j'ai senti ton cœur, même à travers ma chemise. Il battait à toute allure, comme les ailes d'un oiseau. »

Ava se dirige vers la cheminée. Tout bourdonne. Elle entasse du petit bois et des branchettes dans le foyer, et craque une allumette. Un ruban de fumée s'élève en tournoyant. Des pensées se bousculent dans sa tête.

Il ne sait rien. Où tu es allée. Avec qui tu étais.

Il ne sait rien. Il ne sait rien.

« Tu es une bonne fille », dit-il.

Le petit bois s'embrase. Les ombres des flammes dansent sur le papier peint.

Ava se retourne.

« Tu as faim ? » demande-t-elle.

Elle connaît cette tactique qu'il utilise. Ce jeu du chat et de la souris.

Pour piéger.

Prendre ou être pris.

« Je vais te faire de la soupe, annonce-t-elle. Aux fruits de mer ? »

Bardem se cale dans son fauteuil. Il scrute Ava de son regard serein, le visage illuminé par le feu.

« Dis-moi, commence-t-il.

— Quoi ?

— S'il y avait une seule chose dans le monde à laquelle tu tiendrais, est-ce que tu pourrais y renoncer ?

— Je ne comprends pas.

— Qu'est-ce qui te ferait y renoncer ? »

Elle le dévisage.

« Je parle de faiblesse », précise-t-il.

Elle continue à le regarder, tandis qu'il l'étudie dans la lumière mouvante. Elle est imperturbable. Maîtresse d'elle-même. Elle y met toute sa volonté.

Il sourit.

« Je pensais que tu voudrais dire quelque chose. Pour me convaincre.

— Te convaincre de quoi ?

— De tout.

— Je ne sais pas de quoi tu parles. »

Il tapote sa cigarette au-dessus du cendrier posé sur la petite table. Contemple le feu.

« Nous arrivons tous dans ce monde, vierges de toute expérience, dit-il. Purs. Sans défaut. Six mille milliards de cellules à la biologie impeccable. Des molécules et des protéines. Et puis l'existence commence. C'est la vie, simplement. Le grand jeu. Il y a des émotions, des espoirs, des rêves. Notre cœur se laisse prendre. Il commence à s'attacher. Les rêves s'effondrent, les espoirs se brisent. L'amour se perd. Notre éclat immaculé s'obscurcit. Voilà ce qui nous fait du mal, Ava. Ce qui nous affaiblit. La vie brise le moule parfait dont on est sorti, et on s'use, on se ternit. Nous ne sommes plus que l'ombre de nos glorieux débuts. Il n'y a aucun moyen d'y échapper. (Il s'interrompt, se racle la gorge.) Sauf un. »

Ava attend. Elle ne pose pas la question. Celle qu'il veut qu'elle pose.

Le temps s'écoule lentement. Tic.

Tac.

Bardem la regarde. Ses yeux bleus sont aussi clairs que de l'eau. Paisibles.

« Il faut devenir insensible. »

Ava se trouble.

« Comment y arrive-t-on ? demande-t-elle.

— Comme tout le reste : on s'entraîne. »

Le vent souffle, et les vitres tremblent doucement. Le feu crépite. Une lampe s'allume. Le courant est revenu. Bardem ne détache pas son regard d'Ava.

« Je vais te préparer de la soupe, répète-t-elle.

— Je t'ai coupé les vivres. Ton argent, ta carte de crédit, ton compte bancaire… Tu n'as plus rien, maintenant. Plus rien que moi. »

Silence.

Ava se retourne, et force ses pieds à avancer jusqu'à la cuisine. Elle se lave les mains au robinet de l'évier, ouvre le placard et fixe les boîtes de soupe de poissons, soigneusement empilées sur trois rangées. Elle en prend une, ôte le couvercle et réchauffe la soupe dans une casserole. Ses mains tremblent. Elle s'efforce de les maîtriser. Bardem ne sait rien. Ce n'est qu'un homme. Sel et poivre. Un bol posé sur une assiette. Des biscuits salés, une cuillère. Ava apporte la soupe à Bardem près du feu. Ses mains ne tremblent plus.

« Ta soupe préférée.

— Merci, mon oisillon.

— Je suis fatiguée. Je crois que je vais aller me coucher. »

Elle se dirige vers l'entrée. La voix de Bardem la suit.

« Mon oiseau. Tu es une bonne fille, non ? »

Elle monte dans la salle de bains, verrouille la porte. Elle frissonne. Elle n'est pas sereine. Pas maîtresse d'elle-même. Elle se lave les mains. Les poignets. Le cœur noir. Elle frotte et gratte. Rince le savon, en remet. Mais ça ne suffit pas. Parfois, ça ne suffit pas.

Elle vérifie que la porte est fermée. Puis elle se déshabille et entre dans la cabine de douche. Elle fait couler de l'eau si chaude qu'elle lui brûle la peau. Elle se lave de la tête aux pieds. Les cheveux, le visage, les bras, les jambes. Elle frotte. Pour chasser la crasse. Jusqu'à ce qu'elle commence à retrouver son calme. Jusqu'à ce qu'elle soit sûre d'aller bien. Puis elle se lave encore une fois.

Elle se drape dans une serviette, se sèche, enfile un haut de pyjama et un short. Elle ne ferme pas la porte à clé. Il entrera dans sa chambre de toute façon. Il attendra un peu. Puis il entrera dans sa chambre, et s'assiéra sur la chaise. Ava ouvre les draps, soulève son oreiller ; son petit singe est posé dessous. Avec son pelage brun, une oreille décousue. Elle le prend, se faufile dans son lit et remonte les couvertures.

Elle va dormir.

Dors. Ferme les yeux. Ça ira.

Il ne sait rien.

Jack.

Jack, si doux.

Le petit Matty.

Tiens le coup.

Ils ont besoin de toi.

Elle serre le singe contre elle.

32

Je vous ai dit que, pour comprendre la vérité, il fallait commencer par le début. Mais où est le début, exactement ?

Le chemin de la vérité est tortueux et le temps lui-même est un cercle.

Venez voir.

De la neige fraîche tapisse le sol, et la lente lumière nacrée de l'aube recouvre tout. Le ciel, les prés gelés. Les branches d'arbres givrées, avec de minuscules cristaux au bout. Ava a sept ans. Son père l'a emmenée chasser pour la première fois.

Il lui apprend ce qu'est la vie.

« C'est un bon emplacement, ici, explique-t-il. La vue est bien dégagée. Il y aura quelque chose sur cette colline. »

Il décroche le long fusil qu'il porte en bandoulière, et jette le sac en toile par terre. Il se tapit entre les troncs sombres des conifères, et Ava imite tous ses mouvements. De grandes branches ploient au-dessus de leur tête. On ne voit d'empreintes nulle part, en dehors des leurs. Le monde connu est perdu derrière eux. Une forêt blanche se dresse à l'autre bout du pré.

« Il faut que tu gardes le fusil bien droit, pour que la ligne de mire ne bouge pas, tu vois ? dit Bardem, qui lui montre comment manipuler l'arme. Couche-toi sur le ventre. C'est la position la plus stable. Tiens le fusil ici, sans trop serrer, comme une poignée de main trop molle. Le poignet droit, les doigts repliés. Cale la crosse contre ton épaule. Comme ça. »

Ava l'observe attentivement. Elle s'efforce de bien écouter. Pour qu'il soit satisfait.

« Tes coudes doivent être baissés et rentrés. Ne pose pas le doigt sur la détente avant d'être prête à tirer. »

Il lui tend le fusil, et elle effectue chaque geste avec précision. Respirant doucement. Disciplinée. La crosse de l'arme calée au creux de son épaule.

« Tu dois tenir le fusil de la même façon chaque fois, reprend-il. Tu t'entraîneras à rester dans cette position. Ferme. Solide. Stable. Toujours la même, sans rien changer. La précision découle de la constance. Tu comprends ? »

Elle hoche la tête.

Il la contemple avec une grande tendresse. Il lui reprend le fusil, s'allonge à côté d'elle, et l'attrape par le menton pour qu'elle le regarde. Il sourit.

« Bon travail.

— Qu'est-ce qu'on fait, maintenant ?

— On attend. »

Ils observent la colline étincelante, et boivent du café chaud tiré d'une Thermos, leur souffle formant de la buée. L'ombre des bois s'étire sur le pré. Le ventre d'Ava se réchauffe. Elle transpire dans son manteau, ses bottes. Le soleil monte dans le ciel, et partout, les arbres silencieux scintillent. Comme des paillettes dans une boule à neige. Immaculés.

« Tu vois cet endroit ? » demande Bardem.

Ava regarde ce qu'il lui indique.

« Juste là, dit-il. On y construira une maison, un jour. Un chalet. Rien que pour nous. »

L'endroit est paisible. Ava observe, imagine, espère.

Bardem se lève, sort une Marlboro et un briquet de la poche de sa veste, et se met à fumer. Il s'accroupit, les coudes sur les genoux, attentif. Il ne détache pas ses yeux de l'orée de la forêt.

Une brise soulève des aiguilles de pin, puis retombe. Le ciel ressemble à une voûte bleue.

Alors qu'Ava est couchée là, à observer le pré enneigé et la ligne sombre des arbres, une forme bondit rapidement à travers des taches de lumière. Elle disparaît, et Ava se redresse, les yeux plissés. Elle se dit que son esprit lui a joué un tour, jusqu'à ce que la forme émerge à la lisière de la forêt.

C'est une biche. Agile, gracieuse. Elle s'immobilise dans la neige fraîche et immaculée, dresse les oreilles, lève le museau et écoute. Et Ava pense : *Quelle beauté il y a dans ce monde !*

Bardem lève le fusil. Il vise et tire.

Le coup de feu résonne à travers le pré. Des branches frissonnent, et une pluie de neige s'échappe des arbres. L'air se scinde brusquement en deux. Au loin, la biche tombe et s'écroule dans la neige en tressautant. Ava a l'impression que son cœur s'est arrêté de battre, mais elle n'émet pas un bruit. Elle serre les paupières.

Bardem s'accroupit à côté d'elle.

« Prends le fusil. »

Elle secoue la tête.

« Prends-le. Fais ce que je te dis.

— Non. »

Il lui attrape les mains, les referme sur l'arme.

« Regarde dans le viseur. Regarde. »

Ava craint de se mettre à pleurer. Elle a envie de s'enfuir. De partir. De se laver les mains, de se sentir bien. Une chose noire et vide s'apprête à l'engloutir.

« Regarde », répète Bardem.

Sans rien dire, elle scrute le viseur. La biche est couchée, et la neige qui l'entoure est tachée de rose. Éclatante. Comme de la glace pilée.

« Ce que tu mets dans ce cercle t'appartient, dit Bardem. Tu n'as plus qu'à le prendre. Tu comprends ? »

Elle acquiesce.

« Dis-le.

— Je comprends.

— Bien. »

Il récupère le fusil, et serre Ava contre lui. Il la berce doucement. Remet ses cheveux emmêlés derrière son oreille.

« Ça va aller, mon oisillon, dit-il. Ça va aller. »

33

Les gens essaient de créer de l'ordre. De la discipline. Des règles. Cela les apaise, et leur donne une impression de contrôle. De puissance. Cela leur fait penser qu'ils maîtrisent la situation.

Mais la vie n'est que chaos, lecteur. Plus tôt vous l'apprendrez, mieux ce sera.

Restez avec moi.
Ce ne sera plus très long, maintenant.

Quand Matty s'arrêta de pleurer et que sa respiration redevint régulière, Jack le coucha sur le lit et remonta les couvertures sur lui. Puis il s'approcha de la fenêtre. Les rayons obliques de la lune tombaient sur le motel, et le parking était plongé dans l'ombre. Les réverbères n'étaient pas encore allumés. Quelque part, Red reposait sur une table en métal, brisé. Jack entra dans la salle de bains, ouvrit le robinet de la baignoire et versa du shampoing dans l'eau pour la faire mousser. La meilleure solution était d'ignorer ce poids sur son cœur, et de s'obliger à réfléchir. De compter sur sa cervelle.

Que devait-il faire ? Il retourna dans la chambre. Matty le regardait, allongé sur le lit.

« Allez, viens, dit-il. Ce sera le meilleur bain de ta vie. »

Matty se déshabilla à côté de la baignoire, puis s'assit dans l'eau. Pâle, maigre et nu. Les mains sur ses parties intimes. Jack lui passa Batman.

« Qu'est-ce que tu en penses ?

— C'est le pied.

— Le pied ? D'où tu sors cette expression ? »

Matty haussa les épaules, gêné.

« C'est assez chaud ? »

Il fit oui de la tête.

Jack lava ses cheveux emmêlés, et savonna son corps avec un gant de toilette. Ses os noueux. Ses genoux et ses épaules. Sa colonne vertébrale. Il vida la baignoire, enveloppa Matty dans une serviette, et lui ébouriffa les cheveux pour les sécher. De la vapeur montait de sa peau comme de la brume.

« Mets ton pyjama, dit Jack.

— D'accord.

— Tu as faim ? »

Matty hocha la tête.

Dans la chambre, Jack sortit du sac de courses une barre de céréales aux pépites de chocolat, une salade de fruits, et installa Matty à la table. Il mangea en silence, sans cesser de regarder la porte.

« Qu'est-ce qu'il y a ? » demanda Jack.

Matty remua, l'air mal à l'aise.

« Dis-moi.

— Tu crois que le 4 × 4 pourrait être dehors ?

— Je ne pense pas.

— Ils n'arriveront pas à nous retrouver.

— Non, ils n'y arriveront pas. »

Matty mordit dans la barre de céréales.

« Il y avait des sirènes.

— Oui.

— Est-ce que la police pense que les méchants étaient dans le 4 × 4 ?

— Je crois.

— Parce qu'ils ont écrasé Red.

— Oui.

— Red est mort, maintenant.

— Oui.

— Comme Maman. »

Jack hocha la tête. Ses yeux le brûlaient. Sa gorge aussi.

« Et nous, on va mourir ?

— Non.

— Mais on ne peut pas en être sûrs.

— Non plus. »

Matty prit un morceau de poire dans la salade de fruits.

« Alors il faut qu'on soit malins.

— C'est ça.

— Pour qu'ils ne nous retrouvent pas.

— Ils ne nous retrouveront pas.

— Est-ce qu'on peut rester ici jusqu'à ce qu'Ava revienne ? »

Jack hésita.

« Je pense que oui. »

Matty termina les fruits, lécha le plastique et froissa l'emballage de la barre de céréales. Il semblait pensif.

« Nous, on est les gentils, hein ? » demanda-t-il.

Jack acquiesça.

« Et on est malins de rester ici.

— Oui.

— Parce qu'on est ensemble.

— Oui. Parce qu'on est ensemble. »

Ils étaient blottis côte à côte dans le lit, en pyjama.

« Tu veux bien me chanter une chanson ? » demanda Matty.

C'était ce qu'il réclamait quand il n'arrivait pas à dormir.

« D'accord. Laquelle ?

— Celle que tu veux. »

Jack repensa à un air qu'ils avaient l'habitude d'entonner tous deux. Il se dit qu'il aimerait l'entendre. Il commença par fredonner la mélodie, puis se mit à chanter doucement. Il n'avait pas une très belle voix, mais ça n'avait jamais dérangé Matty. Il chanta lentement, à voix basse, jusqu'à ce que les yeux de son frère se ferment. Il continua encore un moment ; Matty se réveillait toujours s'il s'arrêtait trop tôt. Et lorsqu'il fut endormi, Jack continua à entendre la musique dans sa tête. Les paroles.

I see trees of green, red roses, too
I see them bloom, for me and you[1].

Il contempla l'obscurité. La lueur bleutée du radio-réveil sur les murs. Il avait l'impression de manquer d'air – une sensation qui ne le quittait plus, ces derniers temps.

Il essaya de réfléchir à ce qu'ils feraient le lendemain. Il aurait voulu pouvoir emmener Matty dans une

---

1. « Je vois des arbres verts, des roses rouges aussi/Je les vois fleurir, pour toi et moi. » (*N.d.T.*)

bibliothèque, lui lire un livre ou dessiner avec lui sur des feuilles blanches, ou peut-être aller voir un film dans la journée. Acheter du pop-corn et des sodas. Ses paupières le démangeaient, et il les frotta avec son bras. Au-dessus de sa tête, le chauffage se mit en route avec un ronronnement. Jack resta couché dans le noir et le bleu, en rêvant à un monde plus beau.

Pendant la nuit, il imagina des scénarios dans lesquels Ava n'était pas partie. Elle se tenait près de la fenêtre, son ombre se dessinant sur la vitre. Elle soulevait les draps et se glissait contre lui dans le lit, seulement vêtue de sa chemise. Il sentait sa peau tiède. Son odeur. Le désir montait en lui, comme une sensation de faim. Ce serait si bon, d'être touché par elle. De savoir qu'on avait besoin de lui, et d'avoir un tel besoin de l'autre. Dans le rêve, il attirait Ava à lui, les mains sur ses hanches, le nez dans ses cheveux. Tous deux tremblants. Prêts.

Il se leva peu avant l'aube, laissant Matty dormir, se dirigea vers le manteau qu'il avait posé sur son fauteuil, et sortit l'enveloppe de sa poche. Il alluma la petite lampe, s'assit, et étudia l'adresse. Les mots griffonnés à la va-vite penchaient vers la droite, tachés d'eau. L'écriture était brusque, acérée. Exactement comme lui.

Jack déchira l'enveloppe et déplia la feuille jaune à l'intérieur. C'était une page à la texture rugueuse, arrachée à un livre : *Croc-Blanc.* Un mot avait été noté en travers du texte, en lettres anguleuses et nettes. Un mot gravé dans le papier avec force.

DEMI-TOUR.

Où se situent la fin et le début, et ce qui provoque la fin qui mène au début ? Comment savoir où on était, ou faire la différence avec là où on est ? Tout a-t-il mené à cet instant ? À cet unique grain de sable ?

Ava s'habille, puis elle attend. Elle s'assoit sur le lit. Elle écoute. Il se douchera, se rasera, puis il préparera le petit déjeuner : café, œufs et bacon. Après ça, il lavera la vaisselle et les ustensiles, les séchera un par un et les rangera à leur place attitrée dans les placards et les tiroirs. Il nettoiera le plan de travail en marbre avec un torchon en microfibre.

La vaisselle tinte. Un placard se referme.

Ava écoute et attend.

Attend encore.

Ça y est. La porte d'entrée claque. Les secondes s'égrènent, dégringolent. Un moteur démarre. Elle s'approche discrètement de la fenêtre. Des flocons tombent en minces fragments nuageux d'un ciel cobalt. En dessous, dans l'allée du garage, Bardem fait marche arrière avec le Land Rover au milieu des couches blanches, change de cap et s'éloigne entre les arbres couverts de neige. Ava observe l'éclat du métal derrière les branches, jusqu'à ce que le véhicule disparaisse. Elle continue à regarder tant qu'elle entend le bruit du moteur. Pour être sûre.

Silence.

Son sang. Elle le sent affluer. Affluer par jets rapides et réguliers.

Elle fourre des vêtements dans une sacoche. Une brosse à dents, du shampoing, du savon. Son petit singe. Elle passe la sacoche sur son épaule et descend au rez-de-chaussée. Au bout du couloir, la porte de la chambre de Bardem est fermée, comme toujours. Ava tourne la poignée. Elle pousse le battant, et s'arrête sur le seuil. L'odeur de Bardem pénètre ses narines. Un léger parfum âcre. Musqué. Animal.

Elle n'est pas autorisée à entrer dans cette pièce.

Elle lâche sa sacoche et se dirige vers la commode, ouvre le tiroir du haut. À l'intérieur, deux stylos et du papier. Des enveloppes, soigneusement empilées. Rien ne se touche. Le reste des tiroirs contient des chaussettes, des slips blancs, des jeans pliés. Dans la penderie, huit chemises en flanelle sont accrochées sur des cintres, propres et repassées. Elles sont rangées par couleur, du gris au noir.

Il n'y a rien ici. Aucune indication sur ce qu'il sait.

Mais il sait quelque chose. C'est évident.

Sur le bureau, des livres sont parfaitement alignés par ordre d'alphabétique d'auteur. Hemingway, *Pour qui sonne le glas*. Des ouvrages de philosophie : Machiavel, Nietzsche et Sun Tzu. *Ainsi parlait Zarathoustra*. Un recueil de poèmes victoriens. Leurs reliures sont en cuir, élégamment travaillées. De grands objets merveilleux et mystiques, maintenus à la verticale par des serre-livres en métal sombre patiné.

L'autel de Bardem.

Cette maison t'appartient, mon oiseau. Sauf ma chambre.

Tu peux aller n'importe où, sauf dans ma chambre.

Ava se retourne. Le lit est spartiate : des draps en coton, impeccablement bordés. Des oreillers disposés avec soin. Sur la table de nuit, une carafe à whisky. Un cendrier. Le briquet de Bardem.

Rien.

Il n'y a rien ici, rien du tout.

Sous le lit. Derrière le bureau. Derrière la porte. Ava fouille partout. Rien, toujours rien.

Du sang. Qui bat sous ses tempes.

Il pourrait rentrer à tout moment.

Je pensais que tu voudrais dire quelque chose. Pour me convaincre.

Te convaincre de quoi ?

De tout.

Les secondes papillonnent, s'envolent.

Ava s'avance vers la porte. Puis elle s'arrête et se retourne.

Elle n'a aucune raison de le faire – aucune bonne raison –, mais elle le fait quand même. Obéissant à un instinct qui lui dicte : « Regarde par là », elle s'approche du côté du lit où dort Bardem, et soulève l'oreiller. Son livre de maths est posé dessous. La montgolfière sur la couverture.

Elle ouvre le livre, pour être sûre.

Son nom est bien là.

Elle se recule, tandis que la douleur se déchaîne dans sa tête – où des pièces de puzzle s'emboîtent, trouvent leur place.

Alors il sait.

Où tu es allée.

Avec qui.

Sans prendre le temps de réfléchir, elle se dirige vers les livres bien ordonnés sur le bureau, et les jette par terre. Les ouvrages épais s'abattent sur le plancher, s'ouvrent avec un craquement. Des bruits sourds font trembler l'air. Ava balaie d'un geste les serre-livres qui tombent sur le sol avec fracas et échouent sous le lit.

Silence, de nouveau.

Mon oiseau. Tu es une bonne fille, non ?

Ava regarde les livres. Leurs couvertures abîmées. Leurs dos brisés.

Silence, toujours.

Du sang goutte d'une éraflure sur sa main.

Elle ramasse *Pour qui sonne le glas*, et son regard s'arrête sur son poignet. Le petit cœur d'encre palpite à toute vitesse, juste au-dessus de ses veines.

Le livre tremble dans sa main. Elle empoigne les pages, et les arrache. Puis elle s'empare du *Prince*, déchire la reliure et jette les restes du livre sur le lit. Le silence a été rompu. Elle entend son souffle fracturé, les bruits de douleur logés dans sa gorge.

Elle rassemble les ouvrages dans ses bras, les entasse au milieu des draps blancs. Elle attrape la carafe sur la table de nuit, la débouche et répand le whisky sur les livres, aspergeant Nietzsche et Sun Tzu. Elle allume le briquet. Brandit la flamme. Ouvre la main.

Le feu éclabousse le lit.

Ava se retourne. Dos à la fournaise, elle va récupérer sa sacoche. *Quand il verra la fumée, il reviendra.* Elle se lave les mains dans la cuisine. Délicatement, une seule fois. Elle les sèche avec une serviette. Elle traverse le vestibule en pierre et sort de la maison sous la neige qui tombe. Une odeur de papier brûlé s'échappe derrière elle. Les cendres se recroquevillent dans l'air froid. Ava monte dans sa voiture et pose la sacoche à côté d'elle, sur le siège passager.

Arrivée au milieu de l'allée, elle s'arrête pour scruter son rétroviseur. Son sang est immobile dans ses veines. En dehors d'une faible lueur orange derrière les fenêtres, l'incendie se remarque à peine. Elle regarde la maison brûler.

Puis elle remonte l'allée, s'enfonce dans les arbres et rejoint la route.

À environ huit cents mètres de la maison, la lumière de l'incendie se reflétait sur le verre des jumelles de Bardem. Il tourna la molette pour faire la mise au point, et les flammes étincelèrent. Il était assis avec son pistolet sur les genoux. Sa carabine et son fusil étaient rangés dans un sac à fermeture Éclair posé à côté de lui. Tandis qu'il regardait la maison, il comprit plusieurs choses. L'action et la réaction qui avaient mené à cette démonstration désespérée. Et qu'elle avait fait son choix en ayant conscience des conséquences. Il observa la voiture qui s'éloignait, avant de disparaître entre les arbres blancs.

Il baissa les jumelles, et resta assis dans le froid et le silence, pendant que son moteur continuait de tourner.

Le ciel gris pesait sur l'horizon devant lui. Des nuages de neige descendaient lentement.

Au loin, Ava s'engagea sur la route.

Bardem redémarra et la suivit.

31

Avant, je rêvais souvent qu'une chose me traquait. Je ne sais pas de quoi il s'agissait, mais elle me voulait du mal. Même si je ne me suis jamais retournée pour voir à quoi elle ressemblait, je sais qu'elle était sombre. Un peu floue. Je crois que c'était une personne, mais aussi quelque chose de pire. De plus envahissant. C'était comme si vous pouviez la sentir pénétrer en vous, pour prendre ce qu'elle voulait. Je ne crois pas que j'aurais choisi de me retourner pour la regarder. Je crois qu'il faudrait être prêt à accepter de se rendre, pour ça. Oui, il le faudrait. Je ne me retournerai jamais pour lui faire face.

Ce rêve n'avait aucun sens, comme toujours avec les rêves. Parfois, la chose me trouvait dehors et me suivait de loin jusque chez moi. D'autres fois, elle était dans un magasin ou à la bibliothèque. Une fois, elle m'a trouvée à l'école, mais la plupart du temps, elle entrait dans ma chambre la nuit. Elle attendait à côté de mon lit jusqu'à ce que je me réveille.

Même dans le noir, vous êtes obligé de sentir la présence de cette chose. Vous ne pouvez pas vous cacher.

Et vous ne pouvez pas y échapper. Je le sais, parce que j'essayais.

Elle vous suit toujours.

Si vous avez peur, elle le saura immédiatement. Et elle vous suivra plus vite. Je crois qu'on ne peut pas la laisser nous rattraper. Moi, je ne la laisserai pas faire. Jamais. Si vous le faites, ce sera trop tard.

Voilà ce qui arrive.

Chaque fois.

Je m'enfuis. Dans la rue ou à travers un parc, dans un magasin. Peu importe. Elle me suit. Il peut y avoir d'autres personnes dans le rêve, mais nul ne la voit. C'est moi qu'elle veut. Personne d'autre. Je le sens. Je cours de toutes mes forces, mais la chose ne s'éloigne jamais. Elle me suit. Je ne sais pas quoi faire, et je fatigue, je fatigue tellement, et je finis toujours par me réfugier chez moi. Parce qu'on devrait être en sécurité chez soi.

Je traverse les pièces en courant. J'arrive au pied de l'escalier, et je le monte en courant. La chose me suit. L'escalier se termine, et un autre apparaît. Un étrange escalier qui tourne et se tord. Je le monte à toute vitesse. De plus en plus haut. Jusqu'à ce qu'il devienne plus étroit, plus instable. Il grince. Je sens la chose se rapprocher de moi. Je redouble d'efforts. Je cours à toute vitesse, je trébuche. Elle me suit. Je grimpe jusqu'au sommet, et tout à coup je suis dehors, et l'escalier s'arrête là, sur ce rebord qui donne sur la nuit. Le ciel noir. Les étoiles. Je suis très haut. Je recule brusquement, et je reste pétrifiée, vacillante, et contemplant toute cette

obscurité – jusqu'à ce que je la sente là, derrière moi.
Jusqu'à ce qu'elle souffle dans mon âme. Alors je saute.

Et puis
Je me réveille.
J'ai une certitude : il y a une chose sombre quelque
part, qui nous pourchasse tous.

Doyle arriva au motel Dunes à dix heures et quart, se gara devant la réception et entra.

La femme à l'accueil avait les cheveux blancs bouclés maintenus en place par un foulard jaune. Elle fumait une cigarette et lisait un roman d'amour Harlequin. Quand Doyle la salua en relevant son Stetson, elle lui jeta un coup d'œil peu intéressé, puis se replongea dans *Cow-boy et soldat*. Doyle fit tinter la clochette sur son bureau, et la femme envoya une bouffée de fumée dans sa direction.

« Salut, mon chou, dit-elle. Vous voulez une chambre pour la nuit ? Ou vous payez à l'heure ?

— Je cherche des garçons. »

Elle plissa les yeux.

« C'est un établissement respectable, ici. »

Doyle la dévisagea. Puis il observa le décor sordide et demanda :

« Est-ce que vous avez loué une chambre à deux garçons ? L'un d'environ dix-sept ans, et l'autre plus jeune ?

— Je ne suis pas autorisée à divulguer des informations sur les clients, mon chou. »

Doyle posa son badge sur le comptoir.

« Et maintenant ? »

La réceptionniste referma son livre, pas du tout perturbée.

« Eh bien, m'sieur, je m'excuse.

— Vous avez loué une chambre à quelqu'un au cours des dernières quarante-huit heures ? »

La femme tira sur sa cigarette. Souffla un petit rond de fumée.

« Une fille. Jolie. Jeune.

— Elle était accompagnée ?

— Je n'ai pas pris de notes.

— Vous pourriez peut-être réfléchir un peu, et ça vous reviendra. »

La réceptionniste ne bougea pas, telle une statue menaçante coiffée d'un foulard.

« Ces enfants sont en danger, expliqua Doyle. Ils ont besoin d'aide.

— C'est possible que je l'aie vue avec un petit garçon. »

Le portable de Doyle sonna. Il le mit en silencieux, et regarda l'écran.

Midge.

Il décrocha, écouta ce qu'elle lui disait et demanda :
« Quelle maison ? »

Un camion de pompiers passa en trombe sur la route, dans un hurlement de sirène. Doyle lâcha un juron étouffé.

« D'accord, fit-il. Ne fais rien. J'arrive. »

Jack jeta un coup d'œil par les stores entrebâillés, le marteau serré dans son poing. Le sang battait dans ses oreilles. La neige n'en finissait pas. Le 4 × 4 du shérif était garé devant la réception. Jack surveilla la porte et s'efforça de réfléchir.

Est-ce que tu pourras le faire ?

S'il vient ici ?

Tu lèves le marteau, et tu frappes. Vite et fort.

Le plus fort possible.

Il attendit, en essayant de respirer. Trente secondes. Une minute.

Des lumières brillèrent au loin, se rapprochèrent sur la route, et un camion de pompiers passa à toute allure. Le shérif sortit de la réception et monta dans son 4 × 4, sans un regard en direction de la chambre où Jack se trouvait. Il démarra et alluma ses gyrophares.

Puis il s'engagea sur la route, à la poursuite du camion de pompiers. Jack attendit qu'il ait disparu et lâcha le store.

Calme plat.

Il alla s'accroupir près du lit. Matty était couché à plat ventre sous les lattes en bois poussiéreuses, son visage pâle plongé dans l'ombre. Le menton appuyé sur la moquette.

« Il est parti ?

— Oui. »

Matty s'extirpa de sous le lit et se releva, tandis que Jack restait immobile, le marteau toujours à la main. Il avait l'impression de tomber de très haut. De glisser entre des particules d'air. Matty le fixait d'un air hébété.

Jack lâcha le marteau et serra Matty contre lui, épousseta les toiles d'araignées dans ses cheveux. *Serre-le fort. Comme ça.*

« Je suis désolé, dit-il. Je suis désolé. »

Il garda Matty dans ses bras, en tentant de reprendre son souffle. Respirant avec difficulté. Un effort pour rester en vie. Il commençait à devenir bête. C'était idiot, de rester ici si longtemps ; son cerveau ne fonctionnait pas correctement. *Concentre-toi*, pensa-t-il. *Il faut que tu réfléchisses.*

À Doyle. À ce que tu aurais pu lui faire.

À ce qu'il aurait pu te faire.

Puis il se dit : *Il reviendra. Et quand il le fera, ce sera trop tard. Trop tard pour réfléchir, ou faire quoi que ce soit.*

« C'était qui ? demanda Matty.

— *Il faut qu'on parte.* »

Matty fixait le marteau sans bouger.

« Allez, décida Jack. Range tes affaires. Il faut qu'on parte. »

30

Un jour, en classe, on nous a parlé d'un physicien autrichien qui avait inventé une histoire sur un chat. C'était une expérience de pensée, ou quelque chose comme ça. Je ne sais pas pourquoi il avait choisi un chat, mais je me souviens de ce détail. J'aime les chats.

Il disait d'imaginer une boîte. C'est une boîte spéciale, qui ne permet pas de voir ni d'entendre ce qui se passe à l'intérieur. Imaginez que quelqu'un mette un chat dans cette boîte, y laisse une fiole de poison et referme le couvercle. Si le poison se renverse, le chat meurt : impossible qu'il survive. Et la bouteille a autant de chances de se renverser que de rester droite. Exactement cinquante-cinquante.

Alors qu'est-ce qui se passe ?

C'est simple, me direz-vous.

Le poison se renverse, et le chat meurt.

Ou bien le poison ne se renverse pas, et le chat reste en vie.

Vous regardez la boîte, et vous vous demandez : est-ce que le chat est mort là-dedans, ou est-ce qu'il est vivant ?

Mais vous n'ouvrez pas la boîte.
Vous ne regardez pas à l'intérieur.
Vous ne voulez pas le faire.

Jack ramassa tous leurs vêtements pour les fourrer dans le sac de voyage, mit toute la nourriture qu'il leur restait dans le sac de courses. Il récupéra Batman, le sparadrap, la gaze et le flacon d'antibiotiques dans la salle de bains et les apporta dans la chambre. Matty était resté avachi près du lit, sans bouger. Jack alla s'accroupir à côté de lui. L'affolement le guettait en permanence, à présent, menaçant de s'emparer de lui à tout moment. Il repensa à la page déchirée dans la poche de son manteau. À ce mot griffonné : DEMI-TOUR.

« Il faut qu'on y aille », dit-il.

Matty ne répondit pas.

« On ne peut pas rester ici. J'ai besoin que tu fasses ce que je te dis. »

Silence.

« Regarde-moi. Il faut que tu te lèves.

— Je n'ai pas envie.

— Je ne t'ai pas demandé si tu avais envie. Lève-toi. »

Mais Matty refusait de partir.

L'affolement resserrait son emprise sur Jack, qui essaya de le chasser en respirant. Il alla remonter le store, et scruta le parking, mais il n'y avait personne. On distinguait la forme de la neige qui tombait, incandescente dans la lumière. Les empreintes de pas étaient presque effacées. Mais Doyle reviendrait.

Bon.

Jack sortit Batman du sac de voyage, s'assit à côté de Matty sur la moquette et lui donna la figurine. Matty s'en empara sans dire un mot.

« J'aurais dû faire plus attention », fit Jack.

Matty ne le regardait toujours pas.

« Parle-moi. »

Matty gardait la tête baissée, tenant Batman entre ses genoux. Il finit par marmonner quelque chose, que Jack ne comprit pas.

« Quoi ? » demanda-t-il.

Matty leva les yeux. Il avait l'air fatigué.

« Je ne veux pas qu'on se sépare d'Ava. »

Ils échangèrent un regard.

« Je ne veux pas qu'on se sépare non plus, dit Jack. (Sa voix était enrouée. Il répéta :) Je ne veux pas qu'on se sépare non plus… »

Il déglutit, prit une inspiration. Sa gorge lui faisait mal. Il n'arrivait pas à mettre de mots sur cette douleur sourde. La lumière crue de la fenêtre se déversait sur eux. Il étudia Matty, son front plissé. Sa mâchoire serrée, obstinée. Il ravala un élan de colère. *Est-ce que tu vivras assez longtemps pour le voir devenir un homme ?*

« Allez, gamin », dit-il.

Matty remua.

« Elle nous a dit d'attendre.

— On ne peut pas rester là sans rien faire.

— Elle nous a dit de ne pas sortir.

— Je sais, mais…

— Mais on est sortis. Et Red s'est fait écraser. »

Ils se turent. Jack regarda la fenêtre ; de la neige s'accumulait contre la vitre.

« Écoute-moi, répliqua-t-il. Tu es mon frère. Mon rôle, c'est de m'occuper de toi. Et je le ferai toujours. Je te protégerai coûte que coûte, tu comprends ?

— C'était un policier. »

Jack ravala sa salive sans rien dire.

« Les policiers sont les gentils, non ?

— Je fais sans arrêt des erreurs. Pardon. »

Matty se taisait.

« Je ne veux pas qu'on se sépare d'Ava non plus, répéta Jack. Mais on ne peut pas rester ici. Ce n'est pas possible. Je ne peux pas les laisser te faire du mal.

— D'accord.

— Tu as dit qu'il fallait qu'on soit malins, pour éviter qu'ils nous retrouvent. Eh bien, ça, c'est malin.

— D'accord.

— Je dois m'assurer que personne ne te fasse de mal.

— Je ne veux pas que tu pleures.

— Je ne pleure pas.

— On dirait que tu vas le faire.

— Non.

— D'accord. »

Le silence se prolongea. Les rayons du soleil pâlirent, puis brillèrent de nouveau.

Matty observait Jack d'un regard franc, son petit visage luisant dans la lumière vive. Il se leva, mit son manteau et son bonnet. Il tenait toujours Batman.

« C'est bon, dit-il. Allons-y. »

Ils sortirent du motel, et prirent la direction du sud en passant par une route peu fréquentée. Ils avançaient le plus vite possible, pataugeant au milieu des plaques de neige sous un ciel de granite. Des flocons éclatants

288

tombaient, de plus en plus drus. Jack portait le sac de voyage sur son épaule et le sac de courses dans une main, serrant celle de Matty de l'autre. Il surveillait la route, mais il n'y avait personne. Pas même un chasse-neige. Il n'entendit un moteur qu'une seule fois. Ils marchèrent jusqu'au pont, où Jack dut s'arrêter. Il s'appuya sur la rambarde en fer le temps de reprendre son souffle. Sa blessure se réveillait. Son cœur battait à tout rompre, tambourinant dans sa poitrine. Il n'aimait pas cette sensation, cette espèce d'obscure palpitation.

Matty le tira par la main, et il regarda autour de lui, mais il n'y avait rien à voir. Pas de voiture de police. Pas de shérif. *Bien*, pensa-t-il. *Tout se passe bien. Ça va aller.*

Ils se remirent en marche, Jack avançant lentement, pendant que Matty restait près de lui. Il ne savait pas où il allait. Il n'avait pas réfléchi à cette étape. La route semblait tanguer. *Mais elle ne tangue pas vraiment*, pensa-t-il. *Tu vois, Jack ? Tu sais que ce balancement n'existe que dans ta tête. Tu as les idées claires. C'est bon. Tu t'en sors bien.* Il continua à marcher. Embourbé dans ses pensées, comme des sables mouvants. Chaque battement de son cœur plus pesant que le précédent.

Quand ils arrivèrent sur Main Street, il fit une nouvelle pause, tandis que des flocons illuminaient le ciel et dansaient en tous sens. Des bourrasques balayaient la neige. Ici, il y avait des voitures et du bruit. Des magasins ouverts. *Le balancement n'existe que dans ta tête.* Matty le tira par la main avec force, et il cligna des paupières. Il voyait son frère debout devant lui, qui le regardait à une distance incompréhensible. Brillant dans le froid.

Une voiture ralentit à leur hauteur. Quelqu'un s'arrêtait. Jack se retourna, prêt à dire à Matty de s'enfuir, mais il ne le fit pas. Il attendit simplement. Tenant la main de Matty.

La vitre de la voiture se baissa.

Ava se pencha, et regarda Jack avec ses yeux magnifiques.

« Montez », dit-elle.

Jack se racla la gorge.

« Salut », marmonna-t-il.

Matty sourit à Ava – un sourire effrayé, fatigué. Soulagé.

« Qu'est-ce que vous faites ? » demanda-t-elle.

Jack essaya de répondre, mais les mots lui manquaient.

« On marche, répondit Matty.

— Montez », répéta Ava.

Matty ouvrit la portière arrière, et grimpa dans la voiture.

Jack ne bougea pas, inhalant des flocons. Son cœur s'affolait, et il savait qu'il avait besoin de s'asseoir. Il fixa Ava. Il voulait rester assis à côté d'elle, aussi longtemps qu'il le pourrait.

Il ouvrit la portière du côté passager, et monta.

Ava redémarra. Jack appuya la tête contre le dossier de son siège, et observa le paysage qui défilait devant lui. Des devantures de magasins, des branches d'arbres. Un parc. Son regard s'arrêta sur le poignet d'Ava. À chaque souffle, un désir douloureux le transperçait.

« Le cœur sur ton poignet… ? demanda-t-il. Qu'est-ce qu'il représente ? »

Ava le regarda, puis détourna les yeux.

« Beaucoup de choses.

— J'aime bien, déclara Matty.

— Qu'est-ce qui s'est passé ? » voulut-elle savoir.

Jack haussa les épaules. Il était épuisé.

« Beaucoup de choses. »

Une chaleur agréable sortait de la ventilation, tandis que les pneus de la voiture crissaient sur la neige. Le moteur ronronnait. Jack laissa ses paupières se fermer.

« Où tu veux aller ? » demanda Ava.

Il réfléchit à la question une longue minute.

« Loin, fit-il.

— D'accord », répondit-elle simplement.

Mais dans sa voix, Jack entendit le pacte qu'elle venait de sceller avec lui. Sincère.

Un serment.

Il garda les yeux fermés, et s'accorda encore un instant pour méditer sur l'univers éphémère de la voiture. Ce petit havre de paix. Chaleur, tranquillité : juste ce qu'il fallait pour survivre. Tout autour, l'exact contraire. La tempête. Qui arrivait avec froideur, indifférence.

Il tourna la tête pour observer Ava, le petit cœur sur son poignet se brouillant puis réapparaissant devant ses yeux.

S'il avait pu arrêter les aiguilles de l'horloge… S'il avait pu.

« J'ai quelque chose à faire, d'abord. »

*Même aujourd'hui, je le perçois parfois encore.
Un souvenir fugace. Sa façon de bouger. Son odeur,
la douce fermeté de sa voix. Sa façon de parler, pas
trop fort. La façon qu'il a de prendre ce qu'on lui
donne, et de ne jamais chercher à faire croire qu'il en
sait plus que vous.*

On pourrait aimer quelqu'un comme ça.

Il suffirait d'avoir un cœur.

En s'engageant dans l'allée bordée d'arbres, Doyle
aperçut un long nuage noir qui s'élevait au-dessus des
cimes. Une épaisse fumée trouble. Il s'arrêta devant la
maison, et sortit de son véhicule.

Il se couvrit la bouche.

Des odeurs polluaient l'air : papier brûlé, aluminium.
Gaz d'égout. Braises incandescentes. Debout dans le
brouillard rouge et bleu des gyrophares, Doyle contempla les ruines derrière les camions de pompiers : des
pans de murs explosés, qui fumaient dans l'air froid.
Des carcasses d'objets ménagers. Un lit carbonisé.
Un fauteuil.

Midge le rejoignit. Son uniforme était encrassé, son visage couvert de suie. L'écharpe rose autour de son cou était maculée de traces noires.

« C'est un sacré désastre, chef, dit-elle.

— Il y avait quelqu'un à l'intérieur ?

— Non. Le propriétaire a deux véhicules immatriculés à son nom. Aucun dans les parages.

— Je vois.

— Cette maison était encore vide il y a un mois. Vous savez qui l'a achetée ?

— Je sais, Midge.

— Vous croyez qu'il y trafiquait de la drogue ?

— Non, M. Bardem est au-dessus de tout ça. C'est un autre genre d'homme. »

Ils regardèrent les pompiers arroser ce qui restait de la terrasse. De la vapeur se dégageait du bois, telle de la fumée.

« C'est curieux, que cette maison ait brûlé, s'étonna Doyle.

— Je suis d'accord. Ça ne fait même pas deux semaines qu'ils habitent là. »

Doyle dévisagea Midge.

« Comment ça, *ils* ?

— Bardem et la fille.

— Il a une compagne ?

— Non, c'est son enfant.

— Comment ça se fait que je ne sois pas au courant ?

— Je ne sais pas, chef. Ils viennent d'emménager. »

Doyle continuait à fixer la maison, en ruminant toute l'affaire.

« On a donc deux gamins disparus, et un incendie chez un type très dangereux, récapitula-t-il. Un complice bien connu du père de ces gamins, qui s'est fait la malle avec un paquet d'argent appartenant à des trafiquants de drogue. De l'argent que personne n'a retrouvé. Et pas plus tard qu'hier, une jeune fille a loué une chambre au motel Dunes, accompagnée d'un petit garçon. Combien y a-t-il de chances pour que tout ça ne soit qu'une coïncidence ?

— Pas des masses. »

Doyle et Midge se regardèrent. La maison refroidissait en sifflant doucement.

« Fais diffuser un signalement des deux véhicules, ordonna Doyle. Préviens tout le monde. Dis-leur que tu ne sais pas de quoi ces gens sont capables. Dis-le-leur bien.

— Oui, chef.

— Est-ce qu'on sait comment s'appelle la fille de Bardem ?

— Pas encore.

— Renseigne-toi. Je veux son nom. Ensuite, envoie des hommes vérifier tous les hôtels et les motels à cent kilomètres à la ronde. Les gares routières, aussi. Et je veux des numéros de portable. »

C'était une erreur de débutant, de ne pas être allé voir dans cette chambre, pensa Doyle. *Ils sont sûrement partis à l'heure qu'il est.*

Il regarda Midge s'éloigner vers la maison en criant des ordres aux autres agents, son écharpe rose sale claquant au vent. Il en ferait un bon shérif, à coup sûr. Puis il monta dans sa voiture, fit demi-tour et reprit la route du motel Dunes.

Il voulait aider ces gamins.

Il pouvait empêcher ce qui allait arriver.

Il en était capable, non ?

Nous voilà, vous et moi. Piégés dans le cercle du temps.
Tout ce qui est droit ment.
Il n'y a pas de fin.

Ils récupérèrent une clé à la réception du motel Sunshine, à Rexburg, avant de se garer à l'arrière du bâtiment et de décharger leurs affaires. Matty monta les marches enneigées de l'escalier métallique qui menait à leur chambre, suivi de Jack puis d'Ava. Matty avait voulu porter le sac de voyage, mais il était trop lourd, alors Jack le fit à sa place. Une fois arrivé à la chambre, il s'arrêta pour inspecter les lieux : des meubles qui ne payaient pas de mine, du parquet en faux bois, deux lits doubles. La porte de la salle de bains était ouverte. La fenêtre coulissante au-dessus de la baignoire paraissait assez grande pour qu'une personne puisse y passer. Jack sentait Matty l'observer ; il transpirait, et avait l'impression qu'il allait s'évanouir. *Du nerf*, pensa-t-il. *Il faut que tu tiennes bon.*

Remplissez-vous, poumons. Bats, cœur.

« C'est bien comme endroit, Jack ? demanda Matty.

— Je crois.

— J'ai un peu peur.

— Ça ira. C'est bien, ici. »

Jack jeta le sac de voyage sur un des lits, retourna à l'entrée de la chambre et alluma le plafonnier. Des murs marron. Des rideaux en dentelle aux fenêtres, jaunis par la fumée de cigarette. Une odeur nauséabonde. Il aida Matty à enlever son manteau et ses chaussures, l'assit sur le lit et drapa le couvre-lit de mauvaise qualité sur ses épaules. Il posa le sac de voyage par terre, puis ôta son manteau à son tour. Il y avait du sang séché sur sa chemise. Matty n'arrêtait pas de lui demander s'il se sentait bien.

« Ça va, répondit-il en s'asseyant à côté de lui. Je n'ai pas mal. »

Ava se tenait devant la porte ouverte, sous la lumière blanche. Des flocons scintillaient sur ses cheveux avant de fondre. Jack s'allongea sur le lit, et la contempla. Ses yeux, ses joues éclairées d'une couleur vive. S'il la regardait assez longtemps, il pourrait graver chaque détail dans sa mémoire. Il s'endormit sans savoir combien de temps avait passé.

Ava fouille dans leur trousse de secours, mais il ne reste plus grand-chose. Deux bandages et du désinfectant, de l'ibuprofène. Une gélule d'antibiotiques. Elle la fait tomber sur sa paume, s'approche du lit et observe le visage de Jack, encore couvert de bleus. Il a les lèvres sèches. Elle lui touche le front, qui lui paraît moite. Chaud. Elle remplit d'eau un gobelet en plastique, met la gélule sur la langue de Jack et lui redresse la tête pour l'aider à boire. Elle enlève ses chaussures. Matty est couché à côté de lui. Ava s'assoit sur l'autre lit. *Il faut que tu réfléchisses*, se dit-elle. *Que tu prennes des décisions intelligentes. Pour pouvoir les aider. Quoi qu'il arrive.*

Et pourquoi est-ce que tu y tiens tellement ?

Je ne sais pas, pense-t-elle. *Je ne sais pas.*

Tout est si calme. Elle examine ses mains, son manteau sale.

La voix de Bardem : *Tu es une bonne fille, non ?*

Les heures passent. Elle regarde les deux frères dormir. Matty, avec ses cheveux hirsutes et ses oreilles décollées, ses cernes violacés. Jack, qui le serre contre lui. Son visage est si paisible, pour une fois.

Elle lui prend la main, la garde dans la sienne. *Je ne veux pas te faire de mal*, pense-t-elle.

Vous vous demandez peut-être pourquoi je m'impliquais autant. Je me le demandais aussi. Tout ce que je peux dire, c'est que, parfois, on vit pour une chose qui finit par révéler qui on est.

Sans raison.

À son réveil, Jack ne se rappelait plus où il était. Il repoussa la couverture, se redressa brusquement. Un crépuscule gris. Ava l'observait.

« Salut », dit-elle.

Il regarda autour de lui. Des lits, une télévision, des rideaux. La chambre du motel. Le vent soufflait dehors. Matty dormait à côté de lui.

« Je me suis endormi ?

— Oui. Comment tu te sens ?

— Bizarre.

— Bizarre comment ?

— Juste bizarre. Mais je crois que ça va mieux.

— Tu as soif ? »

Il s'assit au bord du matelas, et se retourna vers Ava, installée sur l'autre lit. Elle attendait sa réponse en se mordant la lèvre. La sueur sur le front de Jack s'était refroidie. Il se sentait moins fatigué. Ses pensées étaient brusquement claires, vives.

« Est-ce que tu veux partir ? demanda-t-il.

— Quoi ?

— Est-ce que tu veux partir ? Quitter cet endroit, avec moi ? »

Ava ne réagit pas tout de suite. Mais elle affichait un air résolu, comme si elle s'apprêtait à dire oui.

« Pour aller où ? demanda-t-elle.

— Je ne sais pas. N'importe où. »

Elle le dévisagea en clignant des yeux. Dans le crépuscule, ses cheveux bruns étaient illuminés de mèches dorées. Elle ne répondit pas.

Jack détourna le regard, gêné.

« Désolé…

— On ne se connaît pas vraiment », dit-elle dans un souffle.

Puis elle l'observa d'un air grave.

Assis chacun sur un lit, ils attendirent, en se demandant comment poursuivre la conversation. Jack essaya de déchiffrer le regard d'Ava. Comprenait-elle comment il était ? Ce qu'il était ? Il tourna ses paumes vers le haut, les étudia. Il avait la peau à vif, écorchée par la pelle.

Lorsqu'il avait creusé. Il y avait si longtemps.

« Ma mère se droguait, confia-t-il. C'était pire de jour en jour. Il y a environ une semaine, en rentrant du lycée, je l'ai retrouvée pendue dans sa chambre. Je n'ai pas appelé la police. Je l'ai enterrée dans le jardin. »

Ses paroles firent naître un silence entre eux. Ava fixa Jack de ses yeux saisissants – ce beau vert ambré –, et il lui rendit son regard.

« Je suis désolée, dit-elle.

— Je comprendrai, si tu ne m'apprécies plus, après ça.

— Je t'apprécie. »

Sa voix était sincère. Elle le dévisagea attentivement.

« Ce que je voulais dire, c'est que tu ne me connais pas vraiment », reprit-elle.

Quelque chose passa imperceptiblement dans son regard à cet instant. Un bref éclat dans la pénombre. Une étincelle dans le noir, qui s'illuminait d'un reflet furtif.

Elle tourna la tête pour que ses cheveux lui cachent le visage.

La distance qui les séparait semblait presque insupportable à Jack. Il voulait qu'elle soit plus près de lui.

Entendait-elle son cœur, qui tambourinait contre ses côtes ?

« J'en sais assez », dit-il.

Le jour faiblissait. Le vent hurlait et sifflait derrière la porte de la chambre.

Jack alla chercher son manteau et sortit de sa poche la page de livre pliée. Froissée, déchirée, fragile. Et lourde de sens.

Il s'assit à côté d'Ava, sans la toucher.

« Mon père est en prison, expliqua-t-il. On l'a condamné pour cambriolage, même si tout le monde sait que le commerce qu'il a braqué servait à blanchir l'argent de trafiquants de drogue. Il s'est fait pincer à cause des caméras de surveillance, mais l'argent n'a jamais été retrouvé. Les gens prétendent qu'il l'a caché. Ils disent un tas de choses. Ils disent qu'il a tué un homme, mais je n'y crois pas, et ça n'a jamais été prouvé. Il a fait des bêtises, c'est vrai, mais ce n'était pas une mauvaise personne. »

Jack passa une main dans ses cheveux. Il éprouvait une dangereuse envie de se confier à Ava, de tout lui dire ; mais avouer ses secrets était terrible.

« Il me lisait des livres, quand j'étais petit. Avant que tout s'écroule. On allait à la bibliothèque, ou alors il m'emmenait dans une librairie où je pouvais choisir n'importe quel livre à vingt-cinq cents. C'est là qu'il m'a acheté mon livre préféré, *Croc-Blanc*. J'étais encore gamin, mais je l'ai supplié de me le lire. Et il l'a fait. L'été avant qu'on l'arrête. Il me l'a lu plusieurs fois. Il disait que tout ce que j'avais besoin de savoir se trouvait dans ce livre. Il disait : "Le monde sauvage existe encore en toi, Jack." »

L'espace d'un instant, Jack n'arriva plus à trouver les mots. Son cœur… Quelle obscurité vivait là ?

« Je suis allé le voir en prison, ajouta-t-il. Je lui ai demandé où était l'argent qu'il avait volé. Pour que je m'occupe de Matty. »

Il scruta le visage d'Ava dans le crépuscule, à la recherche d'un signe d'aversion ou de dégoût, mais il n'en trouva pas. Il poursuivit :

« Il n'a pas voulu me dire où il l'avait caché. »

Ava attendit, les yeux rivés à lui.

Pendant quelques secondes, il la regarda aussi.

Les sentiments qu'elle éveillait en lui…

« Mais il m'a donné un indice, dit-il. Je n'ai pas compris, sur le moment. Et puis il m'a envoyé ça. »

Il déplia la page pour la lui montrer.

Silence.

« Demi-tour », lit doucement Ava.

Elle prononça ces mots comme une question. Ou une formule magique.

La feuille trembla dans la main de Jack. Il la replia.

« Mon père avait installé un canapé et un distributeur de Coca dans un coin de notre grange. On s'asseyait là, et il me lisait *Croc-Blanc*. »

Un éclair de compréhension apparut sur le visage d'Ava. Elle semblait en pleine tempête.

« Tu veux y retourner », dit-elle.

La voix de Jack s'éleva, emportée par ses émotions.

« L'argent est là-bas. »

Matty remua sur l'autre lit. Avec l'impression que quelque chose se resserrait de plus en plus au fond de lui, Jack alla s'asseoir à côté de son frère, et rajusta sa couverture. Il sentait l'intensité du regard d'Ava dans son dos. Il lui jeta un coup d'œil, à moitié effrayé, comme s'il risquait de se brûler s'il s'attardait trop. Il ne savait pas quoi dire, alors il ne dit rien.

Silence.

« Les policiers ont dû faire des fouilles, supposa Ava.

— Oui, ils ont mis la maison sens dessus dessous. La grange aussi. Mais ils n'ont rien trouvé. »

Elle secoua la tête.

« L'argent est là-bas, affirma Jack. J'en suis sûr. »

Il y eut un silence encore plus profond, chargé de non-dits.

Ava se pencha en avant. Ses lèvres semblèrent se lever vers le visage de Jack quand elle prit une inspiration. Son odeur était très proche, un bouquet de chaleur dans le froid. S'il avait pu se pencher vers elle, doucement, et l'embrasser… L'idée le traversa comme une vague d'extase.

Attention, Jack. Cette fille te brisera le cœur.

Matty remua de nouveau. Ses paupières papillotèrent, puis l'air s'emplit du rythme régulier de son sommeil.

Ava se leva d'un air décidé. Quand elle parvint à parler, sa voix était étrange. Comme si une corde tendue attachée à son corps avait atteint sa limite et s'était rompue.

« On devrait partir, Jack. »

Il ferma les yeux.

« Partons, répéta-t-elle. Loin d'ici.

— Je dois faire ça d'abord.

— Pourquoi ? »

Le souffle de Jack l'étranglait. Même les yeux fermés, il voyait Matty enfoui sous les couvertures, les cheveux encore aplatis par son bonnet de laine. Le jeu de UNO dans la poche de son manteau.

« On ne peut pas partir comme ça, dit-il d'une voix rauque. On n'a même pas de provisions.

— Ces gens sont dangereux. »

Il s'obligea à lever les yeux vers Ava.

« Je sais. »

Mais elle ne le regardait plus. Elle semblait ailleurs, lointaine. *À quoi penses-tu, Ava ? Pourquoi ne veux-tu pas me le dire ?*

Il s'essuya les lèvres avec la main.

« On n'a plus rien. Il me reste trois dollars et soixante-quatre cents.

— Et si l'argent n'est pas là-bas ?

— Il y est. »

Ava se tourna vers Jack. Elle ne parla pas, se contentant de secouer la tête.

Il aurait voulu pouvoir lui prendre la main, la faire asseoir à côté de lui.

« Il faut que je le fasse, dit-il.

— Ils te rattraperont.

— Non. »

La lumière s'estompait. La respiration de Matty s'élevait, paisible. Ava croisa les bras, détourna le regard.

« Ils te feront du mal.

— Non. Je ferai attention.

— Tu trouves que ça t'a réussi, pour l'instant ? » répliqua-t-elle en souriant doucement.

Il n'avait jamais vu pareil sourire – à la fois sage, triste et apeuré. Il en eut la chair de poule. Dans la lumière faiblissante, le cœur sur le poignet d'Ava brillait d'un éclat sombre.

Une rafale de vent. La pièce soupira, craqua.

Jack étudia ses mains, sa chemise tachée de sang. Il avait conscience du danger qu'il était prêt à courir. Pour Matty. Et maintenant pour Ava. Son visage se détachait dans l'obscurité naissante. Sa voix était une supplique. *S'il te plaît*, pensa-t-il. *Ne me laisse pas.*

Il prit une inspiration et chuchota :

« C'est mon frère. Il faut que je le protège. »

Il regarda Ava dans les yeux, et ajouta :

« Il faut que je nous protège. »

Derrière la fenêtre voilée de dentelle, un rideau de neige de plus en plus serré s'abat. Le vent commence à geindre.

La terreur.

Ava la sent se glisser en elle comme une anguille. Elle réprime un frisson. Jack ne connaît pas ce danger, ne le comprend pas.

Il faut que je lui dise, pense-t-elle.

Et je ne peux pas.

Jack lève les yeux vers elle. Il est blessé et pâle. Tellement maigre qu'il a l'air malade.

Elle regarde le visage endormi de Matty. Écoute sa respiration, légère et régulière. Celle de Jack est râpeuse. Il disparaît presque dans la pénombre.

Des secondes passent, s'estompent.

Jack se penche en avant, devenant plus net.

« Je m'en sortirai.

— Tu n'en sais rien.

— Si. J'en suis sûr. »

Ses yeux ne cèdent pas. Ava peut quasiment entendre les rouages de l'obstination tourner dans la machinerie de son cerveau. Elle tente sans trop y croire de se convaincre :

Dis-lui qui tu es.

Maintenant, quoi qu'il t'en coûte.

Elle doit lui dire : *Tu ne comprends pas, Jack. Il te fera souffrir. Il prendra ce à quoi tu tiens le plus. Il le fera avec un sourire, et puis il fumera une cigarette.*

« Je ne veux pas que tu y ailles, lance-t-elle.

— Je sais. Je suis désolé. Mais je n'ai pas le choix. »

Elle se tait. *Tout se passera bien*, essaie-t-elle de se convaincre.

Tu parles !

« Ça ira, dit Jack. Tu verras. Il faut que tu y croies. Ne perds pas confiance en moi, d'accord ? »

Le silence revient.

Mais pas vraiment. Le vent se déchaîne dehors, et le froid pèse sur la pièce comme une chape de plomb. La lumière s'amenuise, on sent une odeur de poussière.

Elle veut le prévenir. Pour le faire changer d'avis. Mais son visage est là dans le noir. Jack si doux, si

308

silencieux, en qui elle n'ose pas placer d'espoir. Tandis qu'elle le regarde, la terreur reflue. Il y a quelque chose de rassurant chez Jack. De responsable. Il est attentionné, fort. Elle lui fait confiance.

Attends, alors.

Tu lui avoueras tout plus tard, quand vous serez rentrés.

Sains et saufs.

Elle s'assoit à côté de lui sur le lit. Elle ne dit rien, et lui non plus.

Tous deux commencent à espérer.

« D'accord, fait-elle. Quand est-ce qu'on part ? »

26

Je retiens ces souvenirs.
Parfois, ce sont eux qui me retiennent.

Jack essaya de convaincre Ava de rester au motel, mais elle ne voulait rien entendre. Elle le toisait depuis le lit, inébranlable. Il finit par renoncer à la faire changer d'avis. Dans la faible lumière, il se leva et alla fouiller dans le sac de voyage. La première difficulté consisterait à pénétrer dans la maison. *Tu devras prendre les petites routes. Te garer du côté sud, et approcher par ce côté-là – et non par l'avant. Puis entrer dans la grange. Trouver la mallette. L'argent.* Une lampe de poche aurait été utile, mais il n'en avait pas. *Prends la bougie, dans ce cas. Les allumettes. Laisse l'ouvre-boîte.*

Quelqu'un fera peut-être le guet.
C'est vrai. Alors tu devras être rapide.
Prends le marteau.

Il pensa à préparer un plan plus précis, mais aucune idée intelligente ne lui venait, et au bout de quelques minutes, il s'assit simplement dans le fauteuil. Il n'osait

311

pas parler à Ava. Il s'apprêtait à se lever, quand Matty se réveilla.

« Il fait noir », fit-il.

Jack alluma la lampe.

« Oui, tu t'es endormi. »

Matty se redressa, et regarda Ava. Puis Jack.

« Qu'est-ce qui se passe ?

— Rien », dit Jack, trop vite.

Matty enleva la couverture de ses épaules, et observa le sac de voyage posé sur la table. Il ne fit pas de commentaire. Jack s'approcha de la fenêtre. Le vent hurlait. La neige soufflait. Il sentait qu'Ava le fixait, et il finit par dire :

« Il n'y aura pas beaucoup de monde dehors ce soir.

— Parce qu'il fait froid, ajouta Matty.

— C'est ça.

— Il gèle tellement que j'ai pété des flocons.

— Tu as… quoi ?

— C'est un garçon qui a dit ça une fois à l'école. »

Ava rit. C'était un son doux, chaleureux. Comme le soleil en hiver.

« C'est très drôle. »

Matty pouffa, et Jack éclata de rire aussi. Quelque chose remua tout au fond de lui. Il aurait voulu capturer cet instant, s'y cramponner.

« On ferait sûrement mieux de rester ici, suggéra Matty. À cause de la tempête. »

Jack le dévisagea.

« Alors pourquoi tu ranges les affaires ? reprit Matty.

— Pour que tout soit prêt, quand on en aura besoin.

— Combien de temps on peut rester ici ?

— Je ne sais pas.

— Ça veut dire pas très longtemps.

— Non, pas très longtemps. »

Jack se rendait compte qu'il parlait d'un ton étrange. Matty entortilla le couvre-lit entre ses doigts, et détourna la tête.

Ava se leva.

« Je vais aux toilettes. »

Elle décocha un regard accablant à Jack, avant d'ajouter :

« Dis-lui. »

Elle entra dans la salle de bains et referma la porte.

Jack s'assit sur le lit avec Matty. Pendant un moment, ils regardèrent la neige tourbillonner derrière la vitre.

« Désolé, dit Jack.

— Tu ne me dis pas beaucoup de choses, mais je comprends quand même.

— Je sais.

— Tu crois que tu me protèges, mais c'est moi qui dois être courageux.

— Tu as raison.

— Tu vas partir ?

— Oui, mais pas pour longtemps.

— Dans le noir ?

— Oui.

— Ava aussi ?

— Je crois.

— Quand est-ce que vous rentrerez ?

— On sera de retour avant le matin. Avant même que tu te réveilles.

— Je suis réveillé, maintenant.

— Je sais.

— Je veux venir avec vous.

— Je sais, mais il faut que tu restes ici. »

Matty se recroquevilla en se frottant les yeux. Il évitait le regard de Jack.

« Quand on marchait sur la route, tu m'as fait très peur, avoua-t-il.

— Je sais. Je suis désolé.

— Tu vas mieux ?

— Oui.

— Tu ne dis pas ça pour me faire plaisir ?

— Non. »

Enfin, il se tourna vers Jack. Ses cheveux étaient emmêlés, dorés dans l'éclairage de la lampe.

« D'accord, dit-il.

— Tu te débrouilleras très bien.

— C'est bon, on n'est plus obligés d'en parler. »

Jack se leva, et rapporta une brique de jus de raisin à Matty. Ils s'adossèrent ensemble à la tête de lit. Jack passa un bras autour de Matty. Sa poitrine était une plaie béante. *Tu dois le faire, Jack. Il n'y a pas d'autre solution.*

« On peut regarder un peu la télé ? demanda Matty.

— D'accord. »

Jack alluma la télévision, trouva un épisode de *X-Men*.

« C'est bien, ça ?

— Oui, super bien. »

Matty sirotait son jus. Wolverine sortit ses griffes en grondant.

« La vache ! » s'exclama Matty.

Jack a besoin de changer le bandage sur ses points de suture, alors il va prendre une douche dans la salle de bains. Ava sort des céréales et des bonbons aux fruits pour Matty, les pose sur la table de nuit. Au cas où il aurait faim. Elle attache ses cheveux en queue-de-cheval, met ses bottes et son manteau. Quoi d'autre ? Elle cherche le numéro du bureau du shérif sur son portable, et le recopie sur le petit bloc-notes placé à côté de la nourriture. Matty l'observe sans rien dire. Il a de nouveau l'air d'avoir sommeil. Ava lui prépare son pyjama et lui tourne le dos pendant qu'il se change.

« Ne regarde pas, lui dit-il.

— Promis.

— Je m'en rendrai compte, sinon, ajoute-t-il d'un ton sérieux. Je sens le danger, comme Spider-Man.

— Je ne regarderai pas. »

On entend l'eau de la douche couler dans la salle de bains.

« C'est bon, tu peux regarder.

— D'accord. »

Matty est debout, frissonnant.

« J'ai un peu froid.

— On va te mettre des chaussettes. »

Ava le fait asseoir sur le lit et l'aide à les enfiler.

« C'est mieux ?

— Oui. »

Des formes floues dansent derrière la fenêtre. Les ombres de la neige qui tombe, projetée de côté par le vent. Il fait presque trop noir pour y voir.

Ava montre le bloc-notes à Matty.

« C'est pour toi. Si on n'est pas rentrés d'ici demain matin, je veux que tu appelles ce numéro, d'accord ?

— Mais vous reviendrez.

— Oui, c'est juste au cas où.

— Je ne suis pas censé appeler des gens.

— C'est vrai. Mais cette fois, tu auras le droit.

— C'est le numéro de qui ?

— Quelqu'un qui viendra t'aider.

— Quelqu'un de gentil ?

— Oui. »

Matty coince ses mains sous ses aisselles, scrute Ava. Puis il dit :

« D'accord.

— Et ferme bien la porte à clé.

— D'accord.

— Tu as le portable.

— Oui.

— Si quelqu'un vient, cache-toi sous le lit. »

Il hoche la tête.

« Je ne suis pas stupide. »

Dans la salle de bains, la douche s'arrête.

« Allez, au lit », fait Ava.

Elle rabat la couverture, et Matty se faufile sous les draps. Sa tignasse lui cache presque les yeux.

« J'ai une question à te poser, dit-il.

— Je t'écoute.

— Même si tu pars, tu reviendras toujours, hein ?

— Je ne vais nulle part pour l'instant.

— Je sais. Mais quand tu partiras ? »

Ava coince les cheveux de Matty derrière son oreille. Elle n'est pas sûre de pouvoir maîtriser sa voix.

Il attend en silence.

Elle plonge son regard dans le sien et déclare :

« Oui, je reviendrai toujours.

— Quoi qu'il arrive.

— Quoi qu'il arrive. »

Garé de l'autre côté de la rue, Bardem surveillait le motel en buvant du café. Du givre couvrait son pare-brise. Il était près d'une heure du matin, et il n'y avait pas une voiture sur la route. C'était une nuit sans étoiles. Silencieuse. Quand une porte s'ouvrit à l'étage du motel, Bardem rangea sa Thermos dans la console et se pencha en avant.

Jack sortit de la pièce en premier. Puis Ava.

Ils descendirent à l'arrière du bâtiment, où Bardem savait qu'Ava s'était garée. Il patienta, tandis que de l'air glacé s'infiltrait dans son 4 × 4. Une minute. Deux. Des phares apparurent sur le parking. Bardem leva ses jumelles pour regarder la voiture d'Ava s'engager dans la rue, en direction de l'ouest.

Le petit garçon n'était pas avec eux.

Il réfléchit.

Il sortit la petite voiture de la boîte à gants, étudia le jouet dans la lueur diffuse de l'habitacle. Une Ferrari verte. Il la fit rouler sur le tableau de bord, regardant ses petites roues tourner.

Soupir du vent. Neige.

Il observa encore un moment la porte à l'étage du motel. Puis il glissa la petite voiture dans la poche de sa chemise.

Il démarra et regagna lentement la chaussée, partant en direction de l'est. Son souffle formait de la buée blanche dans le froid. Quelques centaines de mètres après avoir dépassé le refuge pour animaux, il s'arrêta sur le bas-côté de la route. La grille du refuge était cadenassée avec une chaîne, et aucune lumière ne brillait aux fenêtres. Bardem alla ouvrir la benne de son pick-up. Le coupe-boulons qui se trouvait dans sa boîte à outils était solide, capable de trancher du métal sur un bon centimètre d'épaisseur.

Il s'en empara, et remonta la route dans le froid et la neige. L'obscurité l'enveloppait. Il la portait comme un manteau. Au-dessus de la porte du refuge, une pancarte affichait : FAITES UNE PREUVE D'AMOUR – ADOPTEZ UN ANIMAL DE COMPAGNIE AUJOURD'HUI.

25

Même maintenant, je n'arrête pas de repenser à Matty, qui m'avait regardée avec une telle confiance. Ses yeux disaient : Tu m'avais dit que tu reviendrais toujours.

Matty dormit un peu. Quand il se réveilla, au milieu de la nuit, Jack et Ava n'étaient toujours pas rentrés. La lumière de la salle de bains était allumée. Il resta au lit un long moment, puis il se leva, et alla écarter les rideaux. Il y avait des lampes au-dessus des portes des chambres, et de la neige descendait en flottant dans les halos jaunes. Personne n'arrivait. Quand il eut terminé son inspection, il retourna au lit, alluma la télé et zappa d'une chaîne à l'autre.

La Forêt de l'étrange passait sur Cartoon Network. Il aimait bien ce dessin animé : Wirt, le héros, parlait comme Jack. Il regarda la télé pendant près d'une heure, en tenant le bloc-notes à la main. Celui avec le numéro de téléphone. De temps en temps, il regardait des flocons atterrir sur la vitre. Personne n'arrivait.

Mais ils allaient revenir.

Avant le matin, avait dit Jack.

Il commençait à s'assoupir, quand il entendit un bruit qui ne lui plut pas. Un bruit effrayant. À la télé, le vieux Bûcheron mettait Wirt et Greg en garde contre la Bête. Matty ouvrit les yeux. L'écran éclairait la pièce d'une lueur verdâtre, et de la musique inquiétante retentissait. Il se redressa pour éteindre la télévision.

Silence.

La lumière brillait faiblement dans la salle de bains.

La vitre enneigée était noire.

Matty commença à avoir la chair de poule, et imagina que quelque chose rôdait dehors dans la neige. Mais c'était idiot – ça n'existait pas, les créatures griffues qui dévoraient des petits garçons. Tout le monde le disait. Et surtout, Jack…

Il entendit un gémissement qui venait de l'extérieur.

Il se faufila sous les couvertures, tendit l'oreille jusqu'à ce que sa respiration s'apaise. Il écouta.

Le calme était revenu.

Enfin, pas tout à fait. Un vent glacial sifflait dehors. Sur du métal. Le long de la galerie du premier étage.

Matty ne bougea pas.

Bon. C'était probablement ça, le bruit.

Espèce de nouille !

Les Bêtes n'existent pas, en vrai.

Pour le vérifier, il s'extirpa des couvertures et regarda autour de lui. La télé, le lit, la fenêtre, la porte. Des ombres qui faisaient peur. Il s'assit et attendit.

Rien.

Que faire ? Il aurait pu se cacher sous le lit, mais non. Il attrapa le portable et le serra sur ses genoux. Puis il resta là, le bloc-notes à la main.

Tout était toujours calme.

Il lâcha un petit rire. *Quel débile ! Avoir peur du noir comme ça… Un vrai bébé.*

Un gémissement le fit bondir. Ça venait de derrière la porte.

Matty s'approcha de la fenêtre à pas de loup, et jeta un coup d'œil dehors. La neige tombait sans bruit à travers la lumière jaune, avant de s'enfoncer dans l'obscurité…

« Ohh-oh ! »

Matty s'arrêta de respirer.

Il y avait des yeux dehors.

Des yeux bruns, brillants. Grands et affectueux.

Un animal, pensa-t-il.

Il alla prendre la chaise du bureau, et la plaça devant la porte. Il monta dessus, le cœur battant à tout rompre, et mit son visage contre le judas. Il vit quelque chose bouger. Une patte claire dans le noir. Puis une autre. Deux oreilles.

Un chiot.

Il cligna des yeux, regarda de nouveau.

Il y avait bien un chiot derrière la porte. L'éclairage était faible mais suffisant pour que Matty en soit sûr. C'était un vrai chiot, qui gémissait dans le froid. Avec un pelage couleur miel clair et des oreilles tombantes, une truffe noire qui reniflait. Il était encore assez petit – ça se voyait. Matty l'observa. Il se tenait la tête penchée, levant ses yeux d'un air triste.

Il était maigre. Il devait avoir besoin de manger.

Matty regarda le verrou sur la porte, puis le chiot. Il pouvait s'enfuir à tout instant.

Il descendit de la chaise, et la recula. Puis il alla poser le bloc-notes sur la table de nuit, et revint avec un paquet de Cheerios. Il versa des céréales dans sa paume, tourna le verrou et ouvrit lentement la porte.

Des flocons tourbillonnèrent vers lui. Froids.

Le chiot l'observait en tremblant.

Matty s'agenouilla, la main tendue.

« Coucou ! Tu as faim ? »

Le chiot était à moins d'un mètre de lui. Il baissa la truffe vers sa main.

Ne bouge pas.

Garde la main tendue.

Attends, maintenant. Il a peur. Il vérifie que tout va bien.

Le chiot avança d'un pas et lui lécha les doigts. C'était la meilleure sensation du monde. Matty caressa son pelage doux.

« Comment tu es arrivé ici ? »

Pendant que le chiot gobait des céréales dans sa main, Matty recula petit à petit, jusqu'à ce qu'ils soient tous les deux à l'intérieur de la chambre. Il pivota prudemment pour bloquer la sortie, puis il s'assit en tailleur sur le tapis. Il passa les bras autour du cou du chiot. L'air froid entrait dans la pièce, mais il s'en apercevait à peine. Il vit que le chiot était un mâle.

« Tu es perdu, mon chien ? Hein ? »

Il sentit quelque chose bouger derrière lui. Il se retourna. L'homme qui se tenait dans l'embrasure de la porte, le regard fixé sur lui, portait de belles bottes. Il avait un fusil posé sur l'épaule, et un sac noir à fermeture Éclair à la main. Une cicatrice zigzaguait sur sa joue. Ses yeux étaient calmes, imperturbables.

« Bonjour, Matty », dit-il.

Le pouls de Matty s'accéléra.

« On m'a dit de ne pas ouvrir la porte », avoua-t-il en se redressant.

L'homme pencha la tête pour l'étudier.

« Sage conseil. Et pourtant la porte est ouverte. »

Le chiot se recroquevilla derrière les jambes de Matty avec un grondement sourd.

« J'ai vu... J'ai vu ce chien », fit Matty.

L'homme ne répondit pas. Il resta immobile, avec son sac à la main. Son fusil. Puis il entra dans la chambre. Il referma la porte lentement, et mit le verrou.

Matty regarda le portable sur le lit, puis l'homme.

« Il faut que j'appelle mon frère.

— Non. »

De la lumière émanait de la salle de bains. Matty recula dans cette direction. Il pourrait se réfugier là-bas, fermer la porte à clé. Il y avait une fenêtre au-dessus de la baignoire.

L'homme lui indiqua le lit d'un signe de tête.

« Assieds-toi. »

Le chien gémit. Ses yeux étaient tristes.

Matty s'assit, et l'homme rapprocha la chaise du lit pour s'installer face à lui, le fusil en travers des genoux.

« Si tu cries, c'est le chien qui paiera. »

Matty tremblait.

« Ton frère a été un vilain garçon. »

Cette phrase lui transperça le ventre.

L'homme se cala nonchalamment sur sa chaise.

« Ouvre la main », ordonna-t-il.

Matty fixa la fenêtre. La nuit, la neige. Il espérait que Jack était très loin. Ava aussi.

« Il faut que tu ouvres la main », répéta l'homme.

Il s'exécuta. L'homme posa la petite Ferrari verte sur sa paume.

« Voilà. Tu vois ? C'est une voiture. »

Matty referma les doigts sur la surface rugueuse des roues. Le métal. Il était prêt à s'enfuir : il courait vers la porte dans une ou deux secondes, quand il arriverait à réfléchir correctement...

« Regarde-la », intima l'homme.

Matty baissa les yeux.

« C'est à toi ? »

Il hocha la tête.

« Je veux t'entendre le dire.

— Oui.

— Eh bien, c'est un jouet. Rien de spécial. Mais il est à toi, non ? Tu vois le problème : j'ai pris quelque chose qui t'appartient. Les gens font ça, de nos jours. Ils prennent toutes sortes de choses. Des choses qui ne leur appartiennent pas. Ce n'est qu'un jouet, disent-ils. Comme si ça n'avait pas d'importance. Mais c'est important, tu ne trouves pas ? Surtout si on a mérité ces choses. Si on les a gagnées. Et un jour, l'heure des comptes arrive. Et plus rien n'est jamais comme avant. »

L'homme ouvrit le sac noir, en sortit trois serre-câbles, des ciseaux et du gros Scotch. Il les aligna sur la table de nuit.

« Ton frère a pris une chose qui m'appartient. »

Le chiot se coucha aux pieds de Matty. Il lui lécha la cheville, colla sa truffe contre ses chaussettes.

« Tu veux savoir ce qu'il a pris ? »

Matty ne répondit pas.

« Il prend beaucoup de choses, ton frère. Des choses qu'il ne mérite pas. Là-dessus, il ressemble à son père, tu ne trouves pas ? »

Il garda le silence.

« Non ? Bon. Ça ne fait rien, Matty. Ça ira. »

L'homme se leva avec son fusil, reprit les serre-câbles, et baissa les yeux vers lui.

« Tu as peur, hein ? »

Matty le fixait, pétrifié.

Le chiot gronda à ses pieds.

L'homme sourit. Son regard était étrangement tranquille.

« Ce n'est qu'un jouet, répéta-t-il. C'est vrai. »

Bardem attacha et bâillonna le petit garçon, qui grelottait de froid, à présent. Il l'enveloppa dans une couverture, le jeta sur son épaule et descendit l'escalier du motel. La benne de son 4 × 4 contenait une caisse en aluminium étanche et solide, aménagée pour correspondre à ses besoins, avec une épaisse couche d'isolant pour conserver la chaleur et des petits trous dans le couvercle. Il flanqua le garçon dedans, fit claquer le couvercle et referma les attaches métalliques.

Puis il retourna dans la chambre du motel et attendit.

Tout n'est que chaos, lecteur.
Les quand, les comment et les pourquoi.
Plus tôt vous l'apprendrez, mieux ce sera.

Ava et Jack scrutaient la maison depuis la voiture, mais il faisait trop sombre. La nuit était noire, la route déserte. Pas de circulation. Personne ne vivait dans les environs. Jack sortit ses affaires du sac de voyage, et les rangea dans le sac à dos – ce serait mieux qu'il ait les mains libres. Il hasarda quelques coups d'œil vers Ava, et sa poitrine se serra. Il ne savait pas d'où venait cette douleur, mais elle avait peut-être un rapport avec la bonté, la grâce, ou la confiance. Des choses auxquelles il n'avait pas pensé depuis longtemps.

« Et maintenant ? demanda Ava.

— On n'a plus qu'à aller voir.

— Tu crois qu'il y a quelqu'un ?

— Non. Tout a l'air calme.

— Calme ne veut pas dire vide.

— Peut-être. Tu veux rester ici ? »

Elle le fixa d'un regard grave.

« Non.

— Je me débrouillerai.

— Je viens avec toi. »

Ils descendirent de la voiture. De la neige recouvrait le champ du côté nord, formant des congères sur les broussailles. Ava et Jack s'y enfoncèrent jusqu'aux mollets, et se frayèrent un chemin jusqu'à la grange, à un peu plus d'un kilomètre de là. Dans le silence feutré, ils s'accroupirent pour surveiller les lieux. Le ciel était noir. Des paillettes d'étoiles solitaires brillaient au-dessus de leur tête. On distinguait la forme pâle de la structure en bois abîmé. Il n'y avait pas de lumières. Pas de traces dans l'allée de la maison.

Une chouette dans un arbre les observait. Un manteau de plumes blanches, des yeux jaunes et luisants.

Personne.

Il n'y a personne.

Jack sortit le marteau de son sac et se dirigea vers l'arrière de la grange. La neige crissait sous ses pieds. Le loquet de la fenêtre était fragile ; Jack tira sur le volet en bois gris, qui s'ouvrit avec un raclement. Ava et lui se figèrent, aux aguets.

Rien.

Le vent dans le bosquet d'arbres dénudés.

« Reste près de moi, d'accord ? chuchota Jack.

— On peut encore partir.

— Tout ira bien. Allez. »

Il aida Ava à passer par la fenêtre, puis il s'y hissa à son tour, et atterrit à côté d'elle sur le sol en terre battue. Un froid glacial, du bois. Des solives apparentes. Sur la gauche, un grand crochet pendait à une corde rattachée à une poulie en métal. On apercevait les contours d'une pelle. Les recoins de la pièce étaient obscurs. Tout était voilé par l'ombre. Jack coinça le marteau sous sa ceinture, sortit une bougie et des allumettes de son sac à dos. La douleur lui vrillait les côtes.

Ils attendirent, reprenant leur souffle.

Des panaches de buée blanche. Une odeur de moisissure.

Jack craqua l'allumette. Les bois de wapiti accrochés au-dessus de la porte se tordaient en lignes sombres, terminées par des pointes noires. Sur le mur en planches, Jack aperçut la moitié d'une photo dans un vieux cadre. C'était l'été. Sa mère posait devant un lac en souriant. Matty, encore bébé, se trouvait dans ses bras. Jack était le petit garçon qui lui tenait la main. *On était allés pêcher ce jour-là.* Le cœur de Jack se serra brusquement. Refusant d'y prêter attention, il brandit la bougie dans le noir. Le distributeur de Coca était là, dans un coin. Le canapé à fleurs. La bibliothèque.

Il tendit l'oreille.

Rien. Un raclement de branches au loin.

Le vent.

Jack et Ava traversèrent la grange, leurs ombres s'étirant sur le sol. Plus tard, Jack aurait le temps de réfléchir à toutes les blessures qui étaient en train de s'ouvrir en lui. Il repéra le distributeur de M&M's, pour lequel il réclamait sans arrêt des pièces quand il était petit. Le poêle à bois en fonte. *Les soirs d'orage, quand l'électricité était en panne, on s'asseyait sur le canapé près du poêle, papa et moi. Il m'a appris à lire.* Des ombres dansaient sur le bois. Quand ils étaient venus, les policiers avaient éventré au couteau les coussins du canapé pour fouiller à l'intérieur. Retourné la bibliothèque. Renversé le distributeur de Coca. Ouvert le poêle et fourragé dans les cendres.

Jack orienta sa bougie vers la gauche, et s'accroupit à côté de la bibliothèque. La lueur tremblotante éclaira des dos de livres usés. Des romans. Un livre d'images taché. Debout près de lui, Ava l'observait. *Le rayon du bas était à moi. Mon exemplaire de* Crash en forêt *est là, tout abîmé et corné. Et* Le Passeur. *Un raccourci dans le temps.*

Il sortit le dernier livre de la rangée, et tourna les pages, jaunies et mal en point. *« Croc-Blanc » connaissait bien la loi : écraser le faible et obéir au fort.* Il referma le livre, le mit dans sa poche.

« Jack, chuchota Ava.

— Chut », dit-il.

La mallette était là.

Elle devait se trouver là.

Il posa en tas les livres par terre, s'attendant presque à trouver une cachette secrète. Il déplaça le canapé. Rien. De la terre froide. Il leva les yeux pour scruter les poutres, mais il n'y avait pas de grenier ni de trappe. Derrière le distributeur de Coca, seulement des planches en bois. Il inspecta la pièce encore une fois. Déplaça les livres. Vérifia l'intérieur du poêle. Il ne savait pas combien de temps avait passé, quand Ava déclara :

« Allez, on rentre. Ça suffit. »

Il se tourna vers elle. Elle le fixait, les poings serrés.

« Ce n'est que de l'argent, chuchota-t-elle.

— Non. (Il s'étranglait.) Non, ce n'est pas que ça. Ce n'est pas que ça. »

Comment lui expliquer ? Ce n'est pas de l'argent.

C'est de quoi acheter à manger. Des chaussures pour Matty. Un endroit où vivre.

Red est mort pour ça.

Je ne veux pas qu'ils gagnent.

De la cire gouttait de la bougie, puis s'écrasait sur le sol. Un élancement de douleur le transperça. Il se plia en deux, les mains crispées sur son flanc. Une odeur en montait. Il se rendit compte qu'il avait pris l'indice de *Croc-Blanc* dangereusement à cœur. Il comprenait ce qu'il avait de mensonger, maintenant.

Il n'y avait pas de mallette dans ce sépulcre de poussière. Pas de miracle dans l'air. Jack comprit ce qu'il ne s'était pas autorisé à penser jusqu'alors : *Tu veux la mort. Tu l'appelles.*

Ça, au moins, ce n'est pas un mensonge.

Il s'accroupit pour ramasser un livre. Il le rangea dans la bibliothèque, puis s'adossa au meuble. Les paupières en feu. De la cire fondue lui brûlait la main. La rage l'envahissait. *La vie se nourrissait de la vie. Il y avait les mangeurs et les mangés.*

Ava le tira par la main.

« Il faut qu'on y aille. »

Il s'apprêtait à se relever, quand il se rendit compte qu'il était assis sur de la terre.

De la terre gelée.

Il se remit debout, alla chercher la pelle à l'autre bout de la grange et rejoignit Ava.

« Tiens ça, dit-il en lui tendant la bougie. Ne la laisse pas s'éteindre. »

Avec des picotements dans la gorge, il agrippa le manche de la pelle et enfonça la lame dans le sol. Il posa le pied sur le rebord plat, et appuya de toutes ses forces. La pelle lui échappa des mains et s'abattit par terre. Il faillit perdre l'équilibre.

« Jack, fit Ava. La terre est gelée.

— On dirait que tout le sol est en terre, mais c'est faux, expliqua-t-il. Je me rappelle quand on l'a construit. »

Il reprit la pelle.

« Je crois que la mallette est enterrée là-dessous. Il faut que j'essaie.

— D'accord.

— Je ne peux pas laisser tomber. »

Une idée lui vint. Il alla récupérer la pioche posée près de la porte, et tendit la pelle à Ava.

« Si tu ne veux pas creuser, ce n'est pas grave.

— Je m'en occupe. »

Il commença par l'ancien emplacement du canapé. Il leva la pioche, l'abattit sur la terre dure. La leva, frappa de nouveau. Creusa. Encore et encore. Les coups résonnaient sur le sol. Les souvenirs de Jack l'assaillaient. La pelle, la pioche. *Elle est sous la neige. À quelques mètres d'ici.*

Creuse.

Mais il n'y avait rien. Il écarta la bibliothèque du mur. Le froid lui brûlait la peau. Son flanc lui faisait mal. Il se remit à creuser. *Il faut que tu continues.*

Finalement, il se retrouva dans un trou d'environ cinquante centimètres de profondeur. Il regarda Ava. Elle s'était arrêtée, la pelle à la main.

« C'est bon, dit-elle. On peut se reposer un peu. »

Jack s'assit au bord du trou. L'obscurité se refermait sur lui. Le sol raviné. La terre noire. Tout au fond, il aperçut du bois clair. Il rapprocha la bougie.

Un couvercle en contreplaqué.

Il déblaya la terre, recommença à creuser jusqu'à ce qu'il ait mis au jour le haut d'une caisse. Il enfonça la partie fourchue du marteau sous le couvercle pour arracher les clous. Des mottes de terre tombèrent à l'intérieur. Il reprit la bougie à Ava, la tendit devant lui.

« Regarde », dit-il.

Il attrapa la poignée de la mallette et la sortit de la caisse.

Ava la fixait, les yeux écarquillés.

Du vinyle bleu sale. Deux boucles. Un fermoir en laiton.

Jack avait le vertige. Son cœur ne tenait plus. Il allait se lever, quand il entendit un raclement de métal derrière eux. Très léger.

Puis la porte de la grange s'ouvrit.

Un des trafiquants de drogue s'avança à l'intérieur. Le garçon aux yeux vifs, avec son bandana autour du cou. Ils se figèrent, tous les trois.

Jack comprit aussitôt que le garçon ne serait pas seul. Il allait se retourner. Appeler les autres. Et quand il le ferait, les hommes accourraient, et tout serait fini : Ava et lui allaient mourir. C'était trop tard pour rejoindre Matty.

« Ne te retourne pas, ordonna-t-il au garçon, en agrippant le marteau. Continue à avancer. »

Ansel ne bougea pas. Un pistolet était coincé sous sa ceinture. Ava était en train de reculer vers la fenêtre, la bougie à la main. La lumière vacillait. La mallette était encore dans la terre. Jack s'en empara.

« Ferme la porte, dit-il à Ansel. Ne te retourne pas. »

Ansel se contenta de le dévisager. Toujours ces yeux foncés. Ces cheveux bouclés.

« Sors le pistolet de ta ceinture, et jette-le par terre », intima Jack.

Le garçon secoua la tête et observa la mallette.

« Ne regarde pas ça », lança Jack.

À peine quelques mètres les séparaient.

« Regarde-moi. Qu'est-ce que tu fais là ? »

Ansel se tourna vers Ava.

« Ta bougie, répondit-il. J'ai vu la lumière. »

Elle moucha la bougie.

Le noir se fit.

Jack entendit Ava prendre une inspiration.

Il sortit du trou, en continuant à scruter la porte. Les étoiles brillaient faiblement. L'ombre d'Ansel était là ; il n'avait pas bougé.

« Ils sont avec toi ? demanda Jack.

— Dans la maison. On la surveillait, au cas où tu reviendrais. »

Jack se rapprocha de la fenêtre, la mallette à la main. Ses veines battaient. *Quel imbécile. Qu'est-ce que tu as fait ?*

Ava se hissa sur le rebord de la fenêtre, et bondit dans la neige. Jack se retourna, croisa le regard du trafiquant. Tout était froid et silencieux. Il y avait quelque chose de très calme chez ce garçon. De solide. Comme une montagne.

« Ils ne sont pas encore au courant, dit Ansel. Ça ne tardera pas. »

Ils se dévisagèrent un instant.

Jack lança la mallette par la fenêtre, grimpa et sauta de l'autre côté. Son estomac se souleva de douleur.

Il s'effondra. Il ramassa le marteau, et le coinça sous sa ceinture. Dans les branches, la chouette déploya ses ailes argentées et prit son envol.

Il se releva en chancelant.

La mallette.

Il avait la mallette.

« Vite », le pressa Ava.

Quelque chose fendit l'air près de la tête de Jack, et percuta un arbre derrière lui. Le tir résonna avec un léger claquement, étouffé au milieu de la nuit. Jack se retourna juste à temps pour apercevoir le faible éclat d'un second pistolet qui faisait feu.

« Cours ! »

Mais Ava semblait terrorisée, et quand il suivit son regard, il vit deux hommes arriver de la maison, à travers la neige. Il distingua des dents en or. Un chapeau haut de forme noir.

Il agrippa la main d'Ava.

« Cache-toi, dit-il. Cache-toi. »

Ils s'élancèrent dans le champ enneigé derrière la grange. Ava glissa, et Jack la remit debout. Il se retourna. Les arbres les dissimulaient en partie, mais il savait que les hommes les repéreraient en quelques minutes. Peut-être moins.

Il avait la mallette à la main.

Ils s'enfoncèrent dans un bosquet de bouleaux blancs, et descendirent dans un fossé obscur. Jack tira Ava à terre, étouffa une quinte de toux dans son coude. Ses poumons étaient irrités. Ils entendirent des chuchotements, puis le silence revint, encore plus effrayant.

Ils n'avaient aucun moyen de rejoindre leur voiture. Si les hommes trouvaient leurs empreintes dans la neige…

Jack attira Ava à lui.

« Attendons ici », fit-il.

Silence. Ils étaient couchés dans la neige, à l'affût du moindre bruit. Frissonnants. Jack était trempé de sueur. Sa blessure saignait de nouveau. Il se concentra pour réprimer sa toux, et comprit qu'il ne pourrait pas courir bien loin. Il leva le menton, scruta les alentours. Il faisait nuit noire. Des branches mortes crissaient. Combien de temps pourrait-il courir ?

« Ils arrivent ? chuchota Ava.

— Je ne sais pas. »

Jack se mit à genoux dans le froid mordant. Il n'entendait que son cœur. Il regarda vers la maison, mais ne vit rien. Si les hommes trouvaient leurs empreintes…

« Écoute, dit-il à Ava. S'ils nous trouvent, tu devras t'enfuir. Cours sans te retourner. Compris ?

— Pourquoi ?

— Dis simplement oui. »

Elle le dévisagea, de la neige collée dans les cheveux, les lèvres bleuies.

« Non. Je ne ferai pas ça.

— On n'a pas le choix.

— Je ne te laisserai pas. »

Ils restèrent couchés là un long moment, mais ils grelottaient de froid, et Jack finit par se redresser prudemment. Il n'y avait que la nuit et la neige. Le champ lugubre, des ombres bleues. La forme de la maison au loin. La grange. Il pensa à Matty, seul au motel.

« On ne peut pas rester ici, déclara-t-il. Il faut qu'on bouge. »

Il empoigna la mallette, et ils sortirent avec peine du fossé. Un instant plus tard, ils se frayaient un chemin dans le bosquet de bouleaux, glissant et trébuchant. Arrivés à la lisière du champ, ils s'arrêtèrent pour écouter. La douleur brûlait le flanc de Jack. Il observa les extrémités brisées des branches. Les empreintes de pas.

Tout était calme.

Ils continuèrent leur marche laborieuse, en restant sur le pourtour du champ. Une aube grise pointait. Jack dut s'arrêter pour reprendre son souffle. Ava et lui s'accroupirent, aux aguets. Il n'y avait rien à voir.

Ils étaient donc partis.

Ou bien ils leur tendaient une embuscade.

« Attendons un peu », marmonna Jack.

Ava dit quelque chose. C'était peut-être une question.

Jack ne tenait plus debout. Il faisait si froid. Son sang circulait plus lentement. Il pensa à Matty. Il essaya de prendre une décision, mais il avait la tête qui tournait. Cette idée de courir… Il n'y arriverait pas.

« Il faut juste qu'on atteigne la voiture », dit-il.

Ava lui prit la mallette.

« Lève-toi, Jack. Il faut que tu te lèves.

— S'ils nous trouvent, ils nous tueront.

— Je sais. »

Elle l'entraîna dans la neige. Il y avait des traces de pas partout. Quand ils arrivèrent à la voiture, Ava fit monter Jack du côté passager et s'installa rapidement derrière le volant, jetant la mallette sur la banquette. La maison se profilait à l'horizon, drapée dans l'aube

337

réticente. Jack commença à se dire qu'ils avaient une chance de s'en sortir.

Ava démarra, pendant que Jack se retournait pour chercher les hommes ; mais il ne vit que leurs empreintes. Des flocons commençaient à tomber, et Ava mit les essuie-glaces en marche. Les yeux de Jack menaçaient de se fermer. Combien de temps pouvait-on survivre sans dormir ? *J'arrive, Matty. Tiens bon.*

Jack avait les paupières à demi closes, quand des phares illuminèrent la voiture par l'arrière. Il grimaça, aveuglé, et se tordit pour scruter la vitre, la main en visière.

C'était le F-150.

Ava ne lui jeta pas un regard. Les yeux braqués devant elle, elle écrasa l'accélérateur.

23

*On ne peut pas aller raconter aux gens qu'ils sont
maîtres de leur destin, et les laisser y croire. Ils pense-
ront qu'ils ont fait quelque chose de mal toute leur vie.*

Ils dévalaient les chemins de campagne en direction de Rexburg. Le F-150 comblait progressivement
la distance qui les séparait. Il était rapide, mais Ava
connaissait mieux les routes. Ils perdirent du terrain sur
la voie express. Quand ils en sortirent, à Sage Junction,
Jack regarda les faisceaux jaunes des phares du 4 × 4
par leur vitre arrière. Le véhicule n'était qu'à quelques
mètres d'eux, et les rattrapait peu à peu. Les essuie-
glaces raclaient le pare-brise. *C'est fini*, pensa-t-il.

« Tourne là », indiqua-t-il à Ava.

Elle éteignit les phares, et braqua le volant vers la
gauche. L'arrière de la voiture patina et menaça de se
déporter sur la droite, mais Ava accompagna le mouvement, appuyant sur l'accélérateur jusqu'à ce que le
véhicule se redresse. Jack regarda le F-150 tenter de
prendre le même virage abrupt, mais il dérapa au milieu
du croisement et percuta l'abribus dans un crissement

de métal. De la vapeur jaillit du capot froissé. Jack vit un des hommes sortir. Ava s'engagea dans une ruelle pendant qu'il continuait à surveiller la vitre arrière. Une seconde passa, puis deux. Personne ne les suivait.

Elle lui jeta un coup d'œil.

« Allons chercher Matty. »

Ils roulèrent jusqu'au bout du pâté de maisons, avant de faire demi-tour. Le motel attendait dans la lumière morne, comme une destination de bout du monde. Un voile gris de neige tombait doucement. Le vent gémit brièvement, puis se tut. Enfin, ils atteignirent le parking sur le côté du bâtiment, et s'arrêtèrent.

Jack ouvrit la portière. Le motel ne se trouvait qu'à quelques rues du carrefour où le pick-up s'était écrasé, et il craignait de n'avoir que trop peu de temps devant lui avant que les hommes ne se lancent à leur poursuite à pied.

« J'y vais, dit-il à Ava. S'ils arrivent, tu partiras. D'accord ? »

Ava hocha la tête. Transie de froid. Fatiguée. Effrayée.

Jack descendit de la voiture et traversa le parking. De longues ombres. La lueur d'un réverbère au loin. Il avait le souffle court, rauque. Il grimpa l'escalier métallique, et s'engagea dans la galerie à l'étage. Un silence glacial régnait. Arrivé devant la chambre, il s'arrêta pour réfléchir. Aucune lumière ne filtrait derrière les rideaux en dentelle. La télé était éteinte. *Il doit dormir. Tu n'auras qu'à le prendre dans tes bras et l'emmener. Doucement, pour ne pas le réveiller.* Il inséra la clé dans la serrure, et ouvrit la porte.

Obscurité. Une étrange odeur musquée, comme de la lotion après-rasage. Une colonne de lumière tomba sur le lit – il était vide. Puis Jack entendit un faible gémissement. Il y avait quelqu'un au fond de la pièce.

Il pensa : *Qu'est-ce que tu as fait ?*

Un homme était assis sur une chaise calée contre le mur, la tête baissée. Il avait des cheveux noirs, des bottes en cuir à la pointe renforcée. Un fusil en travers des genoux.

Matty. Où est Matty ?

Jack avança de deux pas, et referma la porte. Son sang battait. Il avait du mal à tenir sur ses jambes, l'impression de glisser sur une fine plaque de verglas. L'homme resta parfaitement immobile, ne leva même pas les yeux. Il aurait aussi bien pu être endormi.

« Où est mon frère ? »

L'homme ne répondit pas.

Les secondes passèrent. La pièce entière tanguait autour de Jack. Il y avait de l'électricité dans l'air. L'homme se tenait à quelques mètres de lui, tranquille, les mains posées près de la détente du fusil. Il ne semblait pas du tout perturbé, comme s'il n'avait pas remarqué sa présence. *Fais quelque chose,* pensa Jack. *Où est Matty ? Où est Matty ?*

« Où est mon frère ? »

L'homme garda le silence.

Jack recula et alluma la lumière. Il peinait à garder l'équilibre. Il n'osait même pas cligner des paupières.

« Regardez-moi », dit-il.

L'homme leva la tête. Il avait des yeux bleus et une profonde cicatrice au visage. Alors Jack comprit qui il était, et il pensa : *Tu vas mourir.*

La pièce vacilla.

« Je vous connais », fit Jack.

Bardem se cala sur sa chaise pour l'observer.

La lumière du plafonnier éblouissait Jack. Tout était trop brillant. Il entendait sa propre respiration, irrégulière. Sous le lit, un chien le scrutait en tremblant, le museau appuyé sur ses pattes. *Trouve Matty, récupère Matty et mets-le en sécurité. Peu importe comment.*

Un verre d'eau était posé sur la petite table. Bardem le prit, but une gorgée, et le reposa.

« Si tu me connais, tu sais que tu as intérêt à ne rien faire d'imprudent, prévint-il.

— Qu'est-ce que vous voulez ?

— Tu as quelque chose qui m'appartient.

— Où est mon frère ?

— Ce n'est pas la question. C'est la réponse. »

Jack fixait Bardem dont le regard affichait le calme d'une forêt. Un chat à l'affût d'une proie dans la nuit.

« Je sais ce que vous voulez me demander, dit-il.

— Ah oui ?

— Où est la mallette ? »

Bardem pencha la tête.

« Tu te crois très malin, hein ? Tu crois que tu as quelque chose à défendre. Et c'est pour cette raison que tu as fait tout ça ? Regarde-toi, maintenant. Tu as perdu ce à quoi tu tiens le plus. »

Jack appuya une main sur le mur. Ses veines commençaient à frémir.

« Je suis là pour t'aider, tu sais, prétendit Bardem.

— M'aider…

— Oui. T'aider à voir ce qui compte le plus.

— Je crois que je peux le faire tout seul.

— Vraiment ? »

Le chien gémit. Un spasme traversa Jack. *Trouve Matty…*

« Tu n'es pas en très bonne posture, répliqua Bardem. Tu ne penses pas ?

— Je pense que je détiens une chose que vous voulez. »

Bardem se pencha en avant, le menton appuyé sur ses poings.

« Tu me déçois, Jack. J'attendais mieux de toi.

— Où est mon frère ?

— Quelque part où il fait froid. De plus en plus froid. »

L'air bourdonnait. Jack se tenait au mur, avec l'impression de transpirer de l'intérieur. Un bruit lui parvint du dehors : une voix d'homme. Étouffée. Un grincement dans l'escalier métallique. Puis un long coup de klaxon résonna. Ava.

« Dites-moi où est Matty », ordonna Jack.

Bardem déplaça la main vers la crosse de son fusil. Rien ne semblait le troubler.

« Je te donne un jour, déclara-t-il. Tu m'apporteras la mallette. Tu la déposeras à mes pieds. Sinon, je tuerai ton frère. Compris ?

— Comment est-ce que je vous trouverai ?

— Demande à Ava. Elle saura. »

Le silence était total. Les lèvres de Jack répétèrent ce nom, *Ava*.

« Tu ferais bien de bouger », dit Bardem.

Jack éteignit la lumière et s'écarta de la porte, pile à l'instant où elle s'ouvrait. Dans la clarté soudaine, l'homme aux dents en or s'engouffra dans la pièce en

343

brandissant un pistolet. Bardem tira deux fois, si vite que les coups se fondirent en un long bruit. Du sang éclaboussa le mur.

Les oreilles de Jack sifflaient ; il avait du mal à rester debout. Son manteau était ensanglanté. Un côté de l'encadrement de la porte venait d'être pulvérisé, et du sang gouttait sur le contreplaqué éclaté. Jack sortit de la pièce à reculons, et regarda une dernière fois Bardem, qui le fixait. Puis il se retourna et s'éloigna d'un pas chancelant, longeant les chambres avant de descendre l'escalier.

Lorsqu'il atteignit le bitume, le sifflement dans ses oreilles avait commencé à céder la place à d'autres bruits. *Trouve Matty,* pensa-t-il ; mais il n'était pas encore capable de réfléchir jusque-là. *Demande à Ava. Elle saura.* Alors qu'il traversait l'allée, il vit le F-150 garé dans la rue. Quelque chose accrocha son manteau, au niveau de l'épaule. Le coup de feu n'avait été qu'un bref éclair dans la lumière rose du matin. Jack prit la fuite, dérapant sur le verglas. Il ne savait pas où il allait. Il était arrivé au milieu de la rue quand une vitrine de magasin vola en éclats devant lui. Il se retourna. L'homme au chapeau s'écarta du véhicule derrière lequel il s'était abrité et fit feu.

La profonde détonation du fusil fit trembler les bâtiments. L'homme au chapeau s'effondra d'un coup. Il y avait du sang partout. Des giclures sur la neige. Jack n'avait même pas vu d'où le tir était parti. Il leva les yeux : Bardem se trouvait sur la galerie du motel au-dessus de lui. Les coudes appuyés sur la rambarde, le fusil à la main. Il lui adressa un signe de tête, puis rentra dans la chambre.

Jack se releva en titubant. Une odeur âcre de poudre planait dans l'air glacial. Le silence régnait. *Vas-y,* s'ordonna-t-il. *Ne reste pas planté là. Va chercher Matty.*

Il fit demi-tour et redescendit la rue à toute allure, laissant des empreintes rouges dans la neige. Arrivé au parking, il vit qu'Ava l'attendait dans la voiture. Il ouvrit la portière et monta.

« Démarre », fit-il.

22

Dès qu'on pose les yeux sur lui, on comprend : le diable n'est qu'un homme.

Quand Bardem descendit l'escalier du motel, il tenait son fusil sur l'épaule et son sac dans l'autre main. Plusieurs chambres étaient allumées, à présent, et une femme l'épiait par la porte entrebâillée de la réception. Il se dirigea vers le véhicule noir sur le parking. Le bureau du shérif du comté de Madison ne se trouvait qu'à quelques rues de là ; la police ne tarderait pas.

Il s'arrêta à côté de l'homme qu'il avait abattu, et l'observa un moment. Il avait perdu son chapeau, et gisait face contre terre dans une flaque de sang, un pistolet à la main. Il avait été touché au cou et à la poitrine. Bardem s'accroupit pour le fouiller, trouva un chargeur de pistolet et plusieurs cartouches de fusil. Il jeta le chargeur dans la neige, rangea les cartouches dans la poche de son manteau. Puis il reporta son attention sur le 4 × 4.

Il alla ouvrir une portière, et scruta l'intérieur du véhicule. Un garçon était recroquevillé à l'arrière, les yeux levés vers lui. Il devait avoir seize ans, et portait un bandana autour du cou. Il détourna le regard. Un sac en toile kaki était posé sur la banquette, à côté d'une canette de soda.

« Tu étais avec cet homme ? »

Le garçon hocha la tête.

« Réponds à voix haute.

— Oui. »

Bardem jeta un coup d'œil à la rue, entendit le hurlement lointain d'une sirène de police. L'aube se levait. Il se retourna vers le garçon.

« Voilà ce que je vais faire, dit-il. Je vais compter jusqu'à cinq, en faisant un peu d'exercice. »

Le garçon le fixa d'un air hébété.

Bardem actionna un levier pour replier le siège avant.

« Je te laisse une chance, au moins. Non ? »

Le garçon ne bougea pas.

« Il faut que tu coures, reprit Bardem. Je ne peux pas t'attendre. »

Le garçon sortit du 4 × 4. La terreur se lisait dans son regard. Bardem posa son sac sur le siège avant, se recula et commença à sauter. Il écarta les jambes en frappant des mains au-dessus de sa tête, puis les referma avec un léger bond, les bras le long du corps.

« Un », dit-il.

Le garçon se mit à courir.

Les sauts de Bardem étaient maladroits, à cause du fusil qui tressautait. Le temps qu'il en ait fait cinq, le garçon avait traversé le parking et arrivait à l'angle de la rue. Bardem saisit son fusil, et se campa sur ses jambes pour viser. Il tira au moment où le garçon tournait. Des fragments de mur en brique volèrent, s'éparpillant sur la neige. Il baissa le fusil.

« Bravo, dit-il. C'était une bonne course. »

Bardem observa de nouveau la rue. Un vacarme de sirènes approchait. Il récupéra son sac et retourna à l'endroit où il s'était garé. Il rangea son fusil à l'arrière du Land Rover, tapota le couvercle de la lourde caisse en aluminium, et referma le coffre.

Il frotta ses bottes dans la neige pour essuyer le sang. Monta dans sa voiture, se nettoya le visage et les mains avec une lingette qu'il sortit de la console. Puis il se mit en route.

Les hommes sont arrivés à bord du F-150. Ils ont regardé Jack monter l'escalier du motel et passer devant plusieurs chambres. Ils l'ont regardé s'arrêter devant une porte, et l'ouvrir. Ils l'ont regardé entrer dans la pièce.

J'ai assisté à tout ça.

Je ne suis pas partie.

J'ai essayé de l'avertir.

Ils prirent la Route 20 en direction d'Ashton. Aucun d'eux ne parlait. Des flocons tombaient sur le pare-brise. Au bout d'un moment, Ava murmura :

« Où est Matty ? »

Jack ne la regarda pas.

« Tu es blessé ? »

Il continua à se taire. Il fixait la route, la tête appuyée sur le dossier de son siège. S'efforçant de respirer. Du sang couvrait son manteau, maculait ses mains.

« Parle-moi », ordonna Ava.

Il tourna la tête vers elle. Un sentiment d'éloignement le submergea, comme s'il la contemplait à travers plusieurs mètres d'eau. Un miroitement de lumière, un froid mordant. Son sang était propulsé par les battements de cœur qui résonnaient dans sa poitrine. *Tu es incapable de supporter la vérité.*

« Tu es sa fille. »

Elle le regarda. Rien de plus.

« Tu es sa fille, putain », répéta Jack.

Ava écrasa la pédale de freins, et sortit de la voie rapide en s'engageant sur une route déserte déblayée. Une grange en ruine se dressait sur le côté. De la neige s'accumulait dans les fossés. Ava roula à toute vitesse, passant sur des ornières qui firent cahoter la voiture puis à travers un champ, avant de s'arrêter dans un dérapage au sommet d'une crête. Une plaine blanche et lugubre s'étendait sur des kilomètres.

On voyait des broussailles nues. Le vent qui filait en bourrasques au-dessus de la route.

Ava regarda Jack. En colère, effrayée.

« Où est Matty ? demanda-t-elle.

— Tu le sais bien, non ? »

Elle secoua la tête, d'un air dérouté.

« Je ne sais pas…

— Dis-moi où il est. »

Elle le dévisagea. Ses cheveux s'enchevêtraient en boucles et torsades. Ses yeux étaient farouches, remplis de larmes.

« Je ne comprends pas de quoi tu parles.

— Ne mens pas, Ava. Ne me mens pas. »

Le moteur de la voiture tournait encore. Ava était sur le point de pleurer. Jack s'en moquait.

« Dis quelque chose. Dis la vérité, pour une fois. »

Elle ferma les yeux.

Il fut saisi d'un terrible élan de haine envers elle.

« Il a enlevé Matty ! À cause de toi…

— Ne dis pas ça, se récria-t-elle. Ne dis pas ça.

— Où est-il ? »

Elle secouait la tête.

« Je ne sais pas.

— Tu mens. »

Lumière grise. Le vent gémissait faiblement. Ava rouvrit les yeux, mais ne regarda pas Jack.

« Je suis désolée.

— Tu es désolée.

— Je te l'avais dit, quand on s'est rencontrés. Je t'avais dit de ne pas t'approcher de moi. »

Il fut pris d'un rire incontrôlable.

« C'est ça, Ava. Et après, tu es venue chez moi.

— Je voulais t'aider. »

Il la fixa du regard. Chaque inspiration qu'elle prenait était une trahison.

« Ah oui ?

— Oui. J'ai essayé de t'aider.

— Comment il nous a trouvés, alors ?

— Tu ne sais rien, chuchota-t-elle, la voix étranglée. Tu ne sais pas.

— Laisse tomber. Je sais comment il nous a trouvés.

— Tu te trompes. »

Il ne répondit pas.

« Je ne te ferais jamais de mal, assena-t-elle.

— Je m'en fous. Tu peux dire ce que tu veux… ça ne fait aucune différence. »

Elle le regarda. Ses yeux noisette disaient : *Tu me trahis.*

« Alors tant pis », dit-elle.

Jack se retourna vers la fenêtre, essayant de se calmer. Il gonfla ses poumons, puis les vida. Quelque chose s'était brisé, qui ne pouvait pas être réparé. Il ouvrit la portière et descendit de voiture.

Une rafale de neige lui fouetta le visage. Il se protégea en remontant la capuche de son manteau.

« Où tu vas ? »

Ava était sortie aussi. Des amas de flocons entraînés par le vent tourbillonnaient dans ses cheveux. Elle fixait Jack, le regard douloureux. Son manteau claquait. *Mon cœur*, pensa Jack. *Mon cœur*. Il haussa les épaules.

« Ne fais pas ça, dit Ava d'un ton hostile, froid.

— C'est toi, la responsable. Pas moi. »

Il se mit en marche. Une portière s'ouvrit et se referma en claquant.

« Jack !

— Arrête. »

Il se retourna ; Ava se tenait au milieu de la route, dans une posture raide, guerrière. La mallette à ses pieds.

« Tu as oublié ça. »

Elle poussa la mallette vers lui dans la neige.

Ils se toisèrent. Tout était si calme. Comme dans un rêve qui ressurgissait.

Jack ramassa la mallette. Puis il s'éloigna d'un pas furieux sur la route.

Je ne suis pas comme William Ernest Henley.
Ma tête saigne,
et elle est baissée.

Mon père avait raison sur un point : ce que vous mettez dans votre cœur vous fera mal.
Mon cœur saigne, à cet instant.
Et ça me fait mal, tellement mal.

Mais je suis une pierre. Lisse.
Tout glisse sur moi.

Ava laisse le moteur de la voiture tourner pendant qu'elle regarde Jack s'éloigner sur la route enneigée, la mallette à la main. Devant lui, la vaste campagne bouge et se déforme sous la pluie de flocons. Des arbres épars se détachent au milieu des champs, immobiles dans le vent. Elle le regarde jusqu'à ce qu'il ait disparu.

Elle reste là un long moment, les yeux fixés sur la route par laquelle il est parti. Personne ne passe. Il fait froid dans la voiture. Les vitres sont embuées. Elle s'apprête à redémarrer, mais elle change d'avis. Elle ouvre la boîte à gants, insère une batterie dans son portable. Deux barres de réseau. Elle attend, le téléphone à la main.

Quand elle déclenche l'appel, Bardem décroche à la première sonnerie.

« Bonjour, mon oiseau. »

Elle ne dit rien.

« Tu es là ?

— Je suis là. »

Des secondes passent.

« Je crois que tu as une question à me poser, fait-il.

— Où est Matty ?

— Avec moi.

— Tu vas le tuer ?

— Ça dépend de toi.

— Qu'est-ce que tu veux ?

— Tu connais la réponse. »

Elle se penche sur le volant, le front appuyé sur son poing. Le moteur murmure. La lumière est brumeuse. Des flocons se posent sur les vitres.

« Ne le dis pas, reprend Bardem.

— Quoi ?

— Ce que les gens disent toujours.

— Qu'est-ce qu'ils disent ?

— "Je t'en supplie." »

Il y a un silence. Elle l'entend respirer au bout du fil. Elle attend.

« Tu vois, reprend-il. Tu vaux mieux que ça.

— Tu vas le tuer, c'est ça ?

— Je regrette.

— Si tu le tues, tu ne récupéreras pas l'argent.

— Je ne me ferai pas de souci pour ça.

— Dis-moi ce que tu veux.

— Pas la peine de te dire ce que tu sais déjà. »

Elle attend. C'est un jeu, comme toujours.

« J'ai rencontré ton ami Jack. Il a un joli visage, tu ne trouves pas ? Tu crois qu'il le gardera ? »

Elle met en marche les essuie-glaces, regarde la neige glisser sur le pare-brise, observe la route. Comme s'il y avait quelque chose à voir. Or il n'y a rien.

« Tu devrais quand même essayer de les sauver, dit Bardem.

— Tu veux l'argent. Mais il y a une chose que tu veux encore plus.

— Tu es maline, mon oiseau. Dis-moi : qu'est-ce que je veux ? »

Sa voix est douce. Chargée d'un profond espoir.

« On était amis, avant, poursuit-il. On ne l'est plus. Pourquoi ?

— On n'a jamais été amis.

— C'est ta faute. Tu as fait un choix. Je ne peux pas revenir en arrière.

— Non, tu ne peux pas.

— La vie est un labyrinthe. Tu vois ? Chaque instant est un tournant. Le parcours est déjà tracé. Un cheminement pour chaque personne dans le monde. On est empêtré dans ce labyrinthe dès la naissance. On peut s'y perdre, tu ne crois pas ? Entre la fin, le début, le milieu… On peut se laisser égarer.

— Et peut-être qu'on peut s'en échapper, intervient-elle.

— Non, on ne peut pas. On ne peut pas. On ne peut pas. »

Elle se tait.

« Tu es à moi, Ava. Tu es à moi. »

Elle se mord la lèvre, perçoit le goût du sang.

« Où es-tu ? demande Bardem. Dis-moi où tu es. Dis-le-moi. »

Elle observe la route. Prend une inspiration. Puis elle pose la question :

« Où es-tu, toi ?

— Ça n'a pas d'importance. Ce qui compte, c'est où je serai.

— Où est-ce que tu seras ?

— Réfléchis. Tu le sais. »

Il raccroche, et Ava reste assise dans la voiture. Elle scrute la route, la neige qui tombe en tourbillonnant. Aucun signe de vie. Elle coupe le moteur. Il n'y a plus beaucoup d'essence. Elle ferme les yeux, lâche une bouffée d'air, et attend Jack. Il reviendra. Si elle part, il ne saura pas comment la retrouver. Elle ne partira pas.

Parce qu'elle sait où trouver Bardem.

Ce n'est qu'une petite histoire parmi plein d'autres.
Mais c'est la mienne.

Doyle arriva au motel environ dix minutes après qu'on l'avait prévenu. Deux voitures de police se trouvaient déjà sur le parking, gyrophares en marche. Des bris de verre jonchaient le trottoir. Un agent était en train d'interroger une femme assise à l'arrière d'une ambulance ouverte.

Midge vint à sa rencontre.

« Le shérif du comté de Madison a appelé. Ça va mal, Doyle. On a des morts dans tous les coins.

— Tu as vérifié s'ils avaient des papiers d'identité ?

— Oui. Je n'ai rien trouvé. »

Doyle enfila des gants, s'approcha du cadavre étendu à côté du 4 × 4, et épousseta la fine couche de neige qui le recouvrait. L'homme avait été touché à la poitrine et au cou, mais son visage était quasiment intact.

« On a des cartouches ?

— Des douilles de fusil, et quelques-unes de pistolet. »

Après avoir levé les yeux vers la galerie, Doyle calcula la distance. L'angle de tir. Au-dessus du bâtiment, il lut une enseigne au néon rose dont les U étaient grillés : DO CHES CHA DES.

« Il y a une seconde victime sur la galerie, dit Midge. Pas belle à voir.

— Abattue au fusil ?

— Oui.

— Et que vous a dit cette femme ?

— Qu'elle avait vu un type faire de l'aérobic, et qu'il avait tiré sur quelqu'un. C'est tout.

— Vous avez retrouvé des survivants ?

— Pas encore. »

Doyle grimaça.

« Où est la DEA, bon sang ?

— Ils arrivent dans une heure. Il n'y a pas que ça, Doyle. Venez voir en haut de l'escalier. »

Ils montèrent les marches. Quelqu'un avait placé un ruban jaune en travers de l'encadrement démoli de la porte. Des traces de pas traversaient la mare de sang.

« C'est l'apocalypse, commenta Midge. Un vrai carnage. »

Doyle passa sous le ruban. Il n'y avait pas moyen de contourner ce qui restait de la victime, alors il l'enjamba du mieux qu'il put. La première chose qu'il aperçut fut une brique de jus de fruits sur la table de nuit. Les draps étaient froissés. Il se tint immobile un moment. Puis il repéra un objet par terre, et alla le ramasser. Une petite voiture. Il la retourna dans sa main.

« Les fils de Dahl sont peut-être passés par ici, supposa Midge. Qu'est-ce que vous en pensez ? »

Doyle ouvrit les tiroirs de la commode. Un paquet de céréales. Un jeu de UNO. Il s'accroupit pour regarder sous le lit. Des lattes en bois, de la poussière. Une forme sombre dans un coin. Des yeux.

Un animal se trouvait là.

Doyle poussa le lit pour l'écarter du mur, avant que le chien ne détale dans la pièce. Midge sursauta.

« Ne le laisse pas sortir ! »

C'était un chiot. Il se tapit à côté de la télévision, apeuré. Doyle s'en approcha lentement et s'accroupit devant lui. Pas de collier. Il tendit sa main.

Le chien ne bougea pas. Puis il lui lécha les doigts.

« Eh ben, ça », fit Midge.

Doyle souleva le chien d'un bras, en le tenant maladroitement sous les côtes. Quand Midge et lui redescendirent l'escalier, un ambulancier prenait la tension de la femme. Elle semblait assez choquée.

Doyle ôta son chapeau d'une main, tenant toujours le chien de l'autre.

« Vous accepteriez que je vous pose quelques questions, madame ? »

Elle hocha la tête, souffla dans un mouchoir.

« L'homme que vous avez vu faire de l'aérobic... je me demandais si vous aviez retenu des détails à son sujet. Vous diriez qu'il avait quel âge ?

— Quarante ou cinquante ans. Il était assez loin de moi.

— Il avait les cheveux bruns ?

— Peut-être. »

Doyle cala le chien contre sa hanche.

« Une cicatrice ?

— Je crois que oui. En travers du visage. »

Doyle remit son chapeau.

« D'accord. Merci pour votre aide. »

Il rejoignit son véhicule, accompagné de Midge. Il déposa le chien sur le siège passager, en pensant aux garçons qui étaient peut-être blessés. Ou pire. Il regarda son adjointe.

« Bardem est dans les parages. J'aimerais avoir tort, mais j'en suis sûr.

— Les enfants aussi, répondit-elle. Ils ont besoin de nous.

— Transmets le signalement de Bardem à toutes les patrouilles, ordonna Doyle. Et émets un avis de recherche pour les gamins aux infos. »

Parfois, on se rend compte que ce qu'on pensait savoir sur le monde est peut-être un mensonge. On s'arrête pour regarder autour de nous, et tout est embrouillé ; alors on comprend que tout n'est que chaos. Absolument tout.

Jack se servit des monticules de neige pour se guider tandis qu'il avançait lentement sur la route. Le bruit de ses pas était étouffé. Les flocons tombaient doucement. Il ne savait pas où il allait.

Il marcha un moment, puis quitta le chemin pour s'engager sur un champ avant de remonter un étroit ravin. Il y avait des arbres. Un ciel gris acier. Il vit un lapin, qui n'essaya pas de s'enfuir, et il s'arrêta pour le regarder jusqu'à ce qu'il s'éloigne en bondissant. Il fixa les empreintes de l'animal et se retourna vers l'endroit d'où il était venu. Il commença à revenir sur ses pas, puis il s'immobilisa. Il posa la mallette et s'assit sur une souche pour réfléchir.

Matty pouvait se trouver n'importe où.

Jack avait besoin de boire un café. Matty pouvait être n'importe où, dans un endroit froid, de plus en plus froid. S'il voulait le retrouver… Il déglutit, lâcha un souffle rauque. Une seule personne au monde pouvait le renseigner.

Il se prit la tête entre les mains et accepta ce fait comme une blessure. Ava était sûrement partie, maintenant. Ils n'avaient aucune chance de se réconcilier. Les choses qu'il lui avait dites… Elle ne le lui pardonnerait jamais. Elle était partie.

« Elle m'a menti », dit-il à voix haute.

Mais c'était faux. Il le savait, au fond de lui.

Assis sur la souche, il sentit une vague de vertige le gagner, et attendit qu'elle passe. Peu à peu, il vit réapparaître la neige, les branches blanches, la mallette et la souche. Combien de temps pouvait-on tenir sans dormir ? Il saignait de l'épaule. Il n'y avait pas d'Ava pour panser sa plaie. Pas d'Ava à qui parler.

Il redressa la tête avec un gémissement sourd. Sa gorge lui faisait mal.

Tu le sais, tout ce qu'elle a fait pour toi. Tous les risques qu'elle a pris.

Il ferma ses paupières brûlantes.

Tu as trouvé la seule personne au monde sur qui tu pouvais compter, et tu l'as quittée.

Les yeux fermés, il voyait Ava debout sur la route devant lui. Son regard franc, ses cheveux dans le vent. Les émotions qu'elle avait éveillées en lui… Elles ne lui plaisaient pas.

Il se leva et ramassa la mallette. La poignée était comme une pierre dans sa main. Il rebroussa chemin entre les arbres, jusqu'à la route. Elle ne serait plus là.

Mais il devait essayer. *Elle n'a fait que t'aider, et tu l'as abandonnée. Et Matty pourrait être n'importe où.*

Il avançait avec peine, parcouru d'étranges tremblements. Il y avait des bosquets d'arbres à sa gauche, et des kilomètres de neige floue sur sa droite. Il s'arrêta pour regarder le chemin qu'il avait emprunté, mais la souche avait disparu. Quand il se retourna, il vit la voiture qui attendait au bout de la route.

Il se mit à courir. Quand il atteignit le véhicule, il ouvrit la portière et monta.

Silence.

« Salut, dit-il.

— Salut.

— Je suis désolé de t'avoir laissée.

— Je suis désolée qu'il nous ait trouvés.

— Je ne te laisserai plus. »

Il regarda Ava, qui lui rendit son regard. Il avait envie de pleurer.

« Je sais où est Matty », annonça-t-elle.

C'était plus que le cœur de Jack ne pouvait en supporter. Il voulait lui demander si elle pensait qu'il était encore en vie, mais il n'y arriva pas. À la place, il prit une inspiration tremblante.

Ava démarra.

« On ferait mieux d'aller le chercher, ajouta-t-elle.

— D'accord. »

Je croyais à la deuxième chance.
Et à la troisième.
Et à la quatrième, et à la cinquième.

Ils reprirent la Route 20 en direction du nord, vers le parc national de Caribou-Targhee. La chaussée était blanche.

« On reste en dessous des limites de vitesse, dit Jack. Ouvre l'œil. »

Ava hocha la tête.

« La police doit avoir alerté tout le monde. »

Elle acquiesça de nouveau, concentrée sur la route. Ses mains étaient crispées sur le volant.

« Ça va ? » demanda Jack.

Elle lui jeta un regard. Sa peau était pâle, ses yeux ambrés dans le crépuscule.

« Il a un chalet près d'Island Park, expliqua-t-elle. Un endroit où il va pour être seul. Pour vivre dans la nature, tu vois le genre ? Comme s'il se prenait pour un philosophe.

— C'est là qu'on va ? »

Elle ne répondit pas. Elle semblait avoir la tête ailleurs.

La neige tombait. Le chauffage de la voiture sifflait doucement. Jack frissonna. *Il faut juste que tu gardes ton calme.*

« On n'a qu'à faire un échange, dit-il. L'argent contre Matty.

— Il trouvera ce à quoi tu tiens, le prévint Ava. Il essaiera de te le prendre. »

Jack lui prêta à peine attention.

« Ça ira. On va juste faire un échange.

— Il n'a pas de point faible.

— Quoi ?

— Il n'est pas comme les autres. Il n'a pas de point faible. Sauf un.

— Comment ça ? »

Ava regarda Jack en clignant des yeux. Elle paraissait hébétée.

« C'est vrai, ajouta-t-elle. Je veux dire, plus ou moins.

— Ça va. On a un moyen de s'en sortir.

— Tu saignes à l'épaule.

— Ce n'est pas grave. »

Ava resserra sa prise sur le volant.

Jack entendait sa peur. Il sentait son goût.

« Il faut juste qu'on reste calmes », reprit-il.

Ils continuèrent à rouler en regardant le paysage par la fenêtre. Les bois qui se profilaient au loin. Le vent commençait à agiter la cime des arbres, et dans ces ondulations, on aurait cru voir une créature assoupie qui s'ébrouait, se redressant parmi la forêt et le granite escarpé. Puis la neige changea de trajectoire – et il n'y eut plus que le vent qui soufflait en rafales.

« C'est bon, dit Jack. Hein ?

— C'est bon.

— On le récupérera. »

Ava le regarda brusquement.

« Tu peux me tenir la main ? »

Il s'exécuta.

La main d'Ava semblait à sa place dans la sienne. Jack parvint à reprendre son souffle.

« Ça va aller, dit Ava.

— Ça va aller.

— Et ça ira toujours.

— Oui. Toujours. »

Quand on a peur de quelqu'un, on le déteste, mais on ne peut pas s'empêcher de penser à lui. On essaie d'apprendre à le connaître. De deviner ses pensées. On veut voir les choses à travers ses yeux, pour deviner ce qu'il va faire.

Pendant longtemps, j'avais pensé à ce que Bardem allait faire.

J'y avais pensé toute ma vie.

Assise dans cette voiture, je n'avais même pas à faire d'effort.

Je le connaissais. Et je me connaissais.

Bardem scrutait son rétroviseur. Les lumières jaunes d'un chasse-neige qui déblayait l'autoroute se détachaient au loin dans la vallée. Il prit une route invisible sous l'amoncellement de neige, dérapant alors qu'il appuyait sur l'accélérateur. Quand il se gara devant l'abri en tôle, il n'y avait pas de traces de pneus sur la route, en dehors des siennes.

Il sortit de son véhicule, et observa le paysage à l'est. Les pins noirs éparpillés ici et là. La neige parsemée d'aiguilles, le mouvement des arbres sombres.

Il enfila des gants et se fraya un chemin jusqu'à l'entrée du garage. Le vent faisait trembler le métal. Il y avait près d'un mètre de neige. Il s'accroupit pour tourner la clé dans le cadenas, et remonta le volet roulant, lâchant de la buée dans l'air.

Il faisait noir à l'intérieur. Bardem ôta la bâche de la motoneige et vérifia la manette des gaz. L'huile et le filtre avaient été changés récemment. Il s'assit sur la selle, empoigna le guidon et mit le contact. Quand la motoneige vrombit, il relâcha le starter. Le moteur avait besoin de temps pour chauffer ; il patienta dix minutes.

Il sortit du garage, s'arrêta pour refermer la porte derrière lui. Puis il remonta sur la motoneige et retourna près du 4 × 4. Il sortit son fusil et son sac de l'habitacle, rangea le sac sur la moto et mit le fusil en travers de son dos. Puis il alla ouvrir le coffre. La caisse s'était légèrement déplacée pendant le trajet. Aucun bruit n'en sortait. Il la souleva, et la lâcha dans la neige. Elle atterrit avec un choc sourd. Un silence de mort régnait.

Il ouvrit le compartiment de stockage, en sortit une corde tressée en nylon. Elle était solide et relativement flexible. Il la passa autour du pare-chocs arrière de la moto, puis attacha les extrémités à la poignée de la caisse avec un nœud plat. Il se redressa, examina son travail. Le vent hurlait entre les pins. Il retourna à la moto dont le moteur tournait toujours, l'enfourcha et s'enfonça dans les bois, avec la caisse en remorque derrière lui.

Parfois, j'observais Jack.

Je le faisais sans qu'il s'en aperçoive. Je crois qu'il n'y avait pas une personne sur Terre qui comprenait la solitude mieux que lui.

Ils s'arrêtèrent devant une pompe à essence à la station-service de La Dernière Chance. Jack scruta les alentours. Le parking était vide, en dehors d'une vieille Ford avec un autocollant : CHAT PERDU ? REGARDEZ SOUS MES ROUES. Le pare-brise disparaissait sous la neige. Des flocons tombaient en rideaux effilochés. La station-service se dressait sous ce voile blanc silencieux ; il n'y avait pas de traces sur le sol. Derrière la vitre, une pancarte annonçait : BIÈRE.

Ava coupa le moteur.

« On a besoin d'essence. »

Jack acquiesça.

« Tu es couvert de sang. »

Il baissa les yeux. Elle avait raison.

« Va soigner ton épaule pendant que je fais le plein, dit Ava. Essaie de t'arranger pour que personne ne te voie. Il faudrait que tu manges quelque chose. »

Jack la fixa.

« C'est juste que… tu as l'air un peu bizarre, fit-elle remarquer.

— Je veux retrouver Matty.

— Moi aussi. Mais ça ne nous aidera pas si tu tombes dans les pommes avant qu'on arrive. »

Ça semblait logique.

« D'accord. »

Jack ouvrit la mallette, en sortit un billet de cent dollars et le mit dans sa poche. Puis il entra dans la boutique. Une odeur de friture planait dans l'air. Le caissier regardait la télé. Jack s'avança dans les rayons, trouva de la colle forte, un flacon d'eau oxygénée, un T-shirt plié en haut d'une pile. Il les fourra sous son manteau pendant que l'employé avait le dos tourné.

Il alla aux toilettes, et posa tous les articles sur le lavabo. Il jeta son manteau à la poubelle, enleva son sous-pull trempé de sang. Son épaule le lançait. La plaie saignante avait pris des teintes violacées et noires. Il ouvrit le robinet, mouilla une serviette en papier, l'imbiba d'eau oxygénée et essuya le sang avec. Sa blessure était en feu. Il la sécha, déboucha le tube de colle avec les dents, en appliqua sur la plaie et pinça les bords en comptant jusqu'à dix. Ils restèrent collés.

Il enfila le T-shirt, se lava le visage et les mains. Il fit tout cela très vite, sans beaucoup de soin. Il aperçut son reflet dans le miroir. Le T-shirt était orné d'un dessin de Bigfoot qui s'enfonçait dans les bois, au-dessus du slogan : *Ne cessez jamais de chercher*.

Quand il retourna dans la boutique, Ava était à la caisse. Il la rejoignit, récupérant un petit sachet de donuts et une bouteille de Coca en chemin. Il chercha de l'ibuprofène, mais n'en trouva pas. Un jeu télé passait sur le petit écran accroché au mur. L'employé était en train de scanner les achats d'Ava. Jack vit une voiture de police apparaître derrière la fenêtre, et s'arrêter à la pompe à essence.

« Vous allez où, les jeunes ?

— Pardon ?

— Je dis ça parce que je vois que vous n'avez que cette voiture-là. »

Jack posa ses articles sur le comptoir. Il jeta un coup d'œil à Ava, qui regardait par la fenêtre. Elle se retourna vers lui.

« C'est juste qu'une tempête de neige arrive, ajouta le caissier. Vous m'avez pas l'air très équipés.

— On ne fait que passer, dit Jack.

— C'est pas une bonne période pour voyager, si je peux me permettre. Vu que la plupart des routes sont fermées. Il n'y aura que vous et les bêtes dehors, vous voyez ? »

Jack observa les pompes à essence. Le policier était toujours dans sa voiture.

Pouvait-il voir la mallette sur le siège passager ?

« Enfin, les ours hibernent, poursuivit le caissier. Mais il y a les élans, qui sont sacrément dangereux, et puis les loups, les pumas. Vous allez où, exactement ?

— Les donuts sont à combien ? demanda Jack.

— Un dollar quarante-neuf, et deux dollars pour le soda. Vous logez quelque part dans le coin ?

— Pourquoi ça vous intéresse à ce point ? »

Le caissier se racla la gorge.

« Ben, tu n'as pas de manteau, c'est tout. Il faut sortir couvert par ce temps. »

Il jeta un coup d'œil au ciré accroché à une patère derrière le comptoir. Son propre manteau, supposa Jack, qui remua, mal à l'aise.

« On prendra aussi une grande portion de frites », dit Ava.

Le caissier les dévisagea. Il portait une épaisse chemise et un gilet aux couleurs du magasin, brodé à son nom : *Ed Tom*. Il ouvrit le chauffe-frites, remplit un sachet à carreaux rouges et blancs, et le posa sur le comptoir.

« On se promène pas sans manteau, par ici, marmonna-t-il.

— Je l'ai laissé dans la voiture, répliqua Jack.

— Vous pourriez tout mettre dans un sac ? » demanda Ava.

Ed Tom empaqueta les donuts et le soda, une boîte de Pringles, deux bouteilles d'eau. Derrière la fenêtre, la voiture de police repartit vers la voie rapide.

Jack croisa le regard d'Ava.

« Bon, on ferait mieux d'y aller…

— Oui, il faut qu'on reprenne la route… »

Jack déplia le billet de cent dollars, et le posa sur le comptoir. Le caissier le fixa, puis regarda Jack.

« On ne prend pas les billets de cent. Vous voyez cette affiche ? Pas de grosses coupures. »

Jack resta figé. *Merde. Merde.* S'ils se faisaient prendre à cause de ça…

« C'est beaucoup d'argent, pour des gamins de votre âge. »

Ava sourit.

« Vous pourriez faire une exception ? »

Un flash info démarra à la télévision. « *Deux adolescents sont recherchés en rapport avec une fusillade qui a eu lieu tôt ce matin dans ce motel...* »

Jack se tourna vers l'écran. Une femme était debout sous la neige, un micro à la main. Des gyrophares brillaient derrière elle. Deux clichés apparurent à l'image. C'étaient des photos d'identité scolaires : Ava et lui.

Le caissier écarquilla les yeux.

« Il se fait tard ! » s'exclama Ava.

Elle jeta les frites à la figure de l'homme, qui se baissa en levant les mains, pris par surprise. Ava récupéra leur butin sur le comptoir et se dirigea vers la porte, en lançant :

« Allez ! »

Jack resta planté là, à la regarder.

Elle est incroyable, pensa-t-il.

Il se pencha par-dessus la caisse pour attraper le ciré, et le jeta sur son épaule. L'homme se redressa en clignant des yeux.

« Hé !

— Désolé, dit Jack. Vraiment désolé. »

Il recula vers la porte pendant que le caissier décrochait son téléphone, puis il tourna les talons et sortit sous la neige.

Ils trouvèrent le Land Rover garé près de l'abri en tôle, et s'arrêtèrent lentement à côté. Plusieurs centimètres de neige fraîche s'étaient accumulés sur le pare-brise. Ava scruta le véhicule, puis coupa le moteur.

Jack descendit. La neige tombait dru. Un vent de montagne soufflait. Ava sortit de la voiture à son tour, alla ouvrir la portière arrière, et rangea les provisions dans un sac à dos. Jack remonta la fermeture Éclair du manteau du caissier et enfila ses gants. Puis il attrapa la mallette et referma la portière. Le marteau était coincé sous sa ceinture.

« Allons-y », dit Ava en passant les bretelles du sac sur ses épaules.

Jack regarda autour de lui.

« C'est ici ?

— Non. La route est fermée, il faut marcher. »

Il observa l'abri.

« Qu'est-ce qu'il y a là-dedans ?

— Une motoneige. Il l'a prise.

— Tu ne crois pas qu'on devrait regarder ?

— C'est fermé à clé.

— Peut-être pas.

— Tu peux aller voir, mais c'est fermé.

— D'accord », dit Jack.

Ils examinèrent les traces laissées par les chenilles de la motoneige. Les marques les plus profondes étaient recouvertes d'une fine pellicule de neige, de forme rectangulaire. Ava fronça les sourcils.

« Il remorque quelque chose, dit-elle dans un nuage de buée.

— Quoi, à ton avis ? »

Elle secoua la tête.

« Allons-y. »

Ils suivirent la piste de Bardem dans la forêt de pins. Du brouillard montait du sol entre les ravins, sous forme de vapeur blanche. Des massifs de conifères à fines aiguilles parsemaient les versants des montagnes, et plus haut, les crêtes dénudées s'élevaient vers le ciel. Le vent venait de l'est. Les flocons dérivaient dans l'air, et les arbres oscillaient. S'arrêtaient. Oscillaient de nouveau. Ava et Jack avançaient côte à côte, dans la lumière mourante et le froid.

Jack avait du mal à marcher. La mallette était lourde, son épaule lui faisait mal. Quand il essayait d'accélérer l'allure, il avait le tournis. Ava et lui mangèrent deux donuts, et terminèrent l'eau, à moitié gelée dans les bouteilles en plastique. La neige tombait en épais rideaux ; impossible de voir loin. Ils gravirent une colline, s'arrêtèrent au sommet, et regardèrent l'obscurité envelopper le paysage. Les arbres silencieux luisaient. Il n'y avait pas la moindre trace, en dehors du long ruban laissé par la motoneige. L'abri en tôle avait disparu derrière eux. Jack toussait de nouveau, et Ava grelottait.

« Il faut qu'on avance, dit-elle.

— Je sais.

— Tu veux te reposer ?

— Non.

— On peut le faire. »

Jack secoua la tête.

« Non.

— Il faut juste qu'on atteigne le chalet.

— Je sais. »

Ils se remirent en route, dans la nuit qui tombait rapidement. Le vent était glacial. Jack se laissait sans cesse distancer par Ava, qui s'arrêtait pour l'attendre. Ils parvinrent à une forêt de sapins. Leurs branches les plus basses étaient raides et noires, et projetaient de minces ombres sur la neige dans la lumière ténue de la lune. En dessous, des rochers et des broussailles. Jack finit par s'arrêter. Son souffle était rauque, l'air trop vif dans sa poitrine. Il n'avait aucune idée de la distance qui les séparait du chalet. Ses jambes flanchaient. *Il faut que tu continues*, pensa-t-il. *Accroche-toi. Encore un peu.*

Il lâcha la mallette.

Il se plia en deux, les mains sur les genoux, et toussa.

La neige. Le vent et le long craquement sec des branches froides.

Quand il leva les yeux, le cerf n'était qu'à cinq mètres de lui. Debout dans l'ombre des arbres, il le regardait, la tête dressée. Il était immense, émacié, et couvert des cicatrices de combats passés. Son pelage d'hiver était abîmé, et sa longue tête blanche trahissait son âge. Ses bois étaient lourds.

Un instant plus tard, il avait disparu.

Des flocons volèrent dans les yeux de Jack. Il se releva, regarda Ava. Elle s'était retournée, les cheveux volant sous sa capuche, et l'appelait :

« Reste avec moi. »

Ils se remirent en marche, avançant à pas lourds sur les traces de la motoneige. Bientôt, Jack fut obligé de se reposer tous les deux mètres. Il s'arrêtait, se retournait et observait la forêt obscure, en pensant que le cerf reviendrait peut-être. Mais il ne le fit pas.

Ils avaient pris de l'altitude. L'épaisseur de la neige atteignait cinquante centimètres, à présent. L'air était plus rare. Le vent avait cessé de souffler, et il ne tombait presque plus de flocons. La lumière des étoiles, la lune ; rien ne bougeait dans le monde froid des hauteurs. Jack se frayait un chemin avec difficulté entre les arbres, extirpant les branches mortes qui dépassaient de la neige. Il ne sentait plus ses mains. À chaque pas, la neige engloutissait ses jambes jusqu'aux genoux. Il était fatigué, tellement fatigué. Il croyait voir le chalet se profiler à chaque virage, mais ses yeux le trompaient – il n'y avait rien.

« On y est presque », l'encouragea Ava.

Ils atteignirent le pourtour d'une vaste cuvette, qu'un feu de forêt avait traversée il y avait longtemps. Les pins noirs étaient calcinés et décharnés, mais encore assez robustes pour supporter le poids de la neige. Les cèdres étaient presque entièrement brûlés. Jack ralentit, et comprit qu'il ne pourrait pas aller plus loin. Il contempla la clairière, où la lueur blafarde de la lune hivernale inondait la neige et colorait les minces branches des pins ; et dans l'obscurité violette, il vit que les traces de la motoneige gravissaient la pente de l'autre côté et continuaient, sans jamais s'arrêter. *Mais toi, tu ne continueras pas*, pensa-t-il. *Tu arrives à la fin.*

Il s'arrêta.

Il s'assit dans la neige.

« C'est un gamin formidable », dit-il.

Ava le rejoignit lentement et se laissa tomber à côté de lui, emmitouflée dans son manteau. Ils gardèrent le silence. De fragiles flocons tombaient en chuintant. Jack essaya de trouver quelque chose à dire, mais il n'y arriva pas. Il connaissait cette sensation. L'impression que le temps, la réalité du monde, tout allait de travers. Comment la nommer, cette pensée qui se nichait au plus noir de son être ? Cette chose qu'il pensait être vraie ?

« Ça ne va pas, dit-il.

— Quoi ?

— On n'a pas de plan. »

Ava déboutonna le haut de son manteau et baissa sa capuche. Elle regarda Jack sans rien dire.

Il essaya de trouver les mots pour s'exprimer.

« C'est une sensation qui ne disparaît jamais vraiment, dit-il. Cette impression… que rien ne va. Comme quand on rêve, et qu'on croit qu'on est réveillé, mais qu'on sait que quelque chose cloche. Quelque part, la vie a déraillé. Elle n'est pas normale. Tout est faux. Et on a beau essayer, on n'arrive pas à se débarrasser de l'idée qu'il y a un problème. On le sait, c'est tout. Cette vie n'est pas comme elle devrait être. »

Le silence, le froid. Son cœur battait.

« Et on se sent obligé de faire quelque chose, reprit-il. Parce qu'on sait qu'elle est là, la vie qu'on devrait vivre. La vraie. Mais on n'arrive pas à la trouver. »

Il observa Ava. Son visage tiré, et ces yeux… Il ne connaîtrait plus jamais personne comme elle.

« Moi, je la trouverai », dit-elle.

Il la crut.

Elle se leva, le tira par la main et s'empara de la mallette. Ils continuèrent à marcher. De la neige grise tombait sur le sol, comme des cendres saupoudrées par une mère en deuil.

13

La lumière meurt, à présent, mais je ne partirai pas comme ça. Je hurlerai de rage.

La vie devrait étinceler et brûler comme un météore, et finir de la même façon.

Flamber comme un brasier.

Je m'embraserai.

Et toi, destin : maudis-moi, bénis-moi. Poursuis ta route implacable.

La nuit est proche, l'obscurité arrive.

Mais je brillerai, je brûlerai, je m'embraserai.

Je hurlerai de rage.

La première voiture de police s'arrêta à côté de l'abri en tôle, suivie de la deuxième, puis de la troisième. Il faisait presque nuit ; l'éclat rouge des gyrophares se reflétait sur la neige dans le crépuscule polaire. Doyle descendit de son 4 × 4, enfila un pantalon de ski et resserra l'étui de son pistolet sur son épaule. Midge sortit du côté passager, et enfonça sa toque en fourrure sur ses oreilles.

« Quand est-ce que vous comptez leur parler ? demanda-t-elle.

— Quand je saurai ce que j'ai à leur dire. »

Quatre hommes et une femme descendirent des autres véhicules. L'agent responsable du parc national de Caribou-Targhee, cagoulé en noir, s'avança dans la neige, scrutant les environs. Il était équipé d'une combinaison usée, avec une ceinture où pendaient une gourde, un pistolet et l'étui en cuir d'un couteau. Il était âgé, et avait l'air aussi rude que le paysage. Les autres policiers portaient des gilets pare-balles et des parkas noires frappées du logo de la DEA. Tous étaient munis d'un pistolet, d'une lampe frontale et d'un sac à dos ; celui de la femme contenait du matériel de secours.

Doyle étudia les traces de la motoneige. Deux paires d'empreintes de pas les suivaient, à moitié effacées. Une neige légère tombait, et le vent faisait frissonner les bois. Les autres agents déchargèrent des motoneiges de leur 4 × 4, et attendirent.

« Le chalet se trouve à cinq kilomètres, plus haut sur la montagne, expliqua Doyle. Le caissier de la station-service a identifié Bardem, et nous a confirmé l'emplacement de la maison. Des questions ? »

Le responsable des agents de la DEA leva la main.

« Qu'est-ce qu'on sait de ce Bardem, shérif ?

— S'il vous tire dessus, il y a peu de chances qu'il vous rate. »

L'homme sourit ; à croire qu'il trouvait la situation hilarante. Doyle le regarda droit dans les yeux, et déclara :

« Il y a des enfants là-bas. Je ne tolérerai pas qu'il leur arrive quoi que ce soit. Compris ?

— C'est eux qui ont l'argent ? » demanda un des hommes.

Doyle scruta les policiers, puis cracha dans la neige.

« Je ne le répéterai pas : il faudra me passer sur le corps avant de toucher à un seul cheveu de ces gamins. »

Des flocons voletaient. Le vent bruissait à la cime des pins.

Les policiers démarrèrent leurs motoneiges et s'enfoncèrent entre les arbres. La lumière aveuglante de leurs phares ricochait sur la neige, éclairant les traces laissées par Bardem, avant de se perdre dans la nuit. Midge enfourcha la dernière moto, derrière Doyle.

« Beau discours, dit-elle. Très motivant.

— Comme tu es drôle. »

Ils se mirent en route, et Doyle cria pour couvrir le bruit du moteur :

« Allons coffrer ce salopard !

— C'est ce que je voulais entendre », répondit Midge.

Derrière les arbres, à travers la neige, Jack et Ava distinguaient la forme du chalet : des planches grises taillées grossièrement, une toiture en bois pointue. L'endroit était étrange et silencieux, voilé de brouillard. Une lueur éclaira brièvement la fenêtre. Elle provenait d'un feu de cheminée ; Jack sentait la fumée. Il se redressa et essaya d'observer les alentours. Des picotements brûlants lui transperçaient l'épaule. Ava le regardait, la mallette à la main.

« Reste près de moi », dit-elle.

Les traces de la motoneige disparaissaient à l'arrière du chalet ; mais Ava guida Jack sous le couvert des arbres, pour qu'ils s'approchent de la maison par le côté. Ils montèrent sur la terrasse en bois. Il n'y avait pas d'empreintes devant la porte. Ils allèrent regarder à la fenêtre.

« Il n'y a personne », constata Jack.

Ava posa un doigt sur ses lèvres et chuchota :

« Écoute. »

Mais il n'y avait rien. Le vent qui agitait les pins. Un grincement de bois au loin.

« On ne devrait pas entrer, fit Ava.

— On n'a pas le choix, répondit Jack. On va mourir de froid.

— Je ne crois pas qu'on devrait le faire tout de suite.

— Il faut qu'on trouve Matty.

— Attendons juste un peu, pour voir.

— Ça va aller. Viens. »

Jack tira le marteau glissé sous sa ceinture, et actionna la poignée de l'autre main. La porte s'ouvrit avec un geignement, comme un ours émergeant de son hibernation. Ava et Jack se tinrent immobiles, l'oreille tendue. Un feu de bois sifflait doucement dans l'âtre, illuminant les murs et la fenêtre sombre. Jack savait qu'il aurait dû réfléchir à ce feu, à ce qu'il signifiait. Ils s'avancèrent dans la petite pièce. Un craquement de plancher. Une odeur de viande en train de cuire. Sur la gauche, il y avait une table et une chaise. Un lit fait avec soin. Une commode. Au fond de la pièce, un plan de travail rustique, et sur la planche à découper, trois pommes de terre. Des carottes, du céleri. Un bocal ouvert. Une marmite chauffait sur la cuisinière.

« Reste près de moi », répéta Ava.

Jack ouvrit une porte qui donnait sur une salle de bains. Une douche carrelée, une serviette blanche pliée. Un lavabo en acier émaillé. Tout était spartiate. Ordonné. Une légère odeur musquée planait, un parfum d'huile de rasage. Jack retourna dans la pièce principale ; il n'y avait pas de chambres attenantes.

« Matty ? » appela-t-il.

Rien.

Il enleva son bonnet. Souleva le couvercle de la marmite. Du bœuf mijotait dans du bouillon. Ça sentait divinement bon. Il referma le couvercle, pris de vertige. Des livres bien alignés étaient rangés sur le dessus de la cheminée : Platon, Emmanuel Kant. Un unique cadre en laiton, posé sur des pieds métalliques, renfermait la photo d'une petite fille. Son nez était constellé de taches de rousseur, et une couronne de fleurs sauvages était tissée dans ses cheveux châtains. Ava. À cet instant, elle se trouvait dans la cuisine, où elle ouvrait et refermait des tiroirs. Jack la regarda sortir un couteau à viande de l'un d'eux et le glisser dans sa botte. Il avait le vertige. Il se tourna vers la fenêtre, contempla les arbres nus sur la ligne de crête, dans l'obscurité.

Il s'assit à la table et se prit la tête entre les mains, les yeux remplis de larmes. Ava l'observait. *Oh, Matty*, pensa-t-il. *Oh, mon Matty.*

« Ils ne sont pas là », dit-il.

Ava continuait à le scruter en silence.

« Ils sont partis. »

Elle secoua la tête et dit doucement :

« Il est là. Il joue avec nous. »

Le silence était total. Des bulles éclataient dans la marmite.

« Ça va aller, reprit Ava. Vous allez vous en sortir, tous les deux. Il le faut. »

Le vent fit trembler les vitres, et le rythme cardiaque de Jack s'accéléra. Pourquoi disait-elle une chose pareille ?

Il regarda Ava. Son visage nu à la lueur du feu. Ses cheveux illuminés, ses yeux.

« Mon cœur est à toi », déclara-t-elle.

Un tintement résonna. Jack se leva brusquement de sa chaise, à l'affût. Il y eut un nouveau tintement. Un son aigu, électronique. Régulier comme une alarme. Ava n'avait pas bougé. Elle fixait le sol derrière Jack, une lueur de compréhension sur le visage. Jack se retourna : une lumière clignotait sous le lit.

Ava poussa le meuble. Une trappe dans le plancher était fermée par une languette en acier trempé munie d'un cadenas. Jack prit le marteau qu'il avait laissé sur la table. Il s'agenouilla à côté de la trappe, et démolit le bois autour de la languette, avant d'enfoncer la partie fendue de la tête du marteau en dessous pour tirer sur les vis. Toute la fermeture s'arracha, accompagnée du cadenas. La blessure de Jack palpitait de douleur. Il empoigna la trappe et la souleva. Il y avait une lueur bleutée en bas. Un escalier. Le bip était plus fort.

Accroupie à côté de lui, Ava chuchota :

« Jack. »

Il la regarda.

« Vous vous en sortirez », dit-elle.

Il ouvrit complètement la trappe, et laissa le battant tomber par terre.

Il commença à descendre les marches en béton rugueux. La température était glaciale. Il distinguait un sol en terre. Il se pencha, et continua à avancer, avec le marteau dans sa main. De la glace scintillait au plafond. Le froid était terrible. La lumière provenait d'un téléphone qui s'allumait et s'éteignait dans le noir, en émettant un bip qui résonnait sur les murs en pierre. Il était posé sur le couvercle d'une grande caisse en aluminium, poussée contre la paroi du fond.

Jack descendit les dernières marches, s'approcha de la caisse, et éteignit l'alarme en passant un doigt sur l'écran du téléphone. Puis il s'en empara avec prudence. Ce n'était qu'un portable, rien de plus. Il le brandit devant lui pour examiner la caisse à la lueur de l'écran. Le couvercle était percé de plusieurs rangées de trous parfaitement ronds.

Des trous d'aération.

Jack s'arrêta de respirer.

« Matty », chuchota-t-il.

Il essaya de soulever le couvercle, mais il était verrouillé.

« Bon Dieu, dit-il. Oh, bon Dieu… »

Il leva le marteau et l'abattit sur une des attaches métalliques. Il y eut un claquement. Jack prit une inspiration. L'attache se brisa et glissa dans le noir. Il allait vomir.

« Je vous en supplie… »

La lumière avait faibli. Il avait lâché le portable. Pas le temps de le chercher. Il donna un coup sur la seconde attache, et tira dessus avec la tête fendue du marteau jusqu'à ce qu'elle saute. Il ouvrit le couvercle.

Matty leva les yeux, le visage humide et maculé de crasse.

Jack cala le marteau sous sa ceinture, et se pencha pour prendre son frère dans ses bras.

« Jack », chuchota Ava.

Il se retourna ; elle le regardait du dessus, accroupie dans le carré de lumière. La mallette à portée de main. Derrière elle, Jack aperçut des bottes. Le tissu droit d'un jean. Un homme. Ava ne l'avait pas remarqué. L'homme leva son fusil, et abattit sa crosse sur sa tempe. Ava s'écroula sur le plancher, et ne bougea plus.

Bardem se baissa pour observer Jack. Puis il releva le battant de la trappe et le laissa retomber avec fracas.

Tout a perdu ses couleurs
et le monde s'est estompé.

Noir.
Un noir d'encre.
Jack trouva la caisse à tâtons et prit Matty dans ses bras. Une faible chaleur, les battements ténus de son cœur. Matty s'affaissa, sans manifester la moindre réaction. Jack ouvrit son manteau pour le serrer contre lui. L'obscurité était impénétrable. Froide comme une tombe. Jack s'accroupit en tenant Matty sur ses genoux, et passa la main sur le sol bosselé, à la recherche du portable. Il n'était nulle part. La glace luisait d'un éclat pâle.

« Ça va aller. Ça va aller. »

Il leva la tête vers la trappe, dans des ténèbres sans dimensions. *Tu n'y arriveras jamais. Tu vas tomber. Le lâcher.* Il essaya de respirer, mais sa poitrine semblait prise dans un étau. *Ava, oh, Ava !*

Ses paroles dans la voiture : *Il n'a pas de point faible. Sauf un.*

Les doigts de Jack rencontrèrent le portable, et il appuya sur un bouton.

Une lumière spectrale. Le bas de l'escalier. Matty était avachi dans ses bras, inerte. Au-dessus d'eux, un objet lourd racla le sol. Puis le silence se fit.

Jack se leva en serrant Matty contre lui, le cœur battant. Il tendit l'oreille, perçut des bruits de pas. Qui s'arrêtèrent. Puis s'éloignèrent. Le fait que Bardem n'ait pas dit un mot le rendait encore plus effrayant. Le portable ne captait pas. Il ne servait à rien. À rien.

Matty remua, la tête enfouie contre la poitrine de Jack.

« Tout va bien », lui dit Jack.

Il n'entendait plus rien, et il faisait un froid glacial. Il frictionna les bras et les jambes de Matty. Enleva son manteau pour l'en couvrir. Il n'y avait pas de fenêtre. Nulle part où aller, à part en haut. Il n'entendait plus Ava.

« Il faut qu'on monte, déclara-t-il à Matty. D'accord ? »

Il avança en titubant. Le portable s'éteignit. Jack rappuya sur un bouton, tourna l'écran vers l'obscurité, et commença à monter l'escalier. Matty restait recroquevillé dans ses bras, les yeux fermés. Arrivé à la trappe, Jack posa le téléphone et poussa le battant, qui grinça sans céder. Il poussa plus fort, déclenchant une série de spasmes à sa blessure. Mais la trappe refusait de bouger.

Aucun bruit n'émanait de l'autre côté.

Jack n'entendait plus Ava.

Il baissa les yeux vers Matty, avachi sous son manteau. Il embrassa son front sale.

« Ça va, répéta-t-il. Tout va bien. »

11

Voilà la vérité, enfin.

Quand elle se réveille, il fait une chaleur intense. Les cimes des pins sont là dans la lumière orange, l'obscurité des bois aussi, et la lune. Elle est couchée sur une bâche. La motoneige n'est pas loin. La mallette. L'homme debout au-dessus d'elle porte un fusil en bandoulière, et ses bras sont croisés sur sa poitrine. Il la regarde.

« J'en ai assez de cette vie », déclare Bardem.

Les rêves se dissolvent dans le monde éveillé. La chaleur vient d'un feu de camp, allumé dans un cercle de bois mort sur la neige pétrifiée. Le pourtour du cercle est noir. Les flammes lèchent l'air, scintillant étrangement. Des étincelles d'avenirs inconnus sont emportées lentement dans la nuit. Ava se redresse, aussitôt une douleur lui transperce le crâne.

« Partons loin d'ici », dit Bardem.

Il ne l'a pas quittée des yeux. Ava se touche la tête, regarde les étincelles apparaître et s'évanouir. Le monde qui perd sa forme, puis redevient net. La forêt et les branches sombres. Elle ne voit pas le chalet. Elle se laisse retomber sur la bâche. Les étoiles tournent lentement dans le ciel. Il l'a traînée jusqu'à cet endroit. Le côté droit de son front est humide. *Lève-toi*, pense-t-elle. *Lève-toi.*

Bardem ne bouge pas.

« On pourrait repartir de zéro. »

Le feu flambe. Tout est si calme. Pas même une brise. *Ils te regardent peut-être*, se dit-elle. *Ils te regardent pour voir si tu comprends le sens de tout ça, maintenant que tu arrives à la fin.*

Elle parvient à se remettre debout, et fait face à Bardem.

« Ils sont morts ?

— Probablement. Ou ils le seront bientôt. »

Une vague de ténèbres la submerge ; elle attend qu'elle passe.

« Essaie de ne pas t'en faire », dit Bardem.

Le ventre d'Ava se noue. *Ne pleure pas. Ne pleure surtout pas.*

Quelque chose vole dans l'air. Le papillon atterrit sur la main d'Ava. Ses ailes frémissent, fines comme du papier. Il s'envole.

Les arbres sentinelles. Le vaste ciel gelé.

Son regard tombe sur son poignet. Le cœur qui y est tatoué. Transpercé de noir.

« Je pensais que j'étais peut-être comme toi, fit-elle. Que je ne ressentais rien. »

Bardem contemple l'obscurité.

« Dernière chance, prévient-il. Tu dois choisir.

— Je te regardais te raser, quand j'étais petite. Tu te rappelles ? Le jour où tu l'as tuée… tu m'as dit de ne pas pleurer. Tu m'as dit que ce que je choisirais de mettre dans mon cœur me ferait mal. Tu m'as dit de faire attention à mes choix. Et je t'ai écouté.

— Tu as un choix à faire, maintenant », déclare Bardem.

Ava le dévisage, et reprend, comme s'il n'avait rien dit : « J'ai fait tellement attention. Avant, je ne pensais qu'à ce dont je ne voulais pas dans mon cœur : toi. Tout ce qui pourrait me faire du mal. Tous ceux qui pourraient me blesser. Je n'ai jamais réfléchi à ce que je voulais y mettre. Maintenant, je sais.

— Tu ne sais rien.

— Si. Tu ne me crois pas, mais c'est vrai. »

Bardem observe Ava en silence. Ses yeux bleus sont sereins dans la lumière du feu. Juste sous la surface, un sentiment insoutenable se cache. Tenu à distance.

« On est différents, dit-elle. Toi et moi.

— Ne dis pas ça.

— Tu fais du mal aux gens.

— Pas à toi. Je ne t'ai jamais fait de mal. »

Le rire d'Ava paraît si étrange dans le silence. Les arbres veillent. *Tout va bien*, songe-t-elle. *Il faut que tu restes calme. Que tu restes ferme. Dernier jour sur Terre.*

« Avant, je rêvais tout le temps. Je faisais des rêves horribles. Tu sais ce que j'ai appris ? Il y a toujours un monstre à la fin.

— C'est toi qui as choisi ce chemin, mon oiseau. Pas moi. Tout s'est enchaîné jusque-là. »

Ava entend quelque chose approcher dans le noir. Des motoneiges.

« Je n'ai rien choisi, contre-t-elle. Mais maintenant, je le fais. »

Bardem sourit. Sa bouche est pincée. Il secoue la tête avec une lenteur infinie.

« Même si j'aurais pu te dire comment tout ça se terminerait, je veux que tu te rappelles que je t'ai donné une dernière chance, déclare-t-il. Une dernière lueur d'espoir, avant que tout s'éteigne.

— Tu es un assassin.

— Si tu as quelque chose à ajouter, dis-le franchement. »

Le calme règne. Le bruit des moteurs a disparu.

Le feu crépite. Siffle.

« J'ai honte de toi, lâche Ava.

— Enfin, la vérité.

— La vérité… (Sa voix s'étrangle.) La vérité qui me brise le cœur. »

Quelque chose bouge dans le dos d'Ava. Elle le sait, car Bardem penche soudain la tête et fixe un point sur sa droite. Il se raidit, s'avance de quelques pas en la laissant derrière lui, décroche son fusil et lève le canon. Ava se retourne. Trois hommes arrivent dans la nuit, au milieu des arbres. Leurs lampes frontales oscillent dans l'obscurité. Le chalet est là-bas, au loin. Les hommes s'y dirigent.

Maintenant.

Ava tire le couteau de sa botte, le brandit au-dessus de Bardem, et frappe. Il a déjà fait feu. Il se retourne vers elle, le manche du couteau dépassant du côté gauche de son cou. Il la regarde dans les yeux. Il ne dit pas un mot. Sans un bruit, il extirpe le couteau de son cou. La lame étincelle. Ava fait volte-face et s'élance vers les bois. Loin de Bardem, loin du chalet. Loin de Matty et de Jack.

Tandis qu'elle court, son esprit est presque silencieux. Presque calme.

Je cours.

Je sais qu'il me suivra.

Je cours dans la neige à toute allure jusqu'à un bosquet d'arbres sombres, m'enfonce parmi les branches, j'émerge en terrain découvert et j'atteins un bois de l'autre côté. Des replis profonds. Je me retourne vers le chalet, mais je ne vois rien. Si je cours, il me poursuivra. Il n'ira pas chercher Matty dans le chalet, il n'ira pas chercher Jack. S'ils sont encore en vie, il leur reste une chance. Arrivée au sommet d'une crête, je me jette à terre et relève la tête au-dessus de la neige pour scruter les environs.

Et j'ai vu juste. Il me suit.

9

Jack poussa la trappe de toutes ses forces, mais elle refusa de se soulever. La lumière était ténue. Quelque chose de lourd bloquait l'issue. Jack guetta des bruits, tout en soutenant Matty avec difficulté. Son épaule lui faisait mal. L'escalier vacillait sous ses pieds. Il n'entendit rien. *Où est Ava, où est-elle ?* Il posa Matty sur une des marches en béton, et essaya de lui faire tenir le marteau.

« Prends-le, chuchota-t-il. Prends-le. »

Matty secoua la tête. Il semblait sur le point de s'effondrer.

Le bruit du coup de fusil parvint jusqu'à Jack, comme à travers plusieurs mètres d'eau. Il passa un bras autour de Matty, et le serra contre lui.

« N'aie pas peur, dit-il. Il faut que j'aille chercher quelque chose pour nous aider à ouvrir la porte. Je reviens, d'accord ? Si la trappe s'ouvre, donne un grand coup de marteau. Très fort. Tu comprends ? N'hésite pas. »

Matty ne répondit pas.

Jack l'éclaira avec le portable. Son visage était blême.

« D'accord. C'est bon. On va y aller ensemble. »

Il coinça le marteau sous sa ceinture et descendit l'escalier en portant Matty. Les murs de la cave étaient en pierre. Le portable commençait à s'éteindre ; il appuya sur un bouton pour que la lumière revienne, et ne vit rien d'autre que la caisse en aluminium. Sa respiration était rauque. Il faisait froid. Il se courba et se mit à tousser, la fureur emplissant sa poitrine. *Il n'y a rien. Il n'y a rien. Elle va bien*, pensa-t-il. *Elle va bien.*

Elle va bien.

Il repartit vers l'escalier, en brandissant la lumière. Une bêche était posée contre le mur dans un coin de la cave. Jack fit pivoter Matty sur sa hanche, attrapa la bêche, et remonta l'escalier. Matty ne bougeait pas, muet comme une pierre.

« Ça va aller. Regarde ce que j'ai trouvé. »

Il posa le portable sur une marche. La batterie serait bientôt à plat. Il assit Matty sur l'escalier, enfonça un coin de la bêche sous la trappe, et fit levier. Il y eut un craquement, un grincement. Le battant se souleva de quelques centimètres. Jack sentit quelque chose d'énorme bouger. Il pesa de tout son poids sur la bêche, et l'ouverture s'agrandit. Un rayon de lune. Une fissure d'espoir.

8

Je cours.

L'obscurité sous la lune. Les arbres. La neige sur les branches et les aiguilles. Je ne regarde pas en arrière. Je sens qu'il est là, en train d'ajuster son tir. Les yeux braqués sur le viseur du fusil. *Ce que tu mets dans ce cercle t'appartient.*

Je traverse les bois en trébuchant, entourée de ténèbres, jusqu'à ce que j'atteigne un fossé où j'attends, accroupie, le souffle court. Je sens une douleur dans mes poumons. Entre mes côtes. La température baisse rapidement. Derrière moi, une branche craque. Je recule d'un bond, m'élance hors du fossé, et je cours. Le ciel noir. Les étoiles. La douleur sourde dans ma tête et la soif. Des arbres surgissent devant moi et se brouillent, puis disparaissent de mon champ de vision. Plus loin, le sol s'avance dans le noir, comme le tour dentelé d'une bouche.

Je trébuche sur un rocher, la lune brille, et soudain je me retrouve par terre, roulant dans la neige glacée, battant l'air pour trouver une prise, essayant de me protéger des branches qui me griffent.

Qu'est-ce que je me rappelle ?

Ma joue est sur la neige. Je passe la langue sur mes lèvres sèches. Il fait chaud, ici. La douleur dans ma tête a disparu. Où est le chalet, où est la route, où sont les gants que je portais ? Ralentis tes battements. Plie les mains.

Attends que la terre revienne.

L'espace d'un instant, Jack est couché à côté de moi, le visage éclairé par la lune. Je sens son souffle sur ma peau. Mon Jack si doux, si timide. Il me touche, comme un jour lumineux. Je lui tiens la main. *Quelle beauté il y a dans ce monde.*

Je me tâte le crâne. Du sang me coule dans les yeux. Le monde a cessé de bouger, mais un son paisible demeure : des voix assourdies qui chantent dans les bois, tout doucement.

« Vous êtes là ? » dis-je sans que je m'entende poser la question. Et je n'entends pas de réponse.

Je remue et souris. Il fait chaud, de plus en plus chaud. Le chant résonne faiblement. Ils ne sont peut-être pas loin, me dis-je. Ils cherchent une chose que même la mort ne peut briser, et ils la voient peut-être. Quels récits feront-ils ? ·

J'espère qu'ils aimeront notre histoire.

Je sais que je l'aime, moi.

Quelque chose me ramène brusquement dans les bois. Une chouette hulule.

Une branche craque. Je décolle ma joue du sol.

Les voix ont disparu. On n'entend pas un murmure. J'essuie mes yeux avec la manche de mon manteau, et l'appuie contre mon front. *Et si tu te levais ?*

Mes jambes sont raides.

Il faut que tu bouges.

Les arbres me contemplent, solennels. Je me remets debout en chancelant, lève les yeux vers une crête enneigée. Il est là-bas. J'aperçois deux mains. Un fusil. Son visage.

Ce que tu mets dans ce cercle t'appartient.

Je me retourne et me précipite vers les pins.

Cours.

Cours.

Je traverse une masse de branches mortes piégées dans la neige, et je suis libre, courant sous les arbres. *Éloigne-toi du chalet, trouve la route.* Voilà ce que je dois faire. Une odeur de pin. Le froid. Un instant, ou une heure passe. J'ai chaud, je brûle. À ma droite, une créature sombre se ramasse entre les arbres et s'enfuit. Un puma, ou un loup. Je change de direction en courant. Je ne l'entends plus, je n'entends rien.

Tout est calme dans ces bois profonds, la nuit. Un enchevêtrement, une toile. On peut s'y égarer. Je surgis de l'autre côté d'une crête, et me retrouve au bord d'un pré dégagé. Le sol est éclaboussé de lune. La neige est dure. Je ne sens plus mes jambes. Mon bonnet a disparu. Le temps que j'atteigne le milieu du pré, il arrive derrière moi à la lisière du bois. Quelque chose passe en sifflant près de mon oreille, et je me retourne juste à temps pour voir la lune se refléter sur le verre de son viseur.

Je le regarde baisser son fusil.

Le long fracas du coup de feu dévale vers moi et ricoche sur le pré gelé, dans les arbres. À l'horizon, des montagnes s'élèvent. *Quelle distance as-tu parcourue ?*

Je me retourne, prends une inspiration.

Et soudain je suis en apesanteur, je vole au-dessus de la neige. Il n'y a que de l'air sous mes pieds. Le temps, la réalité du monde. Tout se brise en mille morceaux.

Je ne me souviens pas du reste.

À vous, les filles, je veux dire
Que certains hommes vous réduiront au silence.
Ils vous soustrairont au reste du monde.
Mais vous.
Vous, si intelligentes.
Vous, si courageuses, si belles.
Votre place n'est pas dans une boîte.
Enfoncez la porte.
Partez.
Marchez au soleil.

6

Jack pesa de tout son poids sur le manche de la bêche. L'objet qui bloquait la trappe bascula, resta en équilibre un instant, et s'écrasa par terre. Jack souleva Matty pour le déposer à côté de la commode renversée. Puis il dégagea complètement la trappe et l'aplatit sur le plancher. La lune brillait faiblement derrière la fenêtre. Le feu de cheminée était éteint. Ava n'était nulle part.

Il l'a emmenée.

Il l'a emmenée.

Jack récupéra Matty et le soutint avec un bras, serrant le marteau de sa main libre. Il s'approcha de la porte d'entrée puis l'ouvrit à la volée. Il découvrit un manteau de policier, une rangée de boutons dorés, un pistolet, une toque de fourrure. Un badge en forme d'étoile.

« Où est-elle ? cria-t-il. Où est-elle ? Où est-elle ? »

La femme qui se tenait sur la terrasse le fixa d'un air décontenancé, méfiant. Deux hommes et une femme en tenue d'intervention étaient postés derrière elle dans la neige, leur arme dégainée. Une silhouette munie d'un long fusil se dessinait à la lisière des bois.

La policière baissa son pistolet.

« C'est bon, dit-elle. Pose ce marteau, d'accord ? Tout va bien. »

Jack ne lâcha pas le marteau. Matty était affaissé contre lui, un bras inerte passé autour de son cou, les yeux fermés. La femme leva la main, et les armes se baissèrent derrière elle.

« Il l'a emmenée », fit Jack.

La policière remonta sa toque de fourrure, et regarda Jack en face ; elle le regarda vraiment. Elle avait l'air gentille. Elle jeta un coup d'œil à Matty avant de demander doucement à Jack :

« Tu veux bien poser le marteau ?

— D'accord. »

Elle hocha la tête, comme si c'était la réponse qu'elle attendait.

« C'est ton frère ?

— Oui. Il s'appelle Matty.

— Il n'a pas l'air d'aller bien.

— Je ne sais pas quoi faire.

— Je pense que tu devrais nous laisser l'examiner.

— Ne prenez pas mon frère.

— On ne veut pas le prendre. On veut juste s'assurer qu'il va bien.

— D'accord.

— Il y a quelqu'un d'autre dans la maison ?

— Non. »

La policière hocha de nouveau la tête. L'autre femme, qui portait un sac à dos orné d'une croix rouge, s'avança pour récupérer Matty. Elle l'emmena dans le chalet, suivie par deux hommes. Des lumières vives clignotaient. Jack battit des paupières et se retourna vers le salon. Matty était allongé sur le lit, son petit corps enveloppé dans une couverture de survie.

« Je vois des coupures superficielles, et il a des difficultés à respirer, annonça la secouriste penchée sur lui. Sa température est de trente-trois degrés. Je vais avoir besoin d'une perfusion, pour le réhydrater. Matty ? Serre ma main si tu m'entends. Tu es en sécurité, maintenant. Serre ma main si tu m'entends. »

Jack bougea sa langue enflée dans sa bouche. Il parvint à lâcher quelques mots :

« Une caisse. En aluminium. »

La policière le regarda aussitôt.

« Montre-moi. »

Il resta immobile.

« D'accord, acquiesça-t-elle. Attends-moi ici. Ça va aller.

— Il a emmené Ava.

— On est au courant. Doyle est parti à leur recherche. »

D'autres policiers arrivaient dans la pièce.

« On a demandé un transport médical, annonça un homme habillé en noir. Il sera là dans dix minutes. »

Jack vacilla.

« Il vaut mieux que tu t'assoies, lui dit la policière.

— Je veux aller la chercher.

— Tu ne peux pas.

— Je dois y aller.

— Ce n'est pas possible. Tu es blessé, hein ?

— Non.

— Un petit peu, peut-être ?

— Oui. »

La policière le fit asseoir sur une chaise, puis s'accroupit à côté de lui. Elle lui serra la main.

« Écoute, dit-elle. Tu n'es pas en grande forme. Si tu sors la chercher, tu mourras. Tu comprends ? Il faut que tu restes ici, avec ton frère. Doyle est là-bas. Si quelqu'un peut la trouver, c'est lui. Doyle est le meilleur. Il la trouvera.

— Il cherche Ava ?

— Oui.

— Et il va la trouver ?

— Oui, je te le promets. »

Jack regarda la secouriste qui s'occupait de Matty. Tout se déroulait au ralenti. Il secoua la tête.

« Je suis désolé. Il faut que j'aille la chercher. »

Il bouscula la policière et sortit dans la neige.

5

La dernière fois que j'ai fait ce rêve, l'escalier montait encore plus haut. Cet étrange escalier, tout en torsions et tournants. Le couloir était plus long, plus étroit.

Je cours. Je m'entends respirer. Je cours de toutes mes forces, et je finis presque par abandonner. Mais non. J'arrive au sommet de l'escalier. Dehors, les marches s'arrêtent là, surplombant la nuit. Les étoiles et le ciel noir. Et je me fige en contemplant toute cette obscurité. Il me suit. Il est juste derrière moi. Il souffle droit dans mon âme.

Et puis je saute.
Et je ne tombe pas.

Je vole.

Quand Bardem émergea des bois, il avait déjà déchiré sa chemise trempée de sang, passé la bande de tissu autour de son cou et de son épaule, et noué les extrémités sous son aisselle, en une sorte d'écharpe. Il avait l'esprit embrumé. Il s'efforça de réfléchir. Le couteau avait transpercé le muscle près de son cou, à une profondeur de dix centimètres, peut-être. Et si une artère avait été touchée… Il n'en avait pas l'impression.

Il s'arrêta et s'adossa à un arbre pour reprendre son souffle. Il décrocha le fusil qu'il portait en bandoulière, le planta dans la neige et s'appuya sur le canon. *Reste là une minute.*

La douleur l'empêchait de respirer. Il cracha. Des filets de bave sanguinolente pendaient de sa lèvre. Rouge vif. Il se retourna une dernière fois vers les arbres qui se détachaient dans la neige grise. Il savait qu'elle se trouvait parmi ces arbres, dans la nuit. La lune d'hiver. Le silence. Rien ne bougeait.

Il aurait dû la retrouver. Mais il n'avait pas réussi.

Il leva la tête, lâcha le fusil dans la neige. Il faisait encore trop noir pour bien voir, mais il reconnut la forme sombre de la route, et il se mit en marche dans cette direction. L'aube était presque là. La masse de granite brûlait à l'horizon. Il régnait un calme impénétrable. *Où es-tu ? Où es-tu partie ?* Ses empreintes s'étaient volatilisées.

Son cou lui faisait mal.

Sa poitrine. Son cœur.

Il aurait dû la retrouver, mais il n'avait pas réussi.

Quand il atteignit l'autoroute, il attendit jusqu'à ce qu'il voie arriver un véhicule tout-terrain dernier cri, avec une seule personne à bord. Il s'engagea sur la chaussée et se plia en deux dans la lumière des phares. Le conducteur s'arrêta au milieu de la route, en laissant tourner le moteur. Il scruta Bardem à travers son pare-brise. Bardem s'avança en boitant, et leva les mains d'un air implorant.

L'homme ouvrit sa portière et descendit.

« Hé, tout va bien ? »

Bardem baissa les bras. Du sang dégoulinait dans son dos.

« Je vais vous demander de vous écarter du véhicule, et de me donner votre chemise. »

L'homme resta pétrifié.

« Enlevez votre chemise », répéta Bardem.

L'homme s'exécuta, en disant :

« Tenez, prenez-la. Prenez tout ce que vous voulez. »

Bardem attrapa la chemise avec une légère grimace. Le pistolet coincé à la taille de son pantalon était bien visible.

« S'il vous plaît…, implora l'homme. Ne me faites pas de mal. J'ai une famille.

— C'est bien, dit Bardem en hochant la tête. Allez retrouver votre famille. »

Debout au milieu de la chaussée, l'homme regarda Bardem monter dans le véhicule et claquer la portière. La voiture passa à côté de lui, avant que les feux arrière disparaissent dans la neige.

4

Doyle remonta la piste de la fille sur environ
six kilomètres, dans un froid glacial. Les collines
étaient parsemées d'arbres et couronnées de blanc.
Les traces de pas continuaient dans la neige. Celles
de la fille, et derrière, celles de l'homme – son père,
Bardem. Elle avait couru vite et loin. Doyle trouva
un gant rouge et suivit les empreintes de la fille à
travers un vaste pré, jusqu'à ce qu'elles deviennent
moins profondes et disparaissent. Il n'y avait plus
aucun signe d'elle. Bardem avait battu les bois à
sa recherche, mais il n'avait rien trouvé. Il saignait.
Il avait renoncé. La neige gelée avait durci pendant
la nuit, et la fille ne pesait pas lourd. Doyle retourna
examiner l'endroit où ses empreintes s'arrêtaient.
Il continua à chercher.

Ce fut son bonnet qu'il aperçut en premier, abandonné sur une colline isolée. Un peu plus loin, il découvrit son manteau. Les arbres faisaient silence autour de
lui. Le ciel s'éclaircissait. Quand il la vit, il fut secoué
d'une quinte de toux.

Elle était couchée, ses cheveux couleur noix étalés sur la neige.

Il s'arrêta.

Il tomba à genoux et baissa la tête.

3

Ils laissèrent Jack la rejoindre. Il s'assit à côté d'elle dans la neige. Seul avec elle. Elle avait enlevé son manteau, ses cheveux étaient emmêlés et gelés et sa peau avait bleui, mais c'était toujours Ava. Son Ava. Il inspira lentement et lui prit la main. Le soleil se levait dans le cimetière des arbres, et la lumière scintillait autour d'elle. La douleur dans sa poitrine était insupportable.

« Je ne suis pas prêt, dit-il. Je ne suis pas prêt. »

Il resta là un long moment. Quand il s'arrêta de pleurer, il se leva pour partir, puis il fit demi-tour et revint sur ses pas. Il se coucha à côté d'Ava. Il épousseta la neige dans ses cheveux, et déposa un baiser sur sa tête. Le sang séché à cet endroit. Dans cet immense vide empli d'un bruit étouffé. Quand le divin pénètre dans un lieu, et qu'on sent sa présence. Jack ferma les yeux, et parla à Ava. Il prononça les paroles qu'il ne lui avait jamais dites. *Je t'aime. Mon cœur t'appartient aussi.* Il garda les yeux fermés, et écouta. *Elle sait. Elle sait.*

« Tout va bien », chuchota-t-il. Il lui tint la main, et resta là. « Je n'oublierai jamais. Je te le jure. »

Toutes les choses que tu as faites. Que tu m'as montrées.

Je ne les oublierai pas.

Il avait raison.

Ce que vous mettez dans votre cœur vous fera mal. Mais ce sera la douleur la plus spectaculaire qui soit. Elle vous illuminera, elle vous brûlera. Elle vous terrassera. Elle vous détruira.

Et elle vous transformera.

Doyle prit la mallette attachée sur la motoneige de Bardem, et la posa sur la neige.

« Vous êtes trop dur avec vous-même », dit Midge.

Elle attendit sa réponse, mais il garda le silence, les mains croisées devant lui. Puis il la regarda.

« On retrouvera Bardem », fit-elle.

Ils restèrent immobiles. La lumière du soleil éclairait les arbres, se reflétait sur la neige. Le tas de bois et les charbons refroidis.

« J'ai toujours cru que je pouvais réparer les choses, déclara finalement Doyle. Peu importent les problèmes qui se présentaient dans ce monde. Eh bien, j'avais tort.

— Vous n'auriez pas pu réparer ça.

— J'aurais pu mieux suivre ses traces.

— Vous devriez être un peu plus indulgent avec vous-même. »

Doyle n'arrêtait pas de regarder la mallette. Il avait la poitrine serrée. Tout son esprit était paralysé. Il se tourna vers les arbres.

« Elle lui a échappé. Comment a-t-elle fait ça ?

— Je ne pensais pas que c'était possible. »

La mallette était posée entre eux. Les traces de sang et de pas dans la neige disparaissaient en direction des bois. Au bout d'un moment, Doyle reprit :

« Je comprends pourquoi il a abandonné la moto-neige. Elle était trop bruyante, facile à repérer. Mais pourquoi laisser l'argent ? »

Midge enfonça sa toque sur son front.

« Il n'avait peut-être pas l'intention de le laisser. Ou alors la mallette était trop lourde à porter. Il perdait un paquet de sang.

— Ou bien il y a une autre explication.

— Comme quoi ?

— Comme le fait que parfois, on se rend compte que ce qu'on voulait depuis si longtemps n'était pas ce qu'on désirait vraiment. »

Midge dévisagea Doyle. Puis elle dit doucement :

« J'imagine qu'on finit toujours par l'apprendre, à un moment ou un autre. Tous autant que nous sommes. »

1

Les gens disent qu'on ne devrait pas regarder en arrière.
Mais je le fais,
et j'en suis heureuse.

Ils passèrent trois jours à l'hôpital. Quand Jack sortit du bâtiment en poussant Matty dans un fauteuil roulant, une fine neige tombait. Il attendit sans bouger au bord de la route, en regardant un 4 × 4 approcher. Doyle sortit du véhicule et ouvrit la portière du côté passager.

« Allez, dit-il. Montez. »

Jack installa Matty dans le véhicule. Ses cheveux blond doré rebiquaient. Matty observa le soleil qui pointait derrière les nuages et déclara :

« C'est une belle journée. »

Vraiment ? Jack l'espérait.

Ils remontèrent une allée de garage déblayée, et s'arrêtèrent devant la maison. La neige dérivait autour de la voiture. Doyle descendit. Jack alla chercher Matty, enveloppé dans sa couverture, et le mit debout.

« Tiens-moi la main », fit-il.

Ils observèrent la maison : un chemin déneigé, une terrasse en brique. De grandes fenêtres. Un peu plus loin, une grange rouge. Doyle ouvrit la porte d'entrée, s'empara de leurs manteaux et les accrocha à une patère. De la chaleur. Un salon et un feu. Jack sentait l'odeur d'un rôti.

« Vos affaires sont dans la chambre à l'étage, expliqua Doyle. Je les ai rangées dans la commode. Vous pouvez vous laver les mains, et puis on mangera. Je n'ai qu'une règle : vous vous occuperez du chien. »

Le chien aboya et se précipita vers Matty.

C'était le chiot du motel. Matty tira sur la manche de Jack, et se mit à genoux. Le chiot lui lécha la main.

« Il a un nom ? demanda Matty en levant les yeux vers Jack.

— Pas encore, répondit Doyle. Il faudra que tu lui en donnes un.

— Je m'occuperai de lui.

— D'accord.

— Il peut dormir avec moi ?

— Oui. »

Jack se risqua à poser une question, la seule qui comptait :

« Combien de temps on peut rester ?

— Autant que vous voudrez. »

La policière appelée Midge s'accroupit à côté de Matty et le serra dans ses bras.

« Bonjour, dit-elle. Je suis tellement contente de te voir. »

Elle leur rendait visite de temps à autre. Elle apportait des livres pour les lire à Matty, ou bien elle faisait du pain. Au printemps, elle les aida à planter un potager. Elle leur parlait de la vie de Doyle. Elle leur disait que, parfois, une personne qui a survécu après avoir tout perdu peut se construire une carapace très dure, pour protéger un cœur très sensible.

Il y avait des champs derrière la maison, et des ruisseaux avec des truites mouchetées dont les écailles argentées se soulevaient dans les courants blancs. L'air sentait le blé. En automne, des cerfs descendaient parfois des collines. Si on restait assis longtemps et qu'on était assez discret, on pouvait en apercevoir un. Ses yeux doux, sa tête dressée. Ses oreilles duveteuses. Il y avait eu une biche et un faon, une fois. Jack emmenait Matty là-bas, et de temps en temps, ils parlaient d'elle, et se souvenaient. D'autres fois, Matty courait après le chien, et Jack s'allongeait dans l'herbe du champ, les yeux fermés, et son cœur la cherchait. Encore et encore. Et il lui parlait, il écoutait, et il n'oubliait pas.

∞

J'ai manqué à ma parole envers Matty.
Mais d'une certaine façon, je l'ai tenue aussi.
Je reviens toujours.

Derrière la fenêtre, le ciel bleuit, glacial et sans nuages. Jack se déshabille, se lave avec le torchon et l'eau de la casserole, se bande de nouveau les mains. Il sort un jean propre et un sous-pull gris de la grande commode, se réchauffe devant le poêle. Alors qu'il boutonne son jean, un bruit s'élève devant la maison ; on dirait un moteur. Il enfile le sous-pull et ordonne à Matty :

« Cache-toi derrière le canapé. »

Matty ne bouge pas. Il fixe la fenêtre. D'une voix ébahie, il dit :

« C'est une fille ! »

Quand Jack regarde dehors, une fille est en train de sortir d'une voiture bleue.

Pas seulement une fille. Ava.

« Merde », chuchote-t-il.

Il s'accroupit, les yeux rivés à la fenêtre. Ava s'approche de la maison, pataugeant dans la neige jusqu'à l'allée qu'il vient de déblayer. Jack fait signe à Matty de se baisser, mais il reste debout, à regarder dehors.

Il sourit. Puis il agite la main.

Des pas crissent sur la neige tassée, avant de s'arrêter. Jack se recroqueville encore. Attend. Un silence feutré règne. Un calme étrange. Puis elle frappe.

Jack s'enfonce derrière le canapé. Matty sourit à la fenêtre.

« Baisse-toi ! » siffle Jack.

Avant qu'il puisse réagir, Matty a ouvert la porte. Jack s'extirpe de derrière le canapé en rougissant, et s'avance vers l'entrée. Ava se tient à moins d'un mètre de lui, les joues rosies par la morsure du froid. Elle porte un bonnet de laine, d'où ses cheveux s'échappent en mèches rebelles. Son manteau s'arrête juste au-dessus de ses genoux. Il est en laine abîmée, vert genévrier, avec des boutons en cuivre terni. On le croirait rescapé de la Seconde Guerre mondiale. Jack découvre tous ces détails à travers une sorte de brouillard. Ava dégage une odeur chaude, de muscade ou de gingembre.

« Salut, dit-elle.

— Salut. »

REMERCIEMENTS

Un des plus grands plaisirs que m'offre l'écriture de *What Beauty There Is*[1] est d'arriver au moment où je peux enfin dire merci.

Alors merci à tous les lecteurs qui se sont retrouvés dans Ava, Jack et Matty, et qui ont ouvert leur cœur et leur esprit à cette expérience. Si cette histoire compte, c'est grâce à vous, et c'est une grande chance.

Je tiens en particulier à remercier Lindsay Auld, de chez Writers House, qui a pêché le manuscrit de *What Beauty There Is* dans une pile, l'a trouvé prometteur, et a défendu mon travail avec un enthousiasme et un savoir-faire indéfectibles. Je suis reconnaissante de l'avoir pour agent.

Merci aussi à ma relectrice et éditrice de chez Roaring Brook Press, Jennifer Besser. Je me rappelle ma réaction extatique quand j'ai appris qu'elle voulait lire le manuscrit : « Jen Besser ! Est-ce que j'en demande trop à l'univers ? » Jen a été aussi fantastique que je l'imaginais, et plus encore.

---

1. Titre original *(N.d.T.)*

Je remercie du fond du cœur tous ceux qui ont œuvré en coulisse, sans tambour ni trompette, chez Macmillan et Roaring Brook Press. Mary Van Akin : j'ai décroché le gros lot, avec une attachée de presse de ton calibre. Elizabeth Clark et Sara Wood : la couverture est magnifique. Luisa Beguiristaín : tu as guidé la novice que j'étais dans les bons comme les mauvais moments, avec talent et gentillesse. Surtout, je remercie l'équipe de héros au grand cœur du département jeunesse de Macmillan, et je veux dire ma gratitude à Morgan Kane, Katie Quinn, Kenya Baker, Gabriella Salpeter et Kristen Luby.

Merci aussi aux nombreux éditeurs et traducteurs – en particulier Anthea Townsend, de chez Random House UK – qui ont beaucoup travaillé pour que *What Beauty There Is* rencontre des lecteurs du monde entier. Je vous suis infiniment reconnaissante de vos efforts.

Tant de personnes triment dans l'ombre pour que les livres voient le jour. Je me rappelle qu'à une étape particulièrement difficile de l'écriture de ce roman, j'ai reçu un mot qui disait : « La foi, comme l'amour, est un puits de lumière dans l'obscurité. Je crois en toi. » Je manquerais à tous mes devoirs si je ne citais pas les puits de lumière qui m'ont apporté leur soutien immuable, et beaucoup de tasses de thé ; notamment Marion Jensen, Margot Hovley, John Dursema, Josi Kilpack, Jennifer Moore, Nancy Campbell Allen, Mette Harrison, Christy Monson, Kenneth Lee, Shanna Hovley, Steven Jensen, mon fidèle groupe d'écriture, et mes parents, Garald et Eileen Anderson.

Enfin, merci à mes enfants, Brady et Kate. J'ai écrit cette histoire pour vous. Vous m'avez appris ce qu'est l'amour. Mon cœur vous appartient.

Composition et mise en pages
Nord Compo à Villeneuve-d'Ascq

Imprimé en Espagne par
Liberdúplex
à Sant Llorenç d'Hortons (Barcelone)
en janvier 2023

Pocket – 92 avenue de France, 75013 PARIS

S33427/01